悄悄爱上你

茹若 著

重庆出版集团

重庆出版社

图书在版编目（CIP）数据

悄悄爱上你 / 茹若著. – 重庆 : 重庆出版社,2012.8

ISBN 978-7-229-05016-0

Ⅰ. ①悄… Ⅱ. ①茹… Ⅲ. ①长篇小说－中国－当代 Ⅳ. ①I247.5

中国版本图书馆CIP数据核字(2012)第051077号

悄悄爱上你

QIAOQIAO AISHANG NI

茹 若 著

出 版 人：罗小卫

丛书策划：李 子

责任编辑：罗玉平 王晓晓

责任校对：杨 婧

装帧设计：一亩幻想

重庆出版集团
重 庆 出 版 社 **出版**

重庆长江二路205号 邮政编码：400016 http://www.cqph.com

重庆市伟业印刷有限公司印刷

重庆出版集团图书发行有限公司发行

E-MAIL:fxchu@cqph.com 邮购电话：023-68809452

重庆出版社天猫旗舰店
cqcbs.tmall.com **直销**

全国新华书店经销

开本：890mm ×1240mm 1/32 印张：8 字数：197千

2012年8月第1版 2012年8月第1版第1次印刷

ISBN 978-7-229-05016-0

定价：26.80元

目录 CONTENTS

Chapter01 honey变成了trouble

林嘉琪将两个纸袋轻轻巧巧地扔在我面前，一扬下巴：“战衣。”我愣了三秒钟，才反应过来“战衣”两个字的含义。我脑海中浮现出头上乌鸦飞过“呱呱”叫的场景，伸手将袋子推开：“林嘉琪，你神经病啊！”

话刚说完我就后悔了，可不是吗，自从我认识林嘉琪以来，她不就是个神经病么。

林嘉琪朝着我冷冷一笑，是电视剧里坏女人想到对付女主角的招数时才有的笑容，动手将一个纸袋打开，从里面抽出一个大而方的黑色纸盒：“没错，我就是神经病。我要让那对狗男女知道，我是一个不好惹的神经病！”打开盒子，掀开衬纸，我看过去，是一件浅粉色的礼服，将头缩回来：“我说了不会去的。”

开玩笑，虽然我自认为这些年来在如战场一般的职场上拼杀了数千回合，早已练就我金刚不坏之身，但要我去参加前男友和前闺蜜的婚礼，实在还是有些……再说，毕竟是人家结婚的好日子，上天有好生之德，我还是不要去破坏的好。

然而念头转至这里，心口却好像被谁重重击了一拳，钝钝的疼痛。两个星期前收到姚银珠寄来的请柬，大红色的请柬烫金的字，喜庆又不俗气。吴建宇和姚银珠的名字，用黑色钢笔填写在新郎新娘的位置，准确无误地刺痛了我。

当时林嘉琪正在我边上剪指甲，看到请帖之后，挥舞着小指甲钳把吴建宇和姚银珠上上下下十八代全都问候了个遍，并且撂下狠话，一定不能让姚银珠太得意，没想到她的招数就是推我上门。

两个星期以来，我一直努力让自己忘却这件事。白天在公司忙忙碌碌不给一丝空暇，晚上喝一杯威士忌，早早入睡免得有些该忘却的事入梦来。

可林嘉琪却不给我做缩头乌龟的机会。

嘉琪一个手指头戳过来，差点把我从沙发上戳下去："方悄悄，你有没有搞错，现在是人家先下了战书，你居然要做缩头乌龟？我可是听说姚银珠已经广布消息，说她给你也发了请柬，如果你想让大家都笑话你的话，你就别去！"

"去了也是让人看笑话。"我小声嘟囔。被男友抛弃，被闺蜜挖墙脚，这好像不是什么值得炫耀的事情吧？我的自尊心太脆弱，可不想去面对那些怜悯的目光。

"当然不是！"嘉琪激动地把我一把从沙发上拉起来，可怜的我就像布偶一样被她"拎"到穿衣镜前："你看看，你看看现在的自己！方悄悄！你已经不是三年前那个村妞了！"

"喂！"我急忙抗议，什么叫做三年前那个村妞！三年前我只是比较朴素不会打扮好吗！基本上和绝大部分大学女生一样，怎么能叫做村妞！

嘉琪完全没有理会我的抗议，依然沉浸在自己慷慨激昂的演讲之中："你看看，这小脸蛋，这小身材，这小气质！你必须去参加吴建宇和姚银珠那对狗男女的婚礼，必须让C大的人都看看，让那瞎了狗眼的男人看看，他是丢了多好一个大西瓜捡了颗烂芝麻……”

“行行行，行了林嘉琪！”我觉得如果再不出言阻止，指不定林嘉琪还会说出什么让我“额上斜线三条”的话来，对于她的语言能力，我真的深深地为她小学语文老师掬一把同情的泪——我怎么就成了大西瓜了？

可惜林嘉琪误解了这句话的意思，瞬间两眼放光：“哎哟，早这么痛快地答应了不就好了吗，浪费我的时间！来来来，看看我给你准备的首饰，C&V的最新设计，市面上根本都还买不到喔，我是好不容易才跟J借来的！”

C&V就是我和林嘉琪现在供职的珠宝公司，我们俩都在设计部，她是首席设计师J的助理，而我只是个打杂的。

“借用公司未面世的产品，这样不好吧？”我担忧着，可在下一秒，黑色天鹅绒的盒子打开，一对玫瑰金镶钻的心形耳钉静静地躺在那里——

“J的最新设计，这只是样品。”嘉琪转动手中的盒子，好让阳光照在钻石上，折射出璀璨的光芒，“世间仅此一件。”

她的声音低沉而诱惑，只是一瞬间，我就心动了。我不是要去参加婚礼，只是想要戴一戴这美丽的艺术品而已。我在心底如是安慰自己。

所谓出租车，就是你不需要的时候会看见它满街跑，你需要的时候却一辆也拦不到的神奇的存在。

现在已经是下午一点半，婚礼时间是下午两点半，从这里打车到婚礼现场至少需要四十分钟，时间已经有些紧迫了。所以，穿着优雅的晚礼服精心打扮的我，此时也只能一边提着裙子踮着脚，伸着脖子极不优雅地朝前张望着，一边在心里祈求老天爷赐我一辆出租车。

本来嘉琪是要开车送我的，好死不死，车子却在前一天被送进了修理厂！这刚下过雨的天气，我穿着礼服露着大半个肩膀在街头拦出租，怎么看怎么狼狈。心里也因此有点忐忑起来，总觉得今天会有意外发生。

这个念头刚落地，意外就发生了——

“啊！”一声尖叫，我连想死的心都有了。一辆保时捷从我面前安静滑过，地上的积水飞溅，粉色的礼服立刻成了一幅泼墨画。然后，匆忙之间往后一退，脚下一顿——鞋跟嵌进了下水道盖子，“咔嚓”一声，断了！

什么叫做欲哭无泪！这就叫做欲哭无泪！

这鞋子可是我刚买的，被林嘉琪借去穿了一次而已！该死的林嘉琪，到底对我的鞋子做了什么！一！定！要！她！赔！

保时捷的主人匆匆下车，是个年轻英俊的男子，米色衬衫西装裤，斯斯文文。“对不起，小姐，你没事吧？”米色衬衫公式化地询问。

怎么可能没事！我愤怒道：“先生，你难道没有眼睛吗，我现在的样子哪一点看起来像没事？”裙子上一片污渍，一只鞋跟还卡在下水道盖子上拔不出来，这还叫没事？

对方皱了皱眉，声音冰冷却不失礼貌：“实在抱歉。”他弯腰，吓得我赶紧往后一退，可一只脚刚好卡在那儿，这样一退失去平衡，差点朝后翻去。幸好米色衬衫及时拉了我一把，于是我另一只自由的脚往下一踩，顺利踩在他的黑色皮鞋上。

时间仿佛凝固了三秒。我讪讪地把脚从他的鞋子上挪下来，憋红了脸挤出一句：“一报还一报。”然后微扬起头，深情地去凝望灰色的天空。米色衬衫没有说话，轻轻抓住卡在那里的高跟鞋，把我的脚拯救出来，然后起身，从口袋中掏出一张名片：“这是我的名片，衣服和鞋子的钱我来赔。”

赔？当然要他赔！可我现在要以这副狼狈的样子去参加婚礼，这丢掉的颜面，他赔得起吗！想到婚礼，我急忙掏出手机看了看时间——一点四十五！再不走就要迟到了！恰好一辆出租车在面前停下，懒得再和那男人计较，伸手将名片一把夺过，匆匆上了车。

将目的地告诉司机，出租车加速前行，我吐了口气，仔细看了看手里的名片——

“苏云骋。”

这个人也奇怪，名片上竟然没有写公司，也没有写职务，除了个名字就是联系方式。不过看他的打扮谈吐，还有那辆价格不菲的保时捷，应当至少也会是哪家小公司的高层吧。

名片上的联系方式是一串手机号码，公司高层们的名片不会只有一种样式，一些公务上的交际，一般都会递上公务名片，上面留的方式多是公司秘书的座机和公司的邮箱，而印着自己手机号码的，是私人名片。

不过，我总不会真要人家赔礼服和鞋子的，我方悄悄又不是锱铢必较的人。这样一想，就随手把名片塞进了随身的小包里。

唉，现在要紧的，应该是怎么处理裙子上的污渍吧。真不知道自己上辈子到底是做了什么天怒人怨的坏事，这辈子要被老天爷这样玩弄。

到了酒店，匆匆找到化妆室，用纸巾沾着清水试图擦去礼服上的污渍。礼服是光滑的缎面，泥水已经渗透，虽然擦去大半，然而还是有淡淡的痕迹印在那嫩粉的裙摆上，仿若一幅画坏了的淡色泼墨山水画。

无奈地叹口气，将裙子扯了扯，又试着把手交叠在污渍上遮盖一些，却反倒有一种此地无银三百两的感觉。只好暂时放弃。无奈脱下鞋子看了看鞋跟，幸好只裂了一点，小心一些还不至于断。时间不早了，还是早点去露个脸然后走人吧——原本是来“示威”、“挑衅”的，没想到居然要沦落成为“露脸”！

长长叹一口气，我对着镜子努力笑了笑。

光华酒店后花园里，婚礼已经开始。我赶到的时候，新娘正在父亲的搀扶下慢慢走过红地毯，新郎则站在台上等候着。

花园很大，我站在入口处，与舞台隔得很远。

阳光很灿烂，新郎新娘的脸在灿烂的阳光下也显得模糊没有焦距。婚礼的现场播放着轻快的音乐，周围熙熙攘攘，气氛欢乐而热烈，没有人注意到我。

周身升起一股寒意，我忽然就有一些后悔今天的决定。就像小时候被老师选上去参加朗诵比赛，以为自己在家把稿子都背好了，心理建设也做了无数次，甚至走进比赛会场的时候都是雄纠纠气昂昂的无比淡定，可临上台的时候还是发现，自己的脚抖了。

我以为自己已经可以面对这样的场面，但是在看到吴建宇和姚银珠的那一刹那，还是发现自己的脚抖了。

“悄悄。”就在我犹豫着要不要进去的时候，一个紫色的身影已不知在什么时候出现在我身后。我猝不及防，脸上的笑容都来不及展现在最好的弧度：“林蕾，好久不见。”

大学的时候，我，林嘉琪，姚银珠和林蕾四个人都在广播站。那时的我不善交际——或者说，我只是学不会貌合神离的技巧，没办法对所有人都亲亲热热，如同闺蜜，我只与自己趣味相投的人走得近，比如林嘉琪。所以我与林蕾之间并不亲近。

姚银珠却有一种特殊的本领，能让所有人都与她交好，亲密得如同相识多年。而从那件事之后，我就退出了广播站。那时，除了林嘉琪与我“同仇敌忾”退出之外，竟无一人为我说话。也是那时我才知道，原来自己的人缘竟是这样差。

往事才匆匆在脑海中掠过，林蕾已经亲热地挽着我的手：“悄悄，我还以为你不来了呢。”她一边说，一边拉着我往舞台走去。

说实话，我真是不太习惯林蕾对我这样热情的态度，当年在广播站，我和姚银珠还没有因为她介入我和吴建宇之间的感情而撕破脸皮的时候，林蕾就对我爱搭不理，冷嘲热讽的。所以眼下她这样的态度只让我有一种毛骨悚然的感觉。我本能地想把我的手从她那双鸡爪里拯救出来，可却是徒劳无功。

台上司仪在说着些什么，我还没来得及仔细去听，就已经被林蕾推到舞台下，许多熟悉的面孔一个个撞进眼帘，多是昔日广播站的同事，或是当年吴建宇的好友。

“悄悄，你来了。”众人都纷纷打着招呼，表情微笑，眼神却闪烁，又说：“悄悄，你漂亮了好多。”他们大多都知道当初姚银珠小三上位的往事，此时看见我出现仿佛有些意外和尴尬，都没话找话起来。

我只是微笑，装作热情地一一回应。三年多了，我在职场上摸爬滚打，也早就不是那个不善交际的方悄悄了。

台上，姚银珠已经和吴建宇并排站在一起。司仪示意大家安静下来。于是我便趁机坐下，让自己不那么显眼。

林蕾也在我身边坐下。

大学时的姚银珠就是漂亮的，还曾被选为广播站之花，今天穿着白纱裙的她，越发地美丽动人。春末夏初的阳光照在白色的婚纱上，她的身后是大片粉色的气球，衬得一切都宛如童话，而她就是童话里最后与王子“幸福地生活在一起”的公主。

音乐声响起来，舞台侧边的大屏幕上开始播放事先录制的影片。

影片里，出现了C大的校园。

熟悉的道路，两旁的樟树足有四五层楼那样高，将阳光都遮蔽。

画面中出现吴建宇骑着自行车载着姚银珠的场景。那辆我再熟悉不过的蓝白相间的捷安特，在屏幕上越行越远。

风吹得姚银珠栗色的长发扬起，她回头，朝着镜头微笑。

旁白的声音温柔而有磁性，在慢慢地讲述着一对大学生浪漫的相知相爱的故事，然而我却什么都听不进去，周围有无数有意无意投来的目光，含义错综万千，我唯一能做的，就是装作这一切都与我无关。

这一招的确是高明啊。

我以为姚银珠邀请我来，会组织她那一帮好闺蜜对我进行冷嘲热讽，会做些什么让我在众宾客面前出丑，就像那些恶俗台湾偶像剧里会出现的场景一样。

可姚银珠没有这么做。

她很聪明，邀请我来，如上宾一样请到席上，与所有知道我们三人之间恩怨的人坐在一起，然而呢，播放这样的影片，把我放在最难堪的境地。

场景转换到了广播站，又是我熟悉的场景。原来与我和姚银珠同期的那些广播站成员大多都友情出镜了，演绎一个广播站平凡的日子。画面上的姚银珠刚刚播完音，接过吴建宇及时递上来的茉莉花茶，周围便响起暧昧不明的哄笑声，两人的表情羞涩而甜蜜。

我的视线却始终集中在广播站墙上的那幅画上。我记起，这幅画从六年以前我刚进广播站的时候就挂在墙上，这么多年，竟没换过。

影片结束在两人抵额相视的画面，司仪请新郎发表感言，我没认真去听，只有末尾的一句话入了耳："她是我今生唯一爱过的人，我很庆幸，我终没有与真爱擦肩而过。"

刹那之间，倔犟了三年的心底似有细微的破碎声。

原来最悲惨的事情，是亲耳听到对方承认他的真爱并不是你。原来最悲惨的事情，是你终于不得不承认，你与他在一起的时光，于他来说不过是过眼烟云，不值一记。

接着，台上的司仪请上了嘉宾表演，而姚银珠与吴建宇则携手走下舞台，逐一向各桌亲友敬酒。还没轮到的宾客们，便都先吃了起来。

我坐的这一桌都是大学校友，大多毕业有三四年了，虽然平日多在一个城市，可忙于工作也没什么机会见面，难得见了一次，都把婚礼当成了校友会，谈论的都是大家在学校时的趣事丑事。

大学时候聚会，我总是不太起眼的那个。那时候我不漂亮，又不太善于交际。如今却有些不同，用林嘉琪的话就是，“再也不是三年前那个不会打扮的村妞了”，竟然成了大家谈论的焦点。

“悄悄，几年不见你的变化怎么这么大！”一个女的羡慕地说，“变得好漂亮！”

一个男的打岔：“什么叫变得好漂亮！悄悄以前就挺好看的，不过是不会打扮收拾自己，对吧！”他的结论博得了几位男士的附和：“是呀，不过我以前就觉得女孩子那样干干净净的就挺好！”

“不过现在这样打扮打扮更好！哈哈！”

我心里知道这是奉承，不过也乐得不揭穿，端起酒杯朝那男的虚敬了敬：“哪里，现在还是村姑一个，上不了台面呀！”眼角余光瞥过林蕾，显然脸色不豫，知道她在气我变得这样受欢迎，于是越发笑得媚眼如丝，引得那几个男人连连举杯相碰。

林蕾的脸色越发地难看，那毫不掩饰的嫉妒，让我都能感觉到两道锐利的目光“刷”地射过来在我身上挖了两个大洞，忍不住吞了口唾沫。

这时候，姚银珠挽着吴建宇款款地朝我们走来。吴建宇仿佛这时才发现了我，表情一下子扭曲起来，跟喉咙里噎着块蛋糕似的。

俗话说酒壮怂人胆，我默默地先把手里一杯红酒饮尽，然后才跟随着大家站起来。姚银珠热情地跟每一个人打着招呼："谢谢大家百忙之中都抽出时间来参加我的婚礼。"她朝每一个人举杯致意，最后才把目光落在我身上。姚银珠举了举杯子："悄悄，谢谢你能来。"

她表情真挚语气真诚，可话一说出，周遭的气氛就有些尴尬起来。刚才大伙儿一番聊天，气氛已经趋于融洽，都忘了过去的那些纠葛，而姚银珠这样刻意地向我一道谢，反而提醒了他们那段历史的存在。

我微笑，也朝姚银珠举杯："恭喜你。"

姚银珠也笑："是啊，你也觉得我嫁了个好老公，值得恭喜吧？"她把吴建宇往我面前推了推，刹那之间，我简直有一种想把手里的红酒朝她那张惹人厌的脸上泼过去的冲动。

不过我还是有理智的："我想大家都是这么觉得的。"我看了看吴建宇，他的脸上有很明显的尴尬，仿佛是不知道姚银珠会演这样一出戏似的，可这也没有减少哪怕是一丁点儿我对他的厌恶。"建宇是个很好的人，我相信他会一心一意对你的。"

我特意强调了一心一意，摆明了就在说吴建宇劈腿，她小三上位的事，姚银珠的脸色有些难看起来，勉强地笑了笑，附和地说了几句是啊是啊，正打算找别的话题，旁边有两个小孩子打闹着冲过来，从她身边擦了过去，我还没反应过来，就已经听见她娇柔地"哎呀"了一声，把手里大半杯的红酒都泼在了我的礼服上。

我连忙往后退了一步，没想到脚下正好是草坪与花岗石地面的衔接处，高跟鞋往上一踩，发出细微的"咔嚓"声。

在那一刻，我真有一种天亡我的悲凉之感。

"哎呀，悄悄，真对不起！"姚银珠惊呼，连忙扯起桌上的纸巾往我裙子上蹭过来，还一边埋怨着："哎呀，你看，你这是什么高跟鞋，一踩就断。悄悄，不是我说你，女孩子呢要对自己好一些，都这个年纪了，就不要去路边摊买鞋子了……”

被她这样一喊，周围几桌都转过头来看，满脸的八卦好奇。我一脸黑线，又不能急着解释自己的鞋子很贵，那样倒有些暴发户生怕别人不知道自己有钱的心态了。

“咦？”姚银珠忽然又叫了一声，“悄悄，你的裙子……哎呀，怎么上面都是泥！”

林蕾也凑过头来：“唉，是呢！我刚刚还以为这是有意的设计，心想哪个设计师这么没品，在裙子上搞出这些画蛇添足的墨染，原来是悄悄你自己的创意设计呀！几年不见，你的品位真的变了好多哦！”

周围有一阵低低的笑声，虽然不是刻意的嘲笑，却让我脸皮发紧，一时恨不得找个地洞钻进去。创意你妹！设计你妹！品位你妹！

“刚刚在路边拦车的时候，不小心被弄脏了。”我只能如实解释。

“拦车？”姚银珠瞪大一双戴着美瞳的眼睛，“怎么不让你男朋友送你来呢？”不等我说话，又说：“该不会你还没有男朋友吧？唉，都二十六七岁了，怎么还没定下心给自己找一个可以依靠的人呢！”她嗔怪着，“是不是遇不到好的？不如我给你介绍啊，建宇公司里很多下属都很不错的！”

林蕾也笑：“是啊，建宇的那些下属我也见过，一个个都挺不错的。”她脸上明媚，眼角的眼线简直都要飞到天上去了。刻意咬重的“下属”两个字，让我一时之间昏了头。

“不用了，我有男朋友的。”此时的我并不知道，日后我将会为这句话付出“惨重”的代价，昂首挺胸地脱口而出的时候，还有些自以为聪明的小得意。

“哦？”林蕾显然不是很相信，“那怎么不带来给我们瞧瞧？悄悄，你真不厚道，丑媳妇也要见公婆，再怎么样，总该带来见见我们这帮老朋友嘛！”

呸，你男朋友才是丑媳妇！我在心里翻了无数个白眼，脸上一脸娇羞：“他呀，工作忙得很。本来是说要开车送我来的，但是我又不想影响他工作。”

“是吗？”林蕾紧追不放，“叫什么名字，说不定我们还认识呢。”

“……”我怔住。

要找谁出来当挡箭牌？销售部经理Jim?人家已经是一个孩子的爸爸了！设计部……好像全都是些Gay吧！天，整个C&V，居然找不出一个优秀单身男子可以给我做挡箭牌的！

心跳越来越慌乱，口干舌燥。我下意识地舔了舔唇，然而这个露怯的动作却让姚银珠更加笃定，她笑，仿佛在对我说，你永远是我的手下败将。我咬牙，微微偏开头不敢与姚银珠的目光对视，露在初春的阳光下的手臂感觉到一阵又一阵的冷意。

苏云骋就是在这个时候，如一道阳光从阴霾中洒落一般出现在我的面前——当然，这只是我一个人的感觉，苏云骋可不这么想，因为他被我挽着手臂的时候，我能感觉得到他由内而外散发的那种不爽的心情。但我顾不得那么多了，扬起我自认为长得还算不错的脸蛋展开明媚的笑：“Honey，你怎么才来！”不给他任何说话的机会，就对着姚银珠宣布：“这是我男朋友，苏云骋。”

周围有数秒的沉默，然后是嗡嗡嗡的声音，我手心捏了一把汗，趁着众人不注意的时候赶紧朝苏云骋挤眉弄眼。很好，这个家伙的表情看起来——呃，虽然不是很高兴，但是应该已经领会了我的意思。

姚银珠此时的表情仿佛是吞了一只苍蝇：“悄悄，你的男朋友就是他？”

“对呀。”我毫不犹豫地回答。奇怪了，这个叫苏云骋的家伙长得有模有样的，比吴建宇帅了好几倍，身材挺拔气质出众风度翩翩，她至于一脸这么恶心的表情吗？还是说我的“男朋友”实在太优秀，让她一时无法接受？

想到这里，我不禁更加得意。

苏云骋没有放任我的得意：“你好了吗？如果好了就走吧，车子在外面等着。”听到这句话，我对苏云骋的感激程度直线飙升。虽然这话说得硬邦邦的一点都不如我的演技那么棒，但是我看得出来他已经在尽自己最大的努力帮我圆谎，要他跟我一样说出那个“Honey”，可能真的是太为难他了。

于是我见好就收，冲他笑得比蜂蜜还甜：“差不多了。”又冲着姚银珠、林蕾甜甜一笑：“不好意思，我们还有事，就先走了，改天再聊吧。”然后，不给姚银珠任何反对的机会，转身挽着我“Honey”的手款款走出花园。

不过，是我太美了还是我的“Honey”太帅了，为什么我感觉到周围有无数的目光一直在热情地追随着我？

直到上了苏云骋的车，我才摆脱了那些热情的目光。

“奇怪，刚刚那些人干吗一直看着我们？”我拉下车窗上的镜子照了照自己，嗯，妆容还算精致，玫瑰之心衬得我皮肤雪白，又看了看苏云骋，嗯，英俊潇洒风度翩翩，尤其是刚才他的英雄救美，更让我觉得他气度非凡。“我们长得很正常啊，虽然俊男美女的组合是有点过分惹人嫉妒，但也不至于这样吧？”

苏云骋冷冷地瞥了我一眼，没有说话，用他的沉默表达了他已经不想陪我演戏的态度。于是我收起我的嬉皮笑脸，认真地跟他说：“刚才谢谢你帮我解围。”

苏云骋没有看我，冷漠的侧脸线条僵硬：“算是对刚才过失的补偿。”他说的是礼服和鞋子的事情。我连忙点头：“我知道。你放心，这件事绝对就此为止！我不会要你再赔我的礼服和鞋子的！”为了表示诚意，我从包里掏出他的名片，小心地给他放到一边。

苏云骋瞄了一眼，没有说话。

切，装什么酷。我在心里翻了无数个白眼，忽然才想起来还没有告诉他我要去哪，于是连忙把公寓地址报上，然后双手合十笑容甜蜜："谢谢啦！"

话音未落，保时捷稳稳停住。苏云骋转过头："下车。"

我愣："啊？"

"对不起，我并没有要送你回家的意思。这个地方很好打的，下车。"冷漠的嘴角勾着一丝不耐烦，说完之后就再也不看我。

当下，我真的是使了吃奶的劲儿，才忍住没有朝他骂一句"Fuck"。

开门，下车，关门，下一秒，保时捷已经无声无息地从我面前滑走，我在车子的尾气里朝那远去的影子默默地"呸"了一下。什么东西嘛，拽得跟二五八万似的，开辆保时捷了不起啊，这城里一抓一大把！

稀罕！

车子掉头，渐渐驶离我的视线，直到消失。初夏的风轻轻拂过，还是带着点凉意。习惯性地去摸一摸耳垂，然后——

"啊！耳钉呢？"

"不会吧，方悄悄！你居然把那耳钉弄掉了！那可是J的最新设计，马上就要开品别会了！"林嘉琪在电话那头狂吼，"你知道我多不容易才借来的吗！我千保证万保证绝对不会损伤一分一毫，结果现在！你给我把它弄掉了！"

我苦着脸："对不起啊嘉琪……我……"我真是欲哭无泪了。

"马上去找啊笨蛋！"嘉琪快急疯了，"J会炒了我的！"

"可、可……"我要怎么找啊。在上了那男人的车子之后我还照过镜子，两只耳钉都还在，所以说一定是掉在那车子上了。可是！我只知道他叫苏云骋，其他的一概不知，那串电话号码我只瞄了一眼，哪里记得住啊！

这到底是多么悲催的一天啊！

“我不管，方悄悄，你要对我负责！如果我被炒了，你要养我！你要负责给我找老公，你要负责帮我养孩子……”

“好，我负责……”我无力地低下头，一边迅速打的往回赶去。他刚刚掉头应该是回光华酒店吧？现在赶回去或许还来得及拦到他。

虽然希望渺茫，但死马当活马医，我还是决定去碰碰运气。

赶到酒店，然而到哪里去找却是线索全无，去前台大厅问有没有一位叫苏云骋的客人，得到的答案是否定的，但是莫名其妙的，前台小姐看我的眼神怪怪的。

只能先到酒店大厅去等。可是，半个小时过去了，一个小时过去了，却还不见那苏云骋的身影。他该不会已经走了吧？我的心里忐忑不安着，可也只能选择继续等下去，因为除此之外，我已经没有别的办法可以找到他。

忽然听见大门前一身惊叫：“啊——”片刻的停顿之后，“哎呀，我的包！”

一个小混混打扮的年轻男子不知道从哪里钻出来，抢了一个在酒店大门前等待车子的老太太的包就跑。“保安！保安！抢劫啊！”老太太急得大喊。也不知道是哪里来的一股热血冲上大脑，我拔腿就追了上去。

“站住！”开玩笑，我方悄悄大学的时候可是拿过校级的短跑冠军的，虽然已经“金盆洗脚”多年，但瘦死的骆驼比马大，如果连一个小混混都追不上，岂不是让人笑掉大牙！不过，这高跟鞋穿着跑步还真碍事。

一边跑一边脱下高跟鞋，拎着鞋子光着脚以百米冲刺的速度一路狂追。身后酒店的几名保安也挥舞着警棍追上来，一边

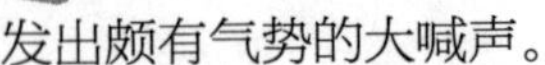

发出颇有气势的大喊声。

劫匪的身手倒是很灵活，瞅准时机冲到马路中间，抬脚就要翻越中间的安全栏杆。

“可恶！”我一急，顺手一挥就把手里的高跟鞋砸了出去。

一个完美的抛物线，高跟鞋稳稳当当地砸在了正在翻越栏杆的劫匪的后脑勺上，一个重心不稳，劫匪晃了晃身子，从栏杆上摔了下去。

“吱——”的一声，一辆车子紧急刹车，司机骂骂咧咧地下车：“喂，你不要命了，乱穿马路！自己想死也不要搭上我给你陪葬啊！”顺脚往劫匪身上狠狠踹了一脚，刚刚要爬起来的劫匪无力地再次倒地。

劫匪被迅速追上来的酒店保安带走了，我将包交到老太太的手上：“阿姨，你的包。”老太太接过包，急忙在包里翻找起来，直到摸出一个小盒子，焦急的脸上才露出笑容，一把拉住我的手：“哎呀，这位小姐，实在是太感谢了。我这包里有我和我先生的结婚戒指，如果丢了我真不知道该怎么办。”说着又从钱包里取出一叠钱：“这些钱就当我给你的谢礼吧。”

我急忙摆手：“不用不用，举手之劳而已啦！”开玩笑，我方悄悄可不是见钱眼开的人。

老太太见我推辞，忽然一拍手：“哎呀！看我这老眼昏花的！我记起来了，你是苏少的女朋友嘛，怎么会在意这一点点钱。”

苏少？我呆了呆。

老太太见我发呆，笑着解释：“刚刚在吴家的婚礼上，我都看见了。”

“啊……哈哈！”原来是这样。我尴尬地笑笑，原来老太太是来参加姚银珠的婚礼的。这时候一个中年男人赶到了：“妈，我听说你被抢劫了，没事吧？”

老太太抓着我的手："没事没事，多亏了苏少的女朋友，特别英勇帮我追到了小偷，不然我和你爸的结婚戒指就要没了！对了，你叫什么名字？"老太太慈祥地看着我。

"我叫方悄悄。"我真是尴尬极了，犹豫着要不要跟老人解释清楚我不是那个什么苏少的女朋友的事实。转念一想又觉得反正和老太太也是素不相识，她误会就误会吧，免得解释起来又平添麻烦。

"方小姐，实在是太感谢你了。"中年男人递上名片，"改天我再请你和苏少吃饭。"我接过名片——嚯，宋文轩，居然是一家大银行的行长。

虽然我等平民小辈这辈子和银行打交道顶多也就是存款取款小额贷款，实在劳烦不了堂堂的大行长，不过我还是奔着资源广纳的精神对宋行长展开十分友好的笑容，并礼貌性地握了握手。

送走宋老太太和宋行长之后，我在大厅里又等了近两个小时，却还是不见那个苏云骋。无奈，只好打道回府。

天，我该怎么办！回去一定会被嘉琪用满清十大酷刑伺候的！

为了不要死得太惨，我决定回公司接嘉琪下班，以实际行动来求得她的原谅——虽然这个希望的可能性只有百分之零点零一。

C&V设计部。

C&V的设计部门，是整个公司的灵魂所在，设计部的装潢充满了个性色彩。奶黄色的墙上张贴着C&V历年的宣传海报和国内外知名珠宝品牌的经典之作以及珠宝史上的著名人物画像，一排排的玻璃橱窗里，亦摆放着各位设计师们历年来的样品。

我小心翼翼地把脑袋探进林嘉琪的办公室，却发现林嘉琪不在位置上。咦，这家伙去哪儿了？该不会是被J骂哭了躲起

来了吧？我的脑子里迅速浮现出J一手叉腰作茶壶状数落嘉琪的样子，忍不住心生愧疚。

嘉琪，我对不起你，呜呜。

林嘉琪作为C&V首席设计师J的助理，办公室就在J的办公室的外面。在我还来不及把头缩回来的时候，J的办公室门打开了，穿着花衬衫牛仔裤的J出现在门口。

糟糕！

我迅速转身打算撤退，然而已经来不及了。

“哎哟，悄悄，你不是请假了吗？”J扭着腰肢走过来，“请假去参加什么婚礼，嘉琪还从我这借走了我的‘玫瑰之心’，说是要给你戴。哎哟，其实我觉得呢，人家的婚礼一辈子也才一次，你就不要打扮得漂漂亮亮的去抢风头了嘛！宴会已经结束了？你该不会是穿这一身去参加婚礼的吧？”J目光疑惑地上下打量着我的T恤牛仔裤，“玫瑰之心呢？”

逃不掉了。我立马摆上笑容回身，像往常那般亲热地挽着J：“是啊，我先回了一趟家，特地来接嘉琪下班一起去吃周末大餐的。“玫瑰之心”我放在家里了，下周一上班带来给你。”

提起“玫瑰之心”，J是一脸骄傲：“‘玫瑰之心’可是我今年打算推出的惊世之作，居然没让它多现一会儿。你皮肤又白又细，配上玫瑰金更是好看。周一你可要记得带回来。”

这时候林嘉琪正好回来，一看见我，马上跟八爪鱼似的扑了上来，拉了我就往外面跑，直到躲到清洁大婶用来放拖把抹布的工具间里，才狠狠一把揪住我：“方悄悄，你最好告诉我你已经找回了‘玫瑰之心’！”

我讨好地笑笑：“那个，我真心地希望我能告诉你我已经找回了‘玫瑰之心’，可是天妒红颜啊！事实总是与愿望相反的……”

“方悄悄！”

“哎呀，我也是没有办法吗啊！我已经马上回酒店去找那个男的了，可是就是找不到啊！”我哭丧着脸，可怜兮兮地看着林嘉琪，期望她能对我产生哪怕一丁点儿的同情之心。

然而林嘉琪迅速地抓住了重点：“男人？”

面对她双眼露出的恶狼一般的凶光，我小心地吞了口唾沫，只能毫无选择地把下午发生的事情讲了一遍。

“白痴！”林嘉琪听完之后，毫不留情地给了我一耳刮子：“这么容易拆穿的谎言你也说得出口，亏你长了这么漂亮一个脑袋，里面填的都是稻草啊！”

我抗议：“好歹也得是香草……”后面一个“吧”字在林嘉琪的杀人目光下自动消音。

“苏云骋，苏少，苏云骋……”林嘉琪皱眉，反复地念叨着这个名字，忽然她双眼一亮，不由分说又拎着我出去在休息室的杂志架上抽出一本杂志翻开递到我的面前：“你说的苏云骋，该不会是这个吧？”

我伸出脖子去瞄了一眼：哎哟喂，可不是嘛！看着僵得跟植物大战僵尸里面的倭瓜一样的脸，不就是我说的那个苏云骋嘛！

在得到我肯定的点头之后，林嘉琪倒吸了一口冷气：“方悄悄，你麻烦大了。”说着，她翻开下一页，一个亮眼的标题：苏云骋，又一个神话。

“他可是RT的新任掌门人，RT董事长苏云芝的亲弟弟，也是未来RT的继承人。”林嘉琪的语调沉重，让我恍惚间觉得她是在我的葬礼上念我的悼词，“方悄悄，你觉得这个谎，能扯得下去吗？”

整整一分钟的静默。

我瞪着林嘉琪，林嘉琪也瞪着我。夏夜的凉风吹进屋子，我忍不住打了个冷战。

“我、我……”我呆了半秒，“那我怎么办？”

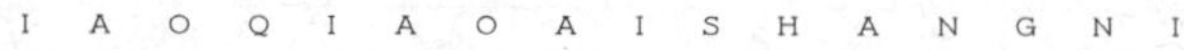

“怎么办？”林嘉琪把杂志塞进我的手里，“第一要做的，就是去找苏少把‘玫瑰之心’拿回来，否则，我就先把你活剐了。”

我定了定神，默默地翻开杂志，目光落到苏云骋的那张照片上。几个小时前我还挽着他的手亲亲热热地管他叫“hoeny”，现在，我只想管他叫“trouble”。

周六。

难得是一个阳光灿烂的周六啊。可是，在这样阳光和煦春光明媚的周六，我居然不能去野外踏个青，放个风筝，也不能去商场购个物，吃点好吃的，而是要像现在这样，跑到RT公司去找苏云骋。

其实我根本拿不准，堂堂RT的苏少会不会在周六还出现在公司里，跑到RT去只是因为除此之外，我没有别的任何办法。幸运的是，我等到了。

苏云骋看到我的时候，第一反应就是皱眉。

我想我也真心没有给他留下过好印象，所以也就忽略了他不友善的表情，如获救星一般冲上去，没想到脚下12寸高的高跟鞋实在不给力，“咚”的一下整个人趴倒在地上。当是时，苏云骋正站在距离我脑袋不足两米的地方，他进门的时候，整个大堂里的目光全部聚集在他的身上，这时候就全都转移到我身上来了。几个保安原本看见我朝着苏云骋扑过去，冲上来想要保护苏少，一看到这架势，全部都愣住不知所措。

当时我真心想把我的脸深深地埋进冰冷的大理石地面里，就此不起。

不过转念一想，幸好我今天穿的是裤子。这个信念终于支撑我在众目睽睽之下站起来。膝盖没有磨破，只是疼得皮紧，我讪讪地揉着膝盖，一边朝苏云骋走近了两步。

我还没想好要怎么开口打招呼，苏云骋说：“跟我来。”

没等我点头，他自顾自朝大堂一侧的休息区走去，我连忙跟上。

RT公司在本市最贵的商业大楼里，一楼大堂的休息区也是豪华配置。大厦的一侧靠水，苏云骋走到近水阳台上，颇有气势地在米色的沙发上坐下，那架势，就跟偶像剧里的豪门男主角似的。我三步并做两步跟上去，屁股都还没沾到那豪华的沙发，苏少冰冷冷的声音就传了过来：“找我有事？”

我打了个寒战，连忙把我丢失了耳钉怀疑是在他车上的事情交代清楚，以免他误会。

苏云骋听完点点头，叫来助理吩咐他去车上找，然后起身打算要走，忽然又想起什么似的坐下。刚刚才放松了表情的我连忙重新挤出温柔贤淑的笑容，端坐好聆听苏少的训导。

“方悄悄，对吧？”

我甜甜地笑：“是的，苏少。”果然不愧是苏少，我记得我根本没有向他透露过自己的名字，一夜之间，他已经通过自己的方式得知。不过这样说来，我对他而言起码是个值得去打听的人，而不是陌路。

苏云骋乌黑的眼珠直勾勾地盯着我，他就那么随意地在沙发上一坐，却有一种居高临下的气势，让我不觉间矮了一截。

“方小姐，有些话我想我还是早点说清楚的好。”

我点头。

“昨天的事情我希望就到昨天为止，待会你取回你的耳钉，我们就没有再见面的必要了，懂吗？”

我再度点头。

难怪他刚才看见我跟看见了黏虫似的，原来以为我是来纠缠他的。哎哟哟，这些什么少爷公子的就是自恋，虽然他的确英俊多金，虽然我的确花痴贪财，但上天作证，对他，我还没来得及产生非分之想，起码截至目前为止。

时下，我最关心的还是我的耳钉。

于是我很诚恳地："苏少您放心，如果不是那枚耳钉关系到我饭碗问题，我绝对不会愿意再次见到您——啊不，我的意思是，我绝对不想再见到您……"

在我胡言乱语的解释之下，苏云骋的脸色越来越难看，他冷着脸点点头，起身，踩着金色的阳光大步离开。

远处，无数悄悄假装在忙其实都在偷看这边情况的人见苏少一走，一下子呼地向我挪近好几米，窃窃私语之际毫不收敛地用堪比X光的目光对我上上下下一番扫射。

我知道这些人肯定是在心里猜测我和苏少的关系。内心忍不住有些小小的虚荣汹涌澎湃，但表面还是淡定优雅地坐着，端起咖啡小啜了一口。没过多久，苏云骋的助理就拿着遗失的那对"玫瑰之心"出现了，我将小小的耳钉接过来，放在掌心看了看，还好，没有损坏。

正午的阳光毫无遮挡地照下来，耳钉闪出温柔的色泽。

离开的时候，一路上又收获了无数异样的目光。我一边享受，一边也在心里小小地遗憾着，这辈子恐怕是唯一一次这样受人瞩目了，从这一刻起，我与苏云骋就像是两条相交线，离开交点，只会越走越远，再无相关。

Chapter02　我整个人都斯巴达了

事实证明，我想错了。

短短一个星期之后，苏云骋再次出现在我的面前。这一次，是他主动来找我的。

当时我正加完班，走出办公楼的时候天已经开始转黑。华灯初上，我看着那些七彩的霓虹灯正一边狠骂资本主义对我等平民的剥削一边朝地铁站走去。路边停着一辆保时捷，但我完全没有和苏云骋联想到一块，因为这个城市里宝马奔驰保时捷之类的豪车实在是太多了。

就在我走到车子边上的时候，车门忽然“哒”的一声开了，然后苏云骋就站在了我的面前。

春末夏初的傍晚，他英气逼人地站在凉凉的晚风里，白衬衣羊毛衫，路边的灯光在他的身上洒下橘色的光芒，如果不是我认得这张脸，应该会在心底大大地惊艳一番。但很可惜我认得这张脸，并且也记得就在一个星期之前，他还冷冰冰地跟我说希望以后再也不要相见。

于是当时我的神情应该是充满了警惕的：“你……找我？”

苏云骋脸色依旧很臭——不，应该说比我之前见到他的任何时候都要更臭，声音冷淡气势逼人：“上车，我们谈谈。”

我很想把脸一扬，傲慢地问一句“凭什么”然后昂首挺胸大踏步离去，可惜他那种皇帝般君临天下的气势实在是太强大了，大到让我有一种应该跪地参拜高喊吾皇万岁的错觉。我不由得就默默地坐到了副驾驶座上。苏云骋也坐进了车子，然后按下了锁门键。我一下子心慌起来，连忙往车门上蹭了蹭，警惕地看着他：“你想要干什么？”

苏云骋没有回答我的话，只是直勾勾地盯着我看。车里没有开灯，只有橘色的路灯照进来，光线很暗。苏云骋的眼睛比这黑暗更暗，像雪地里的狼一般闪着幽幽的冷光。他的嘴唇抿成了一条线，下颌的线条僵硬，直觉告诉我，这个男人正处在愤怒的边缘。

我连忙在脑子里把我这个星期的所作所为都过了一遍——上班下班吃饭睡觉，除此之外也不过就是上娱乐八卦论坛看看帖子而且从不发言，绝对没有干任何可以招惹到这座冰山的事，于是我斗胆问了一句：“苏少，您要和我谈什么？”

苏云骋把目光从我脸上移走，移走之前还在我身上上下打量了一番，嘴角勾出一个不屑和讽刺的笑之后才终于开口：“方悄悄，我真是小看了你。”

“啊？”我完全不能消化他莫名其妙的语言。

他冷哼了一声：“看起来傻头傻脑的，居然比我以前遇到过的女人都聪明厉害，看来我有必要重新训练一下我看人的眼光了，是不是？”他的双手放在方向盘上，橘色的灯光下指骨节节分明。右手的食指不紧不慢地敲打着方向盘，刹那之间我的脑子里浮现的是TVB的警匪片里变态杀人狂知道女主发现了他的秘密而正打算杀人灭口之前跟女主角摊牌的情节。

当下我忍不住打了个冷战，结结巴巴地："你……你要杀我？"

车子里冰冷的气氛因为我这句话而凝固住了。苏云骋的表情明显呆住了三秒，等他反应过来的时候一对英气的眉毛已经快要扭在一起："说吧，你的底牌，要多少钱才够。"

这下我真的听出话里有什么不对劲来了。看来这位苏少一定是误会了什么。于是我很诚恳地一字一句地说："苏少，你说什么我真的听不懂。如果方便的话可以把事情从头到尾说清楚吗？"大概是我诚恳的语气打动了这位苏少，他眯了眯眼，终于肯把事情从头到尾简单地讲了一遍。

我也顺利地找出了问题所在。

"所以，是宋文轩行长认为我是你的女朋友，邀请我和你一起去他府上做客？"原来是这么回事。我赶紧把那天在光华酒店门前帮宋老太太追回戒指的事情讲了一遍以证清白，然后义正词严地发誓："我绝对没有对宋行长和宋老太太说什么，他们是在婚礼上无意间看见误会的，这个事情虽然责任在我，但我们已经说清楚了！"他休想对这件事秋后算账！

苏云骋沉默了片刻，然后似乎是选择了相信我的辩解。脸色稍缓，虽然还是黑面但至少没有刚才那么可怕了。

我松了一口气，于是赶紧再接再厉："你放心，我绝对绝对没有纠缠的意思。你可以对宋行长说其实那是一场误会，如果你觉得影响到你的话，就把事实说出来也行！再不然，你就说我们原本的确是男女朋友，现在已经分手了。你要是怕影响你的形象，就说是我出轨变心的，我也无所谓！"

苏云骋的神情开始犹豫，显然觉得我的提议非常可行。这时候，他的手机响了。他接起电话应了几声，原本稍缓的脸色又一下子沉下去。我吓得呼吸都不敢大声，小心翼翼地看着他。苏云骋挂掉电话没有看我，而是靠在座椅上看着前方，仿佛在思考着什么。指骨分明的手指在方向盘上有一下没一下地

敲着。

大约过了有一分钟，苏云骋才慢慢开口："陪我去宋府。"

我愣了愣："啊？什么？凭什么？"我明明已经讲清楚了，何况刚才是他自己气急败坏地来质问我为什么败坏他的名声，现在他又改主意了？真是抱歉，本小姐可也是有自尊有骨气的！没空陪你变来变去地耍猴戏！但是，苏云骋一句简单的话就打败了我："给你三万作报酬。"

林嘉琪靠在房间门口一边涂着指甲油一边看着我翻箱倒柜："哎哟方悄悄，你可真是威武能屈富贵能淫啊，才三万块就收买了你的自尊你的骨气！"我头也不抬继续在我的柜子里寻找着可以穿得出去的衣服："切，什么叫才三万块，半年的工资呢！去陪着吃一顿晚饭就能挣到半年的工资，不干我才是傻子！"

林嘉琪摇头："你要是进了娱乐圈，一准儿就是不务正业专陪富商吃饭捞钱的那种！唉，不要这件！你是去吃晚饭，又不是参加派对，太夸张！大方得体的就很好。"

于是我朝着大方得体的方向去翻我的衣柜，结果很泄气地发现一无所获。平常上班的时候穿套装，下了班就穿运动服或者是T恤牛仔裤，有几件小礼服是买来参加婚礼或派对用的，可是陪苏云骋去宋家吃饭这样的场合要穿的衣服，既要上得了台面，又不能太过夸张，讲的就是一个朴实中的奢华，这调调的衣服，我真的没有。

怎么办？买呗！

购置服装的钱，应该能够报销吧？在这个问题得到了苏云骋肯定的答复之后，我第一时间奔向了平常连踏足都不敢的Jimmy choo\'s。Jimmy choo\'s的店员一个个都练就了火眼金睛，显然不觉得我这样一个牛仔裤T恤的女人会是他们的顾客，在我进店的那一瞬间，我明显感觉到了淡漠的眼神。当我掏出我的信用卡的时候，店员的目光才稍微热情了一些。

当我拎着衣服鞋子走在商场里的时候，我俗气地小小虚荣了一把，因为那些袋子上印着的那些英文。而姚银珠就在我这样飘飘然的时候，出现在我的视线里。

“悄悄！”她热情地跟我打着招呼，手里同样拎着几个袋子，但当目光落在我手里的袋子上的时候，我看得出她下意识地把手里的东西往身后藏了藏。

我们找了家咖啡厅坐下。说实话，虽然我并不想和姚银珠坐在一起喝咖啡，但是看到她瞪着我的战利品眼珠子都要掉出来的那种“羡慕嫉妒恨”的样子，我情不自禁了。“悄悄，你在C&V一定薪水丰厚吧，买这些东西可要花不少钱呢！”明明心里肯定不是这样想的，却还是虚伪地问我。我淡淡笑了笑：“不多，一个月才五千多点。这些是云骋给我买的。”在说出“云骋”两个字的时候，我忍不住起了一身鸡皮疙瘩。

姚银珠脸色不豫，讪讪地笑着：“是吗？”

我得意扬扬地欣赏着她的表情，一边在心里暗爽得差点要哼起小曲来。姚银珠喝了口咖啡，犹犹豫豫地说：“悄悄，我和建宇的……”我微微一笑，用一种平静淡然的语气说：“过去的事不用提了。其实各人都有各人的造化，能不能在一起都是缘分，对吗？”姚银珠似乎没料到我会这样说，尴尬地点了点头。我继续说：“上帝是公平的，他关了一扇门就会为你打开一扇窗。他让我失去一个人，会让我得到更好的。如果不是当初的事，我现在也不会……”我故意欲言又止，却把目光落在Jimmy choo\’s和Valentino上。

姚银珠的脸色刷的一下子绿了。

我内心欢快得有无数个小人在欢快地扭动着，一边继续淡定地喝着咖啡，又皱眉：“唉，这咖啡全然没有KopiLuwak好喝，是吧？”

姚银珠声音细小地：“KopiLuwak？”

我故作惊讶：“是呀。你该不会没听说过吧？也有人叫它猫屎咖啡，不过我觉得这个名字也太恶心了，是吧！不贵，一杯也不过千元左右。”其实这种一磅几百美元的奢侈咖啡我只不过在TVB电视剧《法证先锋》一个案子里听欧阳胖胖提过而已，这个时候拿出来装13，主要是装给姚银珠看的。

姚银珠沉默。

我悠悠然地喝着咖啡，忽然就觉得今天天气晴朗阳光灿烂，窗外来来往往的车辆都显得那么可爱。从认识姚银珠开始，我每一件事都败在她的手下，无论是广播站竞选干部还是那年的主持人大赛。这些败了也就罢了，我最无法接受的是我将自己的初恋输给了她，尽管至今我不愿意承认。而今天，起码是这一刻，我总算是漂漂亮亮地赢了一仗了吧？

但我错了。生物界有一个名词叫做“天敌”，比如猫之于鼠。搁到人类的世界，就比如姚银珠之于我——结账的时候，姚银珠忽然说：“悄悄，建宇在城郊投资了一个度假村，这个周末开业，到时候你和苏少也要来赏光呀！”

她乌黑的眼珠看着我，那眼神复杂而暗沉，好像一双手扼住了我的喉咙让我不能呼吸。

我整个人都斯巴达了。

姚银珠的邀请让我接连三天的心情都阴沉沉的，直到坐上苏云骋的车，内心还在拼命地挣扎着。

苏云骋没有看出我的不妥，上车之后将一个黑色天鹅绒盒子递给我，简单干脆地命令：“戴上。”我打开，是一条钻石项链。也对，作为苏云骋的女朋友，连条钻石项链也没有未免也太寒酸了。于是我取出项链戴上。

车子后座放着一盆紫色蝴蝶兰，用透明的玻璃纸包好，然而车子里还是弥漫着一股淡淡的香气。香气在狭小的空间流动，车子里放着轻柔的音乐，车窗外一盏盏路灯掠过，一阵明，一阵暗。这样的气氛实在好极了，何况我身边坐着的还是一枚英俊的男子。但我还是不识风雅地打破了这样的气氛。

“那个……”我小心翼翼地开口。

苏云骋转过头看了我一眼，没有阻止我继续说下去。

于是我大着胆子：“今天我帮了你，你能不能也帮我一个忙？”苏云骋冷冷地：“我想你搞错了，今天你不是帮我的忙，你是受我的雇佣来做事而已。”顿了顿，“帮忙，是不收钱的。”

我早就料到他会这么说。万恶的资本家，我早就看破了你们的真面目！“如果你肯帮我，我愿意不要你那三万块！只要你给我报销衣服鞋子的钱就好，而且我保证会把衣服鞋子还给你，绝对不会起一点点贪念！”我诚恳地。

苏云骋沉默地开着车。

我想他的沉默应该就是默许我说下去的意思，于是说：“前几天我在商场遇见姚银珠，她邀请我和你一起出席吴建宇城郊度假村的开业派对，你能不能……”

苏云骋想都没想：“不能。”语气斩钉截铁没有一丝商量的余地。

我不死心：“为什么？现在我不要你的钱，那就变成了我帮你了不是吗？你再帮我一次，很公平！”

“我出三万块请你来假装我的女朋友陪我出席宋家的晚宴，这个合同在你点头之时起已经生效。三万块我会照给，你要或不要是你的事。这笔交易的内容仅限于此。你提出来的要求，是属于另外一笔交易，我不同意合作，就是这么简单。”苏云骋冷冰冰地吐出这句话。我看着他的脸，在忽明忽暗的光线下时隐时现，五官硬朗如刀刻一般。有一个词叫做狗急跳墙，用来形容此时的我简直是契合得天衣无缝，因为事后我也不敢相信我居然敢对苏云骋说出那样的话，这摆明了是赤裸裸的威胁。

“好啊，你不同意合作，那我也要毁约！”我扬起头，“停车，我不干了！”

苏云骋终于转过头来，英气的眉毛再一次拧在了一起：“你说什么？”其实话刚说出口的时候我已经后悔了，这些天我翻过不少关于苏云骋的报道，不管是财经类的还是八卦版的，得出的结论只有一个，那就是宁可得罪小人，也不要得罪苏云骋，但是破罐子破摔，这句话也是为此时的我而设的。“我毁约，不干了！我要下车！”我硬着头皮瞪回去。

苏云骋被我唬得愣了三秒，又重新把注意力集中在驾驶车辆上。似乎觉得我是开玩笑的，他居然轻轻笑出了声。于是我恶狠狠地：“你是不是觉得不停车我走不了就拿你没办法了，嗯？我告诉你苏云骋，你最好在这里就把我放下，否则我一定在宋老太太和宋行长面前拆穿你的谎言再告你一条强迫我装你女朋友来欺骗他们第二次的罪名！”

这一次，苏云骋乖乖听话，把车停下。

其实我刚刚的暴跳如雷是演戏的成分比较多，我根本没想过假如苏云骋真的把车停下的话我是不是真的要毁约离开，所以当苏云骋真的这么做的时候，我愣了。苏云骋按了开锁键，然后对我摊了摊手：“请便。”刹那之间，我的脑子里风起云涌。我决不相信苏云骋是如此善类，就算他现在真的是要放我走，也绝不会这样善罢甘休。果然，在我狐疑不定的目光的注视下，苏云骋亮出最后的底牌：“违约金，1000万。”

“什么？”我差点跳起来，“我才拿三万块钱的报酬凭什么违约金就要1000万？”

苏云骋气定神闲：“RT和银行在谈一个项目的合作，如果成功RT获利不止10亿。你临阵脱逃让RT损失了10个亿，我向你要1000万的违约金，不过分吧？”不过分，不过是强词夺理！呵，他当我方悄悄是白痴吗？别说我们的交易是不是合法，这1000万的违约金是不是合理，反正我们根本没有签过任何合同只不过是口头承诺，我就来个打死也不承认，就算上了法庭我也不怕!

我咬牙冲苏云骋露出一个恶狠狠的笑容：“好哇，1000万就1000万，明天千万要记得来找我开支票喔。对了，我的支票本是网上拍来的韩国进口货，印着小熊很可爱喔，不过银行给不给你换我就不敢保证了！”开门，我气势满满地踏出去，脚下的Jimmy choo\’s踩在水泥路面上发出骄傲的一声“嗒”，此时在我的耳里听来就是那悦耳的胜利的号角。一时间，我有些轻飘飘的——我居然挑衅了堂堂苏少!

然而这种美妙的感觉并没有持续太久，苏云骋的声音在下一秒飘进耳朵，让我瞬间石化。

“好，我会告诉你们公司老板你欠我1000万这件事，问他是不是有办法从你的工资里帮我扣下来还债。当然他也有可能会觉得这样不合法律程序而觉得为难，不过他会不会炒了给他惹麻烦的员工一了百了我就不敢保证了。”

前一秒，我还觉得这是一个晚风徐徐暖意融融的春末的傍晚，下一秒，阴云密布。

我僵硬在那里，背对着苏云骋。车门还开着，我甚至都还来不及多跨出去一步。沉默，是无止无尽的沉默。鲁迅先生说，不在沉默中爆发，就在沉默中灭亡，而我既没有爆发的勇气，也没有灭亡的决心，我只能在沉默中把自己憋成心理变态，以光的速度在脑子中构思了无数苏云骋死于非命的画面，如果美国人打算拍《死神来了6》，我将强烈希望苏少能倾情出演。

这尴尬的气氛不知持续了多久，我仿佛听见背后有轻微的笑声，然后苏云骋说：“上车吧，我帮你就是。”

我想大概是我没有控制好心理变态的程度，以至于听觉神经受损，居然从这句话里听出一丝丝温柔的味道。

宋家的晚餐设在郊区的别墅里。大厅的灯光大亮，挑高的屋顶上，一盏华丽的中式复古大吊灯散发着柔和明亮的光芒。我进了门，第一眼就看见宋老夫人一脸慈祥的笑容。苏云骋给了我一个眼神，我心领神会，挽住了他的手臂。

“哎呀，方小姐！”宋老夫人一看见我就热情地招呼，苏云骋把兰花奉上，老太太接过兰花客套了几句，就拉我过去坐下，一边给我向身边一位贵妇人介绍：“清柔，这就是帮我追回你爸戒指的方小姐，真是多亏了她。”又跟我介绍：“这是我儿媳妇。”宋夫人的笑容就像她的名字一样，声音也柔软动听：“真是太谢谢方小姐了。”说着朝身边的佣人使了个眼神，那佣人去而复返，拿回来一个小盒子。

宋夫人将盒子接过来，打开，里面竟是一对珍珠耳环，那珍珠浑圆莹白，足有小时候玩的玻璃弹珠大小，一看就知道价格不菲。“这是南洋珍珠，刚从国外带回来，就算是我们家对方小姐的一番谢意。”宋夫人说着就将盒子递过来。我连忙推辞：“这礼物太贵重了，我不能收下。”宋老太太嗔怪地看了我一眼：“贵什么，不过几千块而已。你帮我追回了我的婚戒，别说这两颗，就是一串珍珠都不足以表达我的谢意，你要不收下，我可生气了！”

我还要推辞，一边的苏云骋却替我接了过来，这时我才发现他脸上不知什么时候已经换上了温和的笑容，和面对着我的时候的冷冰冰截然不同：“我替悄悄谢谢老夫人和宋夫人的一番心意了。悄悄，既然是宋夫人送给你的，你就收下吧。”他抓起我的手，将盒子放到我的手心，再将我的手合上。他的眼睛看着我，每一个眼神都充满着温柔的笑意，我差点要沉溺在这样温柔的眼神之中。

宋老太太和宋夫人见此情景，不由会心一笑。那细细的笑声传进我的耳朵，才让我惊醒过来，想起这一切都是在演戏。

苏云骋与宋老太太和宋夫人闲聊了几句，就和宋行长一起到楼上的书房去谈事情了，临走之前还给了我一个眼神，示意我要好好演戏，而这个眼神看在宋老太太的眼里，显然又是不同的意味了。

“悄悄，你和苏少在一起多久了？”宋老太太拉着我的手，满脸慈祥的笑意，看得出来她真的非常喜欢我。我想了想，如果说我和他在一起已经很久了，那老太太一问起太多关于苏云骋私人的事情我恐怕就要露馅，如果说的时间太短，又怕让老人家觉得我们年轻人太过随便影响她对苏云骋的印象，只好编了个故事：“其实我们俩认识是在好几年前在日本旅行的时候，那时候我还不知道他的身份，只把他当做一个普通人。我们在日本结伴同行一个多月，后来旅行结束就分开了。分开之后我们才发现已经爱上了彼此，但是却失去了联络，直到半年前我在这重新遇见他，我们才正式在一起了。”

“原来是这样，可真是难得的缘分呢。”宋夫人喝着茶，笑着说道，显然是在讨好老太太。宋老太太听了也眉开眼笑：“对对对，这就是缘分。难得你们在分开这几年的时间里还是心意一致，相遇才能重新相爱。悄悄，我看你和苏少真是相配！”

我假装甜蜜，羞涩地笑了笑。唉，让我这样欺骗一个慈祥的老太太，真是于心不忍啊。

聊了一会儿，宋老太太又拉着我的手看起了手相，一言断定我有旺夫运，会给苏少带去强大的运气。我从来不信这些，但是看老人说得开心，也就装作很惊奇兴奋的样子连连喊“是吗”，把老人哄得乐得不行。

聊了一会儿，佣人就来报告晚餐已经准备好，于是宋老夫人拉着我的手一起到餐厅去，苏云骋和宋行长也从楼上下来了。苏云骋看老太太高兴的样子似乎很是满意，看着我的时候目光柔和了不少。

这别墅是中式装潢，餐厅也布置得古色古香，恍惚间我还以为自己是穿越到古代的大家庭里用餐了。美味佳肴一道一道地上来，我的任务除了回答老夫人一些关于我家庭、父母以及对苏云骋的询问之外，就是享受这从未吃过的美食。最后上了鸡汤，我最喜欢的食物之一就是鸡汤，于是乐颠颠地给老夫人盛了一碗鸡汤之后又给自己盛了一碗，正在喝的时候，却忽然听见老太太问了一句："对了，苏少，你打算什么时候把我们悄悄娶回去啊？"

我差点把一口鸡汤喷出来。

娶我？难道我不只是假扮一下苏少的女朋友而已吗？苏少年少风流，换女朋友肯定比换衣服还快，过些日子只要说两人分手就可以把这个谎圆过去了。可是怎么又谈到什么嫁娶了？

苏云骋笑眯眯地喝了一口鸡汤："我当然是希望尽快了，悄悄这么讨人喜欢，不赶紧用结婚证把她拴牢我也不放心。不过她却说还没过够单身生活，而且又希望要一个浪漫的婚礼。总之，要抱得美人归问题还有一点棘手啊。"他说完，伸手过来抓住我的手，"温柔"地看着我。

我清楚地感觉到手臂上一片鸡皮疙瘩。

这家伙真是演技派的。

宋老太太会心一笑："唉，现在的年轻人都是这样想的，我那个孙子也是，都快三十了还不肯定下来。悄悄，听我老人家一句话，女人呢，还是要嫁了人生了孩子才算是真正的女人，女人的事业应该是打造一个成功的男人，而不是什么单身生活做什么女强人！依我看，你们还是快点把婚事定一定。男人都说成家立业，要先成家才能立业嘛，对吧，文轩？"

她向自己的儿子征求意见，宋行长连忙点头："说的是。男人就是要先成家才会稳重成熟，才更容易在商场上大展拳脚嘛！"

苏云骋点头："宋行长说的是。"然后转过头，将我即将脱口而出的抗议瞪了回去。

这一顿饭吃得宾主尽欢，除了我之外。看着苏云骋和宋行长谈笑风生的样子，我是真的心慌了。这个谎似乎越撒越大，再这样下去要怎么收场？我是不怕，顶多就是被姚银珠嘲笑一番。可是苏云骋呢？他那么不愿意与我再扯上关系也因为宋老太太小小的一个误会而找我合作，我是知道这其中的原因的。

好像所有豪门家族的情况都复杂得让人头脑发胀，苏家也是这样。苏云骋如今是RT集团的CEO，董事长苏云芝是他的亲姐姐，但苏家在RT公司的股份，却并不是完全属于苏云芝苏云骋两姐弟，大部分都掌握在他们的祖父苏祥手上。苏云骋的父母在他小时候因为意外去世没有留下遗嘱，因此财产是由苏云骋的祖父母和两姐弟分成四份继承，再加上苏祥手上原本拥有的一小部分股份，显然苏祥才是RT集团的最大股东。

而苏云骋的几位叔叔伯伯都在觊觎他祖父手中的这些股份，时时刻刻都想要取代两姐弟在RT公司的位置。在苏云骋接管公司之前，年长他十岁的姐姐苏云芝掌管RT，曾有一次因为决策失误造成RT集团的重大损失，险些因此被收回权力。自从苏云骋接管RT之后，RT的业绩蒸蒸日上，苏祥也曾透露过打算把手中RT的股份全额送给苏云骋，毕竟这是他父母一手创办起来的公司。如今的苏云骋必须步步为营，一步都不能走错，否则就很有可能被他那些叔叔伯伯抓住机会小事化大。

这一次RT集团与银行的合作一定事关重大，所以苏云骋不得不选择了欺瞒。

那假若现在让宋行长拆穿了他们的谎言，那么一切就都完了。

苏云骋很清楚事情的严重性，在回去的路上，他一言不发。夜已经晚了，我为了让气氛不那么沉闷尴尬，摇下车窗让

晚风吹进来。车子飞快地掠过一盏又一盏的路灯，我偷眼去看苏云骋，他专心致志地在开车，背挺得笔直，额前的碎发被风吹得凌乱。他抿着唇，下颌的线条僵硬。

我想要问一些问题，但是又不敢开口。直到车子在一个漫长的红灯前停下，苏云骋才忽然慢悠悠地说："看来，宋老太太真的很喜欢你。"

我愣了一愣，不明白他现在说这个是什么意思，下意识地点点头："嗯。"

苏云骋又说："你知道吗，宋行长的父亲在他还没出生的时候就去世了，他是遗腹子。宋老太太就他这么一个儿子，这么些年一个人将他抚养长大，吃了不少苦。宋行长对他母亲的孝顺简直快到了二十四孝的地步。"

"嗯。"可是，这又怎样？

"所以在我听你说你帮宋老太太抢回她的婚戒之后，我就想利用你取得宋老太太的好感，促进RT和银行的合作。"这时候红灯结束，车子朝前驶去，"其实本来RT和银行的合作已经是十拿九稳了，可是半路杀出个程咬金，有另外两家公司不惜亏本也要和我抢这个工程，银行方面当然是考虑成本低的那一方。"

我奇怪："怎么会有公司宁愿亏本也要跟你抢生意？就先别提RT自身在业界的地位，你们苏家财大势大，也有人敢惹？"

苏云骋苦笑："和我抢的，就是我两个伯伯。"

我哑然。原来如此。豪门里面的利益之争真是可怕，就算是亲人也可以是敌人。"那你现在要怎么办。谎越撒越大，万一被拆穿，恐怕你会更麻烦。"这一切都是因我而起，如果不是我在姚银珠的婚礼上将他扯进这个麻烦，也不会走到这个两难的境地，想到这里，我不由得涌上一股歉意："对不起，都是因为我……"

苏云骋沉默了片刻，然后说："现在唯一的办法就是继续这个谎言。"

事后我想了很久，还是觉得苏云骋分明从一开始就策划好了不止要我演一场戏那么简单，所以在我跟他发飙说要毁约下车的时候，他还能在我背后笑得出来，还能那么温柔地叫我坐回去，并答应我的要求。苏云骋这个人，真是为了达到目的可以不择手段！因为那晚，在我被他深沉的目光和那段让人欷歔的豪门恩怨所打动，加上他以参加广播站聚会为要挟以及300万的报酬作为利诱，一时心软点头答应他继续假扮他的女朋友直到RT与银行的合作结束之后的第三天，他就派秘书送来了拟好的合同。

他大概是领教了我的出尔反尔，一定要拟一份合同才肯安心。

Theolivebistro，原木色的桌子上摆着一个白色细颈花瓶，插着一朵枯萎的玫瑰花，苏云骋的秘书递过合同来的时候，一片花瓣正好落下。苏云骋派来的秘书是个年轻男子，戴着眼镜斯斯文文的，一看就让人觉得非常安心可靠。我打听过，这是他私人事务秘书，姓张，跟在苏云骋身边已经五年，专门负责帮他处理一些私人事务，比如一些桃色绯闻。

也对，这件事最好只有我和苏云骋两个人知道，若不是苏云骋工作忙，或许他会亲自来。

张秘书说："合同是我仓促之间拟的，苏少也没能认真看，如果有什么不妥的地方，方小姐大可以说出来。"

我点点头，认真地看每一项条款。

果然是苏云骋的秘书，仓促之间拟的合同，也一条一条让人无懈可击，我的目光落在其中一条："合同失效期限由你们决定？不是说好在RT和银行签下合约之后一个月就解除合同吗？"开玩笑，假如苏云骋有意报复我，硬是拖着我到七老八十了才肯解除合同，就算拿了他那300万，可还有命花吗?现如今物价涨得这么快，再过几年300万能不能在乡下买套房子还是两说呢!

张秘书微笑：“方小姐请看第32条，关于报酬的部分。合同的期限我们暂定是签署合同之后一个月——当然，苏少说了，他非常乐意在达成目的之后尽快解约，这只是以防万一——超出的部分，我们会按一个月3万块的价格付给您报酬，不满一个月按一个月算。”

我把目光往下滑了滑，果然看见张秘书说的那个条款。哎哟喂，真不愧是有钱人，一个月3万块，比我在C&V累死累活拿得都高。于是，我又很不争气地拜在了万恶的资本主义的脚下。

张秘书继续说：“另外，您需要注意的是，在合同期间，苏少所赠送给您的——有特别说明的除外——以及您以苏少女友的身份所收的礼物，都归苏少所有，合同解除之时必须如数奉还。”

“我明白。”明白个P啊！还真是应了鲁迅大师的那句话，越有钱越抠门，越抠门越有钱。仔仔细细地将条款看了好几遍，确定没有什么遗漏的地方，我才慎重地在上面签了字。

张秘书收了合同便告辞离开了，行色匆匆。我又点了一杯热巧克力，打算好好享受这个阳光美好的中午。一想到几个月之后，我的银行户头里就有了整整三百万，我的眼前似乎已经出现了成堆成堆崭新的人民币，散发着阵阵诱人的芳香。可热巧克力还没有端上来，电话就响了。是林嘉琪。“方悄悄，大中午的你往哪儿跑呢，嗯？”我懒洋洋地靠在椅背上：“怎么了，大小姐！现在可是午休时间，我的私人时间不需要跟您交代吧。”林嘉琪在电话那头冷哼了一声：“J要开会，十分钟后会议室集合，迟到后果自负。”说完“啪”的一声挂掉了电话。

我懵了半秒，急忙抓起针织外套跳起来。

这是一个策划会议，关于最新季产品广告的拍摄。我在J进会议室的一分钟前气喘吁吁地赶到，才进门，就被林嘉琪一个指头戳过来：“神龙见首不见尾，最近越来越神秘了！”我吐吐舌头，在她身边坐下。J进来的时候一脸怨气，把手里的文件往桌上一丢：“定了，唐咏诗。”其实从他刚刚一进门脸上那种愤恨不屑的表情我就看出来，这场秋季系列广告模特之争，他输了。

“玫瑰之心”是C&V今年秋季要推出的“浪漫金秋”系列里的一款首饰，整个系列都以玫瑰金为主要原料，以契合秋天给人的金色的感觉，辅以玫瑰的浪漫。从当初提出设计理念，市场营销规划开始，J一直大力提议邀请演艺圈的老牌玉女周敏芝来代言“玫瑰金”系列，而总监徐倩雯则一意孤行，要邀请刚踏足演艺圈不久爆红的当红名模唐咏诗代言，J强烈反对却以失败收场。唐咏诗是ABC，从小在美国长大，毕业于哥伦比亚大学，父母都在美国，就是不知道为什么忽然会独自一人回国进了模特圈。唐咏诗身材火辣，面容姣好，虽不是五官精致的大美女，却有一种独特的大气，在短短半年内迅速蹿红。所以当时在挑选代言人的时候，徐总监第一时间就想到了她，钦点。

可惜虽然如此，但唐咏诗却有一个缺点——或许也不能说是缺点，只是恰好不被J所接受，她的皮肤是健康的小麦色，而J从设计之初就强调，只有雪白的肌肤才能衬出玫瑰金独特的色泽而不显得艳俗，他之所以力挺周敏芝，也正因为她是出了名的白雪公主。不过可惜胳膊拗不过大腿，太子妃的喜好决定了一切——谁叫徐倩雯不仅是C&V的总监，还是董事长未来的孙媳妇呢？

我和林嘉琪安慰他：“其实唐咏诗也不错，最近娱乐八卦版上关于她的帖子最多，她来代言销量一定大涨啦！”

J冷哼了一声："最好是。"顿了顿又说，"徐总监已经约了唐咏诗的经纪人明天下午见面，悄悄，到时候你作为设计部代表跟她一起去。"

"唉，悄悄我真羡慕你可以去见宋大帅哥！"J走了之后，林嘉琪才掐住我的脖子感叹着。她口中的宋大帅哥就是唐咏诗的经纪人宋江航，此人的外貌分数绝对不弱于线上一众一线小生，然而这样一个大帅哥隐藏在娱乐圈，直到一年前他成了唐咏诗的经纪人，一次被狗仔跟拍唐咏诗的照片他不慎"被入镜"，才在八卦论坛上被扒了出来，一夜爆红。不过爆红之后，宋江航并没有如众人所愿地从幕后走向台前，还是一如既往地做着唐咏诗的经纪人，用林嘉琪的话来说，简直是暴殄天物。

说实话，我并没有因即将要见到这位帅哥经纪人而欢欣雀跃。没错，他的确是很帅，我也的确喜欢看帅哥，但是当你看过一个人肥头肥脑还挂着鼻涕的童年并且印象深刻之后，即使他在往后的岁月里长成了奥兰多布鲁姆那样的帅哥，你对他也不会有一丝心动的。更何况在我抵达见面的地点，唐咏诗进军大银幕的处女作《钟情一夏》的拍摄现场的时候，我的目光就深深地被另外一个人"吸引"了。

"那是怎么回事？"我悄悄地捅了捅徐总监的助理小夕，小夕一脸迷茫："什么？"我指一指旁边的一间休息室，隔着透明的玻璃，苏云骋正面无表情地坐在那里，一边在自己的iPad上划拨着什么："那个，不是RT集团的苏少吗？为什么他会出现在这里啊？"小夕是公司里出了名的通灵天后，这天底下的事仿佛就没有什么是她不知道的。

小夕看到苏云骋的那一刹，眼放精光："啊，真的是苏云骋！"她神秘兮兮地压低声音，"方悄悄，你真是两耳不闻窗外事，一心只挣微薄薪啊！拜托你没知识也要有常识，没常识也要多看看电视，最近传得那么厉害，你怎么就不知道呢！"

“知道什么？”

“苏云骋和唐咏诗是一对呀！”小夕悄声地，“虽然未及证实，可爆料杂志言之凿凿，说是知情人士爆料的，不过以这个情况看，恐怕是真的。”

原来苏云骋的女朋友是唐咏诗。

好像察觉到有人在议论他，苏云骋抬起头，我猝不及防来不及收回目光，只好尴尬地隔着玻璃笑了笑。苏云骋抿了抿唇，没有任何表情又低下头去。我的笑容生生折断在半空，嘴角抽搐差点没回过来。

小夕在身边推了推我：“你还看啊。苏云骋这种等级的人物你看也白看，要打主意还是宋江航这种比较现实喔！”她笑嘻嘻地取笑我，我也顺着她的话笑嘻嘻地：“也对哦，赶紧去看看传说中的帅哥经纪人！”一边跟着徐总监进了片场。

在我进入片场的第一个瞬即，宋江航身体里装着的那个叫做“臭味相投”的雷达就自动搜寻到了我，他展开迷人的笑容朝我们走过来，在被我用一个杀人的眼神挡回去之后，他知趣地把热情转移到了徐总监的身上。

我可不想让小夕知道我和宋江航的关系，不然整个C&V都会知道，而我往后的日子就会生活在他粉丝的包围之中。

我和宋江航的关系其实很简单，不过就是四个字——打小认识。不过年少时的宋江航和现在完全是判若两人，直到初中毕业他还是一个身高160cm体重180kg的超级无敌大胖子，后来他父母下海经商把他带去了深圳，我就再也没有见过他，直到两年前他回来，已经长成这副颠倒众生的模样。你完全不能想象当时我见到他的那种惊讶，用惊掉下巴都无法形容，如果不是他如数家珍地说出当年他欺负我的那些恶事，我一定不肯相信这残忍的现实。

宋江航和徐总监进了一边的休息室商谈合作事宜，临走之前还给我抛了一个媚眼，我原本想好好享受帅哥的秋波，但是一想起他小时候的尊容，还是打了一个冷战。

用目光送走了宋江航，我忽然感觉身后一道目光刺来，沉住气悄悄用眼角的余光瞄了瞄休息室里的苏云骋，人家根本一直都低着头应付那台iPad，根本没有注意到我，倒是他身边的张秘书看到了我，礼貌地笑了笑。我真是不做亏心事也怕鬼敲门。

《钟情一夏》这部片子可谓是大牌云集，但是今天在拍摄现场的只有唐咏诗这个女二号和几个脸熟的三线演员，我饶有兴致地围观了一会儿，拍戏的过程和成片之后的效果大不相同，画面全然不连贯，唐咏诗虽然是模特出身，但没想到演技不俗，几个镜头很快就拍好了，在助理的保护下进了苏云骋所在的休息室。我八卦的好奇心被调动起来，伸长脖子朝休息室里看去，可惜唐诗咏一进休息室助理就拉上了窗帘，将我的目光死死隔断。

我百无聊赖，加上现在正在拍摄的都只剩下那几个我不感兴趣的三线演员，而宋江航和徐总监那边一时半会也谈不完，我决定站起来走一走，顺便参观一下。

拍摄的场地是一家知名的私人会所里的室内游泳池，装潢豪华不说，还有一个空中花园。因为是私人会所的关系，所以保密性很好，闲杂人等一概进不来，所以也没有探班的粉丝和记者，只有几个工作人员都围在了泳池边，其他地方都空荡荡的。

我在泳池边上晃了晃，发现外面是一个空中花园。连续下了几天的春雨，今天难得云散日出，花园里的花开得姹紫嫣红，一股自然的清香之气扑鼻而来，我忍不住走了出去。在花园里转了一圈我才发现，原来在这个位置居然可以看到苏云骋所在的那个休息室。这边的窗帘没有拉，我可以看清楚里面的情景，苏云骋和唐咏诗面对面地坐着，唐咏诗姿态妖娆，身上就只穿着刚才拍戏的比基尼随便披了块浴巾，性感的身材若隐若现。

苏云骋不愧是有道行的千年老妖，面对这样的性感尤物居然可以做到脸不红心不跳，真不知道他到底见识过多少女人。

正在我想得入神的时候，宋江航忽然出现："在这偷看别人可是很不道德的哦，堂堂RT的苏少，小心他叫人把你扔进江里喂鱼！"他嬉皮笑脸地凑到我边上来，我嫌恶地将他推开一些，恶狠狠地："你还是小心自己吧，让你妈知道你放弃美国的学业跑回来做什么经纪人，你才会被扔进江里喂鱼！"宋江航一脸坦然："只要你不说她就不会知道，不过我想你也不会忍心把自己的青梅竹马扔进河里喂鱼的，是不是？"一双水汪汪的电眼朝着我不断放电，我忍不住觉得有点恶心，呸了一声才想起来既然宋江航出来了，那徐总监也肯定在找我。

我连忙朝里面走去，宋江航这个不要脸的又跟上来一把搭住我的肩膀："悄悄，我好久没有喝到你熬的排骨萝卜汤了！"

我瞪他一眼："我又不是你的御用厨娘！"

宋江航垂头丧气地把脑袋耷拉在我肩膀上："唉，果然是遇人不淑，遇人不淑啊！既然如此，我还是去拜访一下你的那位室友……"此刻我的内心很有把他一把掐死的冲动，但我还是忍了下来咬牙切齿地："行，改天有空我去给你做！"我可不想让林嘉琪那些人知道我明明认识宋江航却瞒了她们整整一年！

宋江航达成目的，一张脸笑得跟太阳花似的灿烂。

我走进室内，小夕正在到处找我，见到我和宋江航一起出现，一脸复杂。宋江航笑嘻嘻地解释："我刚刚看到你这位同事在花园里，好心提醒她徐总监在找她。"小夕听了宋江航的解释才一脸释然，对我说："徐总监还在休息室里，接个电话就走。"

我连连点头，心想待会儿一顿狠骂是免不了的了，不免有点悲从中来。这时候苏云骋和唐咏诗从休息室出来，苏云骋的助理向大家宣布今晚苏少宴请整个剧组在“第一馔”吃饭，徐总监正好也从休息室出来，她在C&V的职位不低，大概是与苏云骋有过几面之缘，我听见苏云骋说：“徐总监你也来吧。”

于是，我便心不甘情不愿地成了陪客的跟班，前往“第一馔”吃饭去了。至于为什么心不甘情不愿，你体验一把苏云骋目光落在我身上的时候那种冰冷冷凉飕飕的感觉就会明白了。

“第一馔”就是那种传说中的顶级食府，一天限量只招待五十位客人，如非身份尊贵，像苏云骋这样一来就是一大帮子的客人，它可是高挂“恕不接待”的牌子。我不由得在心里感叹，苏云骋这厮虽然生在豪门苏家过得是苦，但那好处也是数不清的呀。法律都规定权利和义务是对等的，你享受了权利就该履行义务，他苏云骋凭什么只享受豪门的好不经历豪门的苦呢？

这样一想，我对他的不幸童年的同情就大大地打折了。

吃饭的时候苏云骋和导演、唐咏诗、宋江航等人自然是坐在一桌，徐总监作为贵宾也坐在那一桌，我原本是坐在另外一桌上的，可是主桌上位置还空，宋江航那个家伙就非要拉我过去坐。当然那家伙脑子不笨，为了掩饰把小夕也一起拉了过去，美其名曰我们三个是客人。我是真心不想往那一桌上凑，不想对着苏云骋吃饭，可看小夕的神情又不忍心破灭了她的希望，毕竟如果我推辞，她也不好坐过去，就只得被宋江航一屁股按在了他的身边。

我原本不想跟宋江航哈拉，但是当着众人的面我又不能驳他的面子，否则也太容易惹人怀疑了。这家伙也是吃准了这一点，不停地说话调侃我，在语言上占我便宜。我气得在桌子底下狠狠地踩了他好几脚，他疼得要死却还是挤出一脸的笑容，继续在语言上打击报复我。我们坐的这一桌里面，唐咏诗当然是最有光彩的，我仗着皮肤白五官端正，排在徐总监和小夕之上还是颇有自信。苏云骋今天为唐咏诗做东请客摆明了唐咏诗就是他的人，别人自然不敢招惹，于是那导演制作人都把目标对准了我，一个个地向我劝酒。

我从小不胜酒力，有一次在宋江航家里吃了醉蟹结果差点放火把他们家烧了，毕业后进入职场虽然也锻炼出了一些，可不过就是几瓶啤酒的量，真心扛不住他们这一杯一杯红酒的劝。宋江航对我那次的壮举一直心有余悸，一整个晚上帮我挡了不少酒，最后醉得都有点晕乎乎的了。导演开宋江航的玩笑："小宋啊，你和方小姐不是有什么吧，这么卖力地替她挡酒啊！"

宋江航醉得靠在椅子上，一说话一股酒气："嘿嘿，导演，俗话说'窈窕淑女，君子好逑'，方小姐要是愿意，我不介意和她有什么的！"一句话说得哄堂大笑，一时气氛大好。我虽然哭笑不得，但念在他帮我挡了那么多酒的份上决定暂时不和他计较。

事实上我自己也已经喝得差不多懵了。虽然宋江航义气相助，但我也不能都不喝，算算下来也得喝了有一瓶红酒。所以到散席的时候，我也已经醉得连眼睛都睁不开，还好有小夕一路扶着我才下到停车场。徐总监的老公开了车来接她，小夕和他们顺路，就搭他们的顺风车回去。我才挥手跟他们道了别，胃里就一阵翻腾，急忙冲到没有人的地方去狂吐。等到我吐完舒服了，跌跌撞撞站起来，困意发作眼睛都睁不开，差点又一头栽下去。

幸好身后有人拉了我一把，我没站稳，一下子撞到他怀里去。那人身上有一股好闻的古龙水味，我闻出那是宋江航身上的味道，于是放心把头抵在他的肩上，揪着他的衬衫袖子嘟嘟喃喃地："宋江航，你送我回家去。"说着抹了抹嘴巴又在他衬衫上蹭了蹭。

其实宋江航这厮有点洁癖，以前小的时候每次他欺负我我就用这招对付他，他一定一蹦三尺高，进而对我退避三舍。但今晚他的确也是喝多了，据我的不完全统计应该有三瓶多，根本也顾不上这些就直接把我往车后座里一塞，自己也跟着坐了进来。

车上很暖，我靠在宋江航的身上很快就睡着了。

等我醒来的时候，我发现自己在一个完全陌生的房间里。

虽然陌生，可是装潢得很精致，一看就知道绝对奢华。粉刷得牛奶白的墙壁，浅蓝色的碎花窗帘。床很软很舒服，被子又轻又暖还透着一股干干蓬松味。床的对面一张白色的化妆桌，一排溜的高级护肤品，里侧是衣柜，外侧是一对沙发。这看起来不像宋江航的家，这家伙到底把我弄到什么地方了？我掀开被子，发现自己居然穿着一件男人的衬衫，一时间我脑子中电闪雷鸣，只有一个念头："宋江航，我要杀了你！"

顾不上换衣服，我怒吼一声拉开房门。

一个宽敞的客厅。

落地窗开着，乳白色的窗帘被风吹得飘起来，阳光照在阳台上的绿色植物上，一片深浅不一的绿。这是我拉开门之后看到的第一个画面，第二个画面就是，苏云骋站在厨房门口，手里还端着刚泡好的咖啡，一脸惊讶地看着我。

夏初的暖风吹过来，大腿上一片微凉，仿佛在提醒着我什么——我没有穿裤子！

等我换好衣服出去，苏云骋已经坐在餐桌上，面前摆着的餐盘里有煎得黄白分明的荷包蛋，还有两片面包。他没有急着吃早餐，而是小口小口啜着咖啡，神情静默而专注，仿佛在想着什么。我出去的时候他听见声音便抬起头来，目光落在我身上的那一刹，我分明看见一丝异样掠过乌黑的眸底，转瞬即逝。

我这时真是尴尬极了。假如现在地上有一条缝，哪怕只有头发丝大小，我都愿意试试能不能钻进去。可惜洁白色的大理石地面铺得很平整，连接缝处都不易察觉。

我定了定神，硬着头皮走过去，一边扯出一个自认为看起来淡定的笑容。

“那个，我刚才……”

苏云骋目光冷冷看着我，等着我说下去。

这种目光让我更加紧张，可我只能硬着头皮继续问下去：“那个衣服……”

苏云骋还是不说话。他把手里的咖啡放下，双手十指交叉放在桌上。那十指非常好看，节节分明的指骨，还很白皙，一看就是没干过什么粗活的大少爷。

“那个……”我吞了吞口水，伸长脖子四处打量这屋子。苏云骋看我这副样子忍不住皱了皱眉头：“你找什么？”

我嘿嘿干笑两声：“你们家保姆呢？”现在我只能寄希望于是苏云骋的保姆为我换的衣服了。电视剧里不是常出现这种情节吗，女主角醒来之后发现自己的衣服被换以为自己被男主角看了个精光，一通尴尬扭捏之后真相大白，才知道是男主角家的保姆丫鬟或者是姐姐妹妹替她换的衣服。

堂堂苏少，家里肯定也是有保姆的吧，我的衣服也肯定是保姆给我换的吧！我才不相信他盘子里的荷包蛋是他自己煎的呢！

苏云骋只用简单的一句话就将我心底仅存的一点侥幸全部抹杀：“我不习惯家里有闲杂人等在，每天下午会有钟点工来打扫，没有保姆。”

只有晴天霹雳五雷轰顶能形容我当下的感受。

“那……所以……”我是彻底凌乱了，艰难地从牙齿缝里

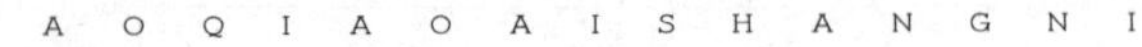

挤出声音，尖细得跟老鼠似的，“昨晚是你帮我换的衣服？”那个“你”字，简直轻得连我自己都听不见，好像这样就可以抹掉那个已成定局的可怕结果。

苏云骋默默地看了看我，还是不说话，拿起刀叉来默默地切着盘子里那只漂亮的荷包蛋。刀子在瓷盘上划擦，发出轻微的涩涩声，我浑身一颤，鸡皮疙瘩顺着手臂起了一片，就好像那刀子是划在我的皮肤上似的。当时，我真的很想扭头开门冲出去，然后一辈子和苏云骋桥归桥路归路老死不相往来。

这全都怪宋江航那个混蛋！我的酒量他不是不知道，即使自己醉得要死了，也要先把我捎上车再死吧？都是他的放任疏忽，才让我落入了苏云骋这个恶魔之手！

宋江航，你别让我从这里活着走出去，否则你我再见之日，便是你的死期！

直到我快要绝望的时候，苏云骋终于开口说话了。他把一小块煎蛋放进嘴里，细细地品尝完了之后，才云淡风轻地吐出一句：“不是。”

这句话在我听来，犹如大赦的圣旨一般。不过我还是不敢相信：“那……是谁给我换的？”

苏云骋抬起眼皮：“不知道。”

“啊？”大少爷，你这是演的哪一出啊？

苏云骋耸耸肩：“那衣服是我不穿的旧衣服，放在那个房间的衣柜里。我也不知道你怎么会穿上它的。大概，是你自己换的吧。”

他这么一说，我冷静下来仔细回忆，才想起仿佛是有这样一回事。我在家睡觉的时候都是穿着T恤内裤的。哪怕回到家的时候再累再困，即使不洗澡我也会换了衣服睡，所以昨晚虽然醉得个不省人事，但挣扎之间还是起来摸索着在衣柜里抓了件衬衫出来胡乱套上。

难怪刚才换衣服的时候，发现衬衫扣子都扣错了。

这下我才彻底地松了一口气。还好还好。虽然还经历了刚才光着两条大腿出现在苏云骋面前的尴尬，那至少比沙滩上的比基尼美女穿得多多了，现在大街上走的那些个美女的裙子短裤也是这么短，苏云骋的衬衫长，我并没有走光。

比起苏云骋帮我换衣服看尽我衣下春光的冲击，这完全是小菜一碟。

放下心来的我整个心情都变得格外轻松愉快，几乎是哼着小调坐到了餐桌边上，从一边的多士炉里取出烤好的面包片不客气地吃起来。对面的苏云骋此时的表情是风云万变，但我的心情实在是太好了，完全顾不上照顾他的心情。吃着吃着我忽然又想起来——

“昨晚我不是上了宋江航的车吗，为什么会？”如果我记得没错的话，我吐完之后的确是倒在宋江航的怀里，被他拖上车的。难道那厮半路把我扔下，然后我又被苏云骋捡到带回了家？

不可能，借那家伙三个熊心豹子胆他都不敢！

苏云骋淡淡一笑：“昨晚你醉得那么厉害，还知道自己上的是谁的车？”

我咬着面包连连点头：“当然。我闻得出宋江航身上的古龙水味道，一股风骚的味道。”我最讨厌男人往自己身上喷东西了，男人嘛，清清爽爽的最有男人味了，所以在他买这瓶古龙水询问我意见的时候，我在旁边冷冷地斜眼看他，给了两个字的评价：“风骚！”

“哦，原来是这样。”苏云骋若有所思地点点头，“难怪你会那么顺从地跟我上车。”他吃完了煎蛋，抽出一张纸巾优雅地擦了擦嘴角和手，“我想，大概我和宋先生很巧地用了同一款风骚的古龙水吧。”

苏云骋说话的时候语气总是冷冷的，然而却让人有一种不寒而栗的感觉，仿佛这是暴风雨前的宁静，下一秒他就会变身

金毛狮王冲上来大吼着掐住你的脖子。

我立刻狗腿地改了口风："哎呀，原来如此。果然是苏少，品位也特别高。我可喜欢代言这款香水的那个外国帅哥了，哎哟，那双眼皮深邃的哟……"

苏云骋显然不接受我的狗腿，面无表情地起身进了厨房。

我心虚地低下头猛往嘴巴里塞着面包。这么说起来，昨晚搂住吐得昏天暗地的我的人是苏云骋咯？扶着我上车的人也是他咯？那么……

我靠着睡着的那个肩膀，也是苏云骋咯？

这么一想，我的耳根子忽然狠命地烫了起来。

一口面包卡在喉咙间，噎得我差点气都喘不上来。幸而这时候苏云骋去而复返，手里多了一杯牛奶，放在我的面前。我顾不上说谢谢，端起来喝了一大口才把面包冲下去。

心里忍不住有些泪流满面的感动。我居然喝到了堂堂苏少亲自倒的牛奶！

后来我和苏云骋聊起这件事的时候，才知道那晚我不仅靠在他的肩上睡了，简直整个人就跟八爪鱼似的牢牢黏在他的身上，手环腰脸贴胸，还时不时地打个酒嗝，嘴巴里嘟嘟囔囔模糊不清地说着乱七八糟的话。如果当时我能记起这些的话，真的，我一定会当场操起一边的水果刀切腹的。也正是因为我的酒后乱"性"，让苏云骋误会了我和宋江航之间的关系。

苏云骋一直看着我吃完早饭。我情商不低，看他的样子就知道他有事情要说，于是赶紧吃完抹干净嘴巴，乖乖地坐着看着苏云骋，等着大少爷示下。

"你男朋友知道我们之间的交易吗？"苏云骋问道。

"啊？"我一时脑子没有反应过来。我男朋友？"你是说宋江航？"他不是吧，居然会以为宋江航是我的男朋友。这是哪儿跟哪儿啊？苏大少爷真是艺高人胆大，想象力超群卓绝，居然能提出这样的问题。"他不是我男朋友。"我诚恳地解释。虽然这样的解释结合昨晚的情况来看确实不太可信。

苏云骋自然不信："我了解以宋江航的身份你们公布恋情会带来不必要的麻烦，所以我也不会问你为什么不带他参加婚礼。不过我不是八卦的人，你大可不必在我面前掩饰。但我希望在我们的交易完成之前，你不要出什么状况。你知道吗，你和宋江航的演技都不太过关。"他讲这句话的时候，表情笃定而淡定，深信自己的认知就是事实的全部。

我不由得在心里默默翻了个白眼："演技？"

"昨晚。"苏云骋简单解释。

原来他昨晚在餐桌上就看出我和宋江航相熟，并认定了我们的关系，真是自以为是。我也懒得跟他解释太多，干脆笑嘻嘻地："既然苏少您有了自己的看法，我也不想多说什么，总而言之我不会给你出状况的。拿人钱财替人消灾，我一定对得起您的三百万。"

苏云骋定定地看了我片刻，那表情看不出来是信了还是不信。

"这就好。我不想因为你的私事而导致我整个计划失败。明白？"

我连忙拼命点头。这个完全可以放心，宋江航回来两年一直忙着处理那些明星们乱七八糟的事情，尤其是做了唐咏诗的经纪人之后，我就是想见他一面都很难，除了小时候那点儿破事，我现在的情况他肯定是一问三不知，要糊弄他简直太容易了，我完全没有在担心这个。退一万步讲，就算他知道了真相，我谅他也没有那个胆子背叛我！

说到这个，我忽然想起来。"那个，我有个小小的好奇心，你能不能满足一下？"

苏云骋冷冷地喝一口咖啡。不说话，那就是默许了。我急忙在他反悔之前问："听说你和唐咏诗在交往？"苏云骋当时的表情很微妙，可惜我道行不够没办法理解这种微妙。"我没有义务回答你。”他言简意赅。我揶揄他：“哎哟，别不承认了，不然你昨天怎么在片场？还替她做东请客？”

苏云骋抿了抿唇，在那一瞬间我差点以为他要发怒了，背后一阵寒气升上来。谁知道他只是站起来：“今天周六，你不用上班吧？”

我点头。如果不是周六，昨晚也不会放开胆来喝的。

然而苏云骋说出了一句完全牛头不对马嘴的话：“把碗洗了。”

什么!

我愣了愣，回过神来之后冲着苏云骋的背影大喊：“凭什么要我洗碗，你不是有请钟点工吗？”自由女神作证，我生平最痛恨的家务活就是洗碗了!

苏云骋头也不回，背影消失在房门之后：“天下没有免费的早餐。要么付钱，要么洗碗。”

你知道什么叫做哑口无言吗？你知道什么情况下人会哑口无言吗？当下我真的是哑口无言整个人都僵掉了——故乡里的豆腐西施，你实在是摸透了这些资本家的习性：真是愈有钱，便愈是一毫不肯放松，愈是一毫不肯放松，便愈有钱。

我想这房子应该是苏云骋自己的住宅，并不大，不过五六十坪，然而精致考究的装潢还是透露出了主人的富贵。厨房是开放式的，干干净净不沾一丝油烟，从那些调味罐的摆放就看得出来应该不常开火，全是些摆设。灶上支着一个小小的平底锅，显然是刚刚煎蛋的锅子。看来苏云骋的厨艺水平也就仅限于煎蛋了。

我一边不服气地嘟囔，一边把锅碗刀叉放进洗碗池，认命地刷起来。等我清理完毕洗了手转身一看，苏云骋不知道什么时候出来了，倚在房门口远远地看着我。见我转过身来，他没有移走目光，还是那样静静地看着我。

我无法形容我那时的感觉，阳光从大窗子落进来，空气中漂浮着一些金色的颗粒。心里有一种很细微的感觉，就像那些颗粒一样漂浮着，充溢在胸腔里。

只不过是数秒钟的静默，苏云骋走过来：“走吧。”

我问：“去哪？”

Chapter03　这才是资本家赤裸裸的嘴脸

苏云骋没有回答我的问题，而是直接把我带到了轻风广场，C市最大的商场。

苏云骋带着我走进一家金行。这是一家老字号金行，跟C&V的时尚创意不同，定位更高更传统一些。苏云骋并不是什么家喻户晓的大明星，虽然苏少的名号在钻石王老五的排行榜上常年盘踞前三，但在路上随便就被认出来的几率其实并不大。金行的店员就不认得他，见我们进来也只是客客气气地："两位有什么需要可以随便看，我们的金饰是全行最好的。"

苏云骋点头，把我拉到柜台前。

"干什么？"看这排场，他不会是想送我礼物吧？这可不太好，毕竟无功不受禄，这两天我又没立什么功，而且说实话其实C&V的首饰更合我的品位。

苏云骋言简意赅："挑一下婚戒。"

我真想上演一出一口茶喷出来的戏码，但可惜此时我的手边连瓶矿泉水都没有。还没等我说话，店员已经笑眯眯地：

“原来两位准备结婚了呀，挑婚戒来我们这就对了。两位想要什么样子的？钻戒还是传统首饰？我们店里做中式首饰做得很好的，如果两位想办中式的婚礼的话，全套金饰还有金器都可以在我们这里买到。”说着就从后面的架子上抽出一本厚得跟瑞丽杂志似的书，摊开在我们面前：“不如两位先看看图册吧？”

我瞄了一眼，书正好被翻到红盖头那一页，好家伙，就一个盖头，居然也用金线绣出复杂的花样，四周垂着的流苏上悬挂着金色的小珠子，我往下一看价格：5999元起。

一个红盖头六千块，还起！我被震惊了，不由得捧起那本书：“天啊，一个红盖头居然要六千块，那凤冠霞帔要多少钱啊？”

不知道这时候那店员是不是从苏云骋身上看出点纨绔子弟的气质了，一改刚才的客气变得热情起来，听我这样问急忙帮我翻了几页：“凤冠霞帔在这里。其实我们都是会根据客户的需求量身定做的，这些都只是一个参考价。”

我不得不说，这是我见过的最美的凤冠霞帔。但是，一看到页面下面的参考价，我还是颤抖着双手把书放下了。太贵了！比什么verawang的婚纱要贵出一大截！举办一场这个规格的中式婚礼，那得花上多少钱啊！

一边的苏云骋冷冷地：“我们不办中式，先买个戒指就好。”店员的热情一下子被浇灭，笑容也僵硬了不少。我看在眼里居然对她产生了一股愧疚感，好像自己做了什么对不起她的事似的。唉，都怪我给了她可以做成一笔大生意的希望啊！

不知道苏云骋葫芦里到底卖的什么药，不过既然他叫我挑婚戒，我就大大方方地挑，而且因为完全不需要担心他会承担不起，不用看价格尽挑喜欢顺眼大颗的钻石来看，女人的购物欲一上头，我挑得不亦乐乎。

最后挑中了一对钻戒，叫做缘点。女戒上有五颗分别为

0.1克拉的钻石将指环分成六截，而男戒上却只有一枚大钻石。虽然没有达到店员的期望值，不过这一对也价格不菲，拿到后面去包装的时候，店员脸上都笑出了一朵花。

看四下无人，我跟苏云骋开玩笑："看八卦杂志上的女明星嫁入豪门，钻戒动不动都是上千万的，苏少您就买这个，不会觉得没面子么？"

苏云骋表情淡淡："反正也不是真的，无谓浪费这个钱。"

我的笑容僵了一下，随即释然。也对，又不是真的要结婚，又不是真的要圈住对方一辈子的婚戒，何必浪费那个钱？于是我讪讪地笑："也是啦。如果是真的，那肯定应该是男方买好戒指然后出其不意地跟女方求婚那样才叫浪漫！"

苏云骋点头，又问："万一男方挑的戒指女方不喜欢呢？"

"既然相爱，肯定知道对方会喜欢什么样子的吧。而且既然相爱，婚戒到底是什么样子的，也并不是很重要吧。"我混乱地掰了一通，店员正好拿着包装好的婚戒出来了，苏云骋刷卡付了钱，我拎起小袋子就走。

出了金行，我莫名其妙地又说了一句："其实大可以连这几万块钱都可以不用浪费。"

苏云骋倒是笑了笑："物有所值。"

买完钻戒苏云骋送我回家，一路上都静默无言。我临下车前他问我："你的聚会是什么时候？"

我想了想："下周末晚上。"

他点点头："我会把时间空出来，下周末见。"顿了顿，又说，"我工作忙，除了必要的见面我不想浪费时间，所以，我希望这次的聚会是最后一次。"

我点头，将车门关上。保时捷绝尘而去，我站在原地，看着车子消失在街尾才回过神来。刚才那种细微的感觉再一次浮上来，我在正午的阳光下打了个冷战。

苏云骋那句“物有所值”当时我不明白是什么意思，只以为他说这对戒指还算买便宜了，当时心里狠狠地骂他是万恶的资本家，吸血鬼。可到了周一，C市那份包罗全市吃喝玩乐所有信息的周刊上市之后，我就知道了。

每周一早上在公司楼下的肯德基吃早餐和看周刊是我和林嘉琪的默契。我点完了猪柳蛋堡和豆浆之后才端到位置上，出去买周刊的林嘉琪就一脸阴森地推门进来，将新鲜出炉的周刊放在我面前。

我丝毫没有察觉有什么异样，一边从中间抽出我最爱看的美食版一边嚷嚷：“快点吃快点吃，要迟到了。”

林嘉琪伸出手来把我的手按住，另一只手把周刊拿起来，竖着放在我的面前。

“干吗……”我这下真是彻彻底底呆住了。这星期周刊的头版居然是——“苏云骋婚期在即买婚戒”。下面配了一张图，看得出来是在金行外面隔着玻璃拍的，是我和苏云骋买完戒指转身离开的那一幕。照片很大，占据了一个版面，质量很高，我的脸，很清晰。

就这么一个阳光美好的初夏早晨，昨天看天气预报最低温度是10℃，我却忽然感觉有一股阴森森的诡异的气息围绕在我的身边。我颤抖着双手翻开娱乐版，里面有关于我们那日行程的详细报道，从前一晚从“第一馔”出来开始，到我在苏云骋的小公寓住了一晚，第二天中午出门直接到轻风广场买婚戒，巨细靡遗。中间还配了几幅小图，分别是我在“第一馔”的停车场靠在苏云骋的身上以及从苏云骋家离开的时候的照片。

“这……我们被偷拍了？”我第一时间只能想到这句话。心里一沉。不知道苏云骋得知了这个消息没有，他说过我们之

间的事情他会安排，叫我不要做任何事。这件事会不会对他的计划有影响?

正在详读内容的林嘉琪却冷笑："偷拍？我看不是。"她指着报道其中一段给我看："你看，这里记者说到是最近听闻有关苏云骋和唐咏诗恋爱的传言，才特地去唐咏诗拍戏现场等的，苏云骋替唐咏诗做东请大家吃饭的消息记者也搞到了，记者自己都写了，'若不是峰回路转，苏少真女友意外现身，恐怕真的要以为苏家和唐家联姻在即'。"

我不是傻子，林嘉琪这么一点拨我就通透了。原来如此，难怪苏云骋会这样突然带我去买婚戒，又会说这几万块"物有所值"，可能他早就知道有记者在关注他和唐咏诗，为了避免绯闻对他造成影响，尤其是在宋家那边，他才这样迫不及待把我这个宋家认可的"女朋友"推了出来。

"那你说，苏云骋是不是真的跟唐咏诗？"我压低声音开始八卦。

林嘉琪一翻白眼在我脑袋上招呼了一个栗子："你还有空关心这个？大小姐，你这么清晰的照片被登出来，别的人不说，公司里肯定要炸开锅的！"

林嘉琪果然是名不虚传，脑子里永远比我多一个弯弯，总是能比我更高瞻远瞩。我在对她更加敬佩三分的同时，也为自己那可以预见即将到来的悲惨生活哀悼了一把。"那怎么办？"我征询林嘉琪的意见。

林嘉琪最后给我的建议是：请假。

"反正你干完这一票之后有300万，工资就让他扣去吧！说不定你可以跟苏少申请一下额外补贴！"林嘉琪这样说。我额上斜线三条，什么叫做干完这一票啊，听起来我怎么那么像土匪杀人越货啊！

但我还是接受了林嘉琪的意见，不等在肯德基吃完早饭就迅速开溜，因为公司很多同事也习惯在这吃早餐。

翘班了我无处可去，也不敢在街上瞎逛。我真心是没有在报纸上被曝光过的经验，也不知道眼睛雪亮的广大人民群众会不会凭着报纸就在街上把我认出来。我不想冒这个险。正在为难的时候，手机忽然响了。

我一看是宋江航，接起来劈头盖脸就是一顿骂：“宋江航你这傻×！你还有脸打电话来，你知不知道我因为你现在多落魄，全市人民都认得我了啊！有公司不能去啊！在大街上流浪啊！搞不好工作都要丢掉了啊！你是不是打算养我一辈子啊！”

电话那头宋江航的声音笑嘻嘻：“哎哟哎哟，苏少奶奶发飙了呀！少奶奶如今在何处逍遥呢，有没有时间接见一下小人？”

少你妹！我愤愤地挂掉电话，顺手打了个的去宋江航家。出租车跟火箭似的飞奔起来，我望着窗外明晃晃的太阳，想了想还是关掉了手机。公司那班八婆一定不会就这样善罢甘休，掐不到我本人也会打爆我的电话的。可怜的林嘉琪，作为我的同居室友，她只能自求多福了。

宋江航素来没有早起的习惯，我赶到他家的时候才刚刚起床。一身嫩黄色的卫衣，头发凌乱，那张嫩脸怎么看都像个高中生。他边刷牙边开了门，口齿不清地嚷嚷着：“快进来，别给狗仔拍了照，我可惹不起苏少的女朋友！”

我鞋也没脱抬起来就在他屁股上踹了一脚。

随之而来的是鬼哭狼嚎的哀叫。

“要不是你那天晚上扔下我自顾自地走了，我会落到苏云骋手里？我会被他带到他家去？我会被记者拍下那些照片？宋江航，你最好给我一个满意的理由，否则我马上给你爸妈打电话告诉他们你扔下美国MBA学位不要跑到这里来做什么经纪人，混得乌烟瘴气！”

宋江航看得出来我是真的动怒了，连连双手合十讨饶："姐，好姐姐！我知道错了！不过这事真不能全都怪我，我顶多只负一半的责任！"

我听出他话中有话，斜眼看他："从实招来！"

宋江航小心地退后三步跟我保持安全距离："其实事情是这样的，我想你肯定知道媒体最近一直在炒苏少和咏诗之间的绯闻，跟着咏诗好久了就是没有拍到证据。那天在'第一馔'门口是我先发现狗仔队，我怀疑是投资方放出的消息，跟苏少一合计，决定来一招狸猫换太子。我本来想跟你商量的，可是没有机会，好在你被灌得很醉，所以就……"他睁着水汪汪的眼睛无辜地看着我。

我这才知道原来宋江航这家伙彻头彻脑的就是这件事的策划者！

我挥手就给了他一拳："王八蛋！原来你是故意陷害我的！好啊，罪加一等罪无可恕株连九族！宋肥肥，拿命来！"大喝一声，我抄起餐桌上的水果刀跳起来，宋江航嘴巴里还叼着吃了一半的吐司慌忙逃命，我挥舞着水果刀紧追而上："呔，妖怪，还不快快伏诛！"

宋江航边跑边口齿不清地："好汉饶命，可我发誓我真的没想到事情会发展成这样啊！"

我恨恨地啐了一口，把水果刀插在宋江航那价值不菲的沙发上，一屁股坐下来："你没想到你能想到个爪子！"①

宋江航表情扭曲，无比心疼地摸了摸自己的沙发，然后才说："悄悄，我对不起你！我只是想要一耍那帮记者，可是没想到苏少居然会带你去买戒指。我也纳闷事情怎么会发展到这样一步。按理说吧，你又不是什么名人，也不是名媛，长得嘛……"他上下打量了我一番，躲过我的攻击："也就中等偏上。记者在苏少家门外守了一整夜，第二天要是看到苏少带回

① "爪子"，重庆话，意思是"什么"。

家的不是唐咏诗而是一个他们根本不认识的普通女人，一定会捶胸顿足痛不欲生一番然后鸣金收兵的啊！”

我冷笑：“哎哟，您这招可真是高明啊！”

宋江航点头，一脸骄傲：“那是！这样一来就什么事都没有了。不过苏少这葫芦里卖的什么药，还带你去买婚戒，让这帮记者捡了个大新闻。我搞不懂。”他摊了摊手，凑上来：“你们之间是不是有什么秘密协议，说出来我听听。”

我把他的脸推开：“有你妹的秘密协议！”

不过我也想不明白苏云骋这样做到底意欲何为，本来我们只要小范围地在宋家和姚银珠面前假扮一下情侣就可以了，可他这样一闹，我和他的事情算是公布天下了，往后我可怎么活啊！

“不过可能……”宋江航又若有所思的，“他就是想借你做烟雾弹，来掩饰他和咏诗在恋爱的事情？”

我当时就傻了。

我确定我没有听错，宋江航说的的确是——苏云骋和唐咏诗在谈恋爱。

宋江航看我一脸震惊的样子，有点讶异：“你不知道啊？其实我也是前不久才知道，咏诗自己跟我承认的。你没看苏少都在片场跟进跟出的吗？我倒是无所谓，反正大小姐进娱乐圈也就是玩玩，总不会想玩一辈子的。”

我问：“不是说苏云骋想开模特儿经纪公司，打算挖唐咏诗过去才来亲自拜访的吗？”

宋江航一挥手：“都是传闻。这个事你听听就好，其实我们艺星经纪就是苏少的，但没对外公开，应该是防着他那俩伯父。哎，苏少在跟你谈合作的时候没跟你说原因？看来你还是一个只要有钱被卖了都愿意的主儿啊方悄悄！”他开着玩笑就要过来捏我的脸，我气狠狠地一把挡住他的手，凶巴巴：“捏你个死！我的脸就是被你从瓜子脸捏成圆圆脸的你知罪吗

你！”宋江航满不在乎：“圆圆脸才好看，你又不是明星，脸瘦就上镜讨喜，真的！”

看着他一脸诚恳的样子我决定接受他的说辞，但还是没有允许他捏我的脸。

其实这个时候我的心里真是乱透了。

原来如此，原来如此。

原来苏云骋是为了掩饰他和唐咏诗的恋情，才把我无辜地推到风口浪尖上。也对，在人家苏少眼里我方悄悄算个屁，一个连累他不得不委曲求全和我演情侣的倒霉蛋，他开了三百万给我，当然要物尽其用，这才是资本家赤裸裸的嘴脸。我怎么活怎么死跟他又有什么关系，他才不需要考虑。

这种感觉真的很微妙。

就在我内心不断挣扎激烈战斗的时候，宋江航接了几个电话，挂了电话然后说：“今天我放假，你什么打算？要不要跟我出去逛逛，看看电影什么的？你放心，躲狗仔我是专业的！”

我的心情实在很糟，根本没有心情出门。于是靠在沙发里跷起二郎腿，顺手打开宋江航家超大的液晶电视，一边指挥他开了电脑给我放《康熙来了》：“我不去。你去超市给我买点吃的，我今天的目标是增肥5斤！”宋江航咋舌：“你这是遭了什么打击了这么自暴自弃？”

我哼了一声不搭理他。

我不知道苏云骋到底在打什么算盘，既然宋江航知道他和唐咏诗在恋爱，为什么前几天问我宋江航知不知道我和他的交易。既然他认为宋江航是我的男朋友，那么干脆四个人开诚布公把事情交代清楚不是更有利于这件事情的操作吗？但是不管怎样，我决定把我和苏云骋的事情暂时性地瞒住宋江航。

宋江航在看到我开出的购物清单之后大呼小叫了一番，连连控诉我是吃人不吐骨头的方扒皮，最后心不甘情不愿地出门去超级市场给我买零食。宋江航家里其实挺有钱，虽然比不上苏云骋但也是个富二代，他爸妈根本不知道他回国的事还以为他在美国读书，所以他现在住的房子是用自己的私房钱租来的。

房子在大厦的顶楼，大概只有三十坪，但是外面有一个差不多五坪大小的露台，被他装潢得非常有格调。我抱着沙发上的靠枕走到阳台门边坐下，靠着门框发呆。

阳台上种着许多绿色植物，阳光下这些植物呈现着一种娇嫩的绿色。

栏杆是钢化玻璃的，所以视线非常好。从这里几乎可以看见大半个C市，也可以看见市中心那栋冰蓝色的建筑，苏云骋的公司所在的遇安大厦。这个家伙现在必定在看着周刊洋洋得意吧。这个万恶的资本家，一想起他我的心里就非常的不爽。

我原以为我和他是合作关系，一起导演一出精彩的电影，到头来却发现这部戏的导演只有他一个人，我只不过是戏里的一个角色听凭他指挥摆布。即使这个角色是女主角，也抵不了我那种繁华褪去才发现自己始终在繁华之外的落寞感。

他应该告诉我他和唐咏诗的关系的。

我在心里这样固执地认为着。

在阳台上发了半天呆，我站起来走到书房去，打开宋江航的电脑开始浏览周刊的网页。周刊有网上付费阅读的服务，宋江航是VIP用户。我点开今天的头条，再一次看见了那张照片。照片下面的评论大有突破十万的趋势，众看客们纷纷对我这样一个普通无奇的女人如何勾搭上苏少表示难以理解。

甚至他们都给我取了一个外号叫“中等偏上女”，大意就是说我长相中等偏上，学历中等偏上，工作中等偏上无论哪一个方面都是中等偏上毫无突出的特点。那些酸溜溜的话语我熟悉得很。每次有什么明星嫁入豪门了我和林嘉琪都会各自面对自己的电脑然后看着论坛上那些酸溜溜的话语捧腹大笑还深以为然，没想到风水轮流转，如今我却为板上鱼肉任人宰割，这种感觉真的很微妙。

我开始佩服起那些明星的心理素质，如果换做是我天天被人这样品头论足，一定会崩溃。

突然屏幕右下角跳出一个弹窗，企鹅新闻报道：苏云骋记者会承认女友。我手一抖，鼠标已经点开了新闻。

“今天早上十点半，苏云骋在光华酒店召开记者会，正式承认日前被某周刊拍到同他一起在金行选购婚戒的女子正是自己的女友，记者在询问是否有结婚的打算时苏云骋微笑默认。至于日前盛传的关于他和著名模特唐咏诗的绯闻，苏云骋笑称都是误会，双方只是好友。”

下面的配图是苏云骋在记者会上的照片，西装革履，面带淡漠的笑。

一则新闻，一百多个字，却丝毫没有提到我这个女主角的名字，反而是唐咏诗见于文中，这让我有一种被人忽视非常不爽的感觉。

下面的链接是唐咏诗的采访，我点进去一看才发现是“唐咏诗经纪人”的采访，不禁鄙视了一下标题党。“记者刚刚电话采访了唐咏诗的经纪人宋江航，宋表示唐咏诗与苏云骋的确只是单纯的好友关系，称唐咏诗目前专注于工作并没有恋爱的打算。”

“睁眼说瞎话！”我又鄙视了宋江航一番。虽然对娱乐圈这些睁眼说瞎话的案例我是见怪不怪，可是事关于己还是觉得特别别扭，出奇愤怒。

话音刚落，被我鄙视的对象宋江航就回来了，两手拎着巨大的购物袋气喘吁吁：“方悄悄你怎么不开电话，你要的黄瓜味薯片卖完了我给你买了烤翅味的！”

我连忙跑过去迎接我的零食：“关了电话省得那群八婆打

来问七问八的闹心。”

宋江航说：“你不怕苏少找你找不到人啊？”

我听了这话浑身别扭：“他找我干吗？”宋江航眉头紧蹙：“他刚刚开记者会宣布了你是他的女友你难道不知道吗？悄悄，你们唱的这是哪一出啊？我跟你说，你别为了钱把自己卖了，你缺钱你跟我爸讲，别被那些阔少利用了！”

我翻白眼：“我不花你爸的钱！”

宋江航无奈：“行行行，你不花他的钱。可你和苏云骋……”

“行了！”我心里烦，粗暴地打断他，“我的事我自己知道，你管我那么多，小毛孩子。把菜拿到厨房去，我给你炖你最爱喝的排骨萝卜海带汤！”宋江航的“利用”两个字深深刺痛了我，我不想承认，但我隐隐地觉得，我是被利用了。

原本我以为是我给苏云骋带来了麻烦让他不得不把戏演下去，对他还心怀愧疚。可现在我才明白，我是被他反过来利用了。

这让我觉得很难堪。

等我和宋江航把一大锅排骨萝卜海带汤都消灭干净以后，已经日过正中。我琢磨着时间也差不多了，开了手机给林嘉琪打了个电话。那边电话刚接起来我就听见林嘉琪紧张兮兮的声音：“悄悄，你别打来了！晚上别回家，找地方躲躲，小夕她们打算在家里守株待兔！”

于是我知道，林嘉琪和我家都沦陷了。

挂了电话，我用脚踹了踹横在沙发上的宋江航：“晚上我住你家！”

宋江航眼皮都懒得掀开：“嗯。我晚上有事。”宋江航干这职业通常没什么固定上班时间的我也知道，也懒得追问有什么事，就赶他去洗碗。宋江航磨磨唧唧地进了厨房，我的手机

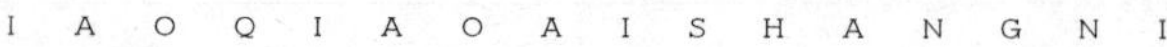

就响起来。

是苏云骋。

我犹豫了三秒钟才接起来。听筒里沉默了片刻，我才听到苏云骋的声音：“喂？”电话那头很安静，我猜想苏云骋应该一个人在自己的办公室或者小公寓里。宋江航的房子信号不好，电话那头传过来的声音好像有些发虚，有些抖。“嗯？有事吗？”我问。

苏云骋说：“你今天一整天都关机。”

“嗯，我怕烦，干脆关机了。”我诚实地回答。

“哦。”苏云骋声音低沉。然后又沉默了三秒，才说：“新闻都看到了吧？”

我对着电话点头：“嗯。”说完觉得好像回答得太简单没有诚意，又补充了一句：“真是峰回路转柳暗花明，广大人民群众被您耍得一愣一愣的，哈哈，苏少就是苏少，厉害！”最近马屁拍得是越来越顺溜了。

电话那头好像笑了笑，然后又问：“你今天没有去上班？”

我又点头：“是啊，谁也扛不住那些八婆的三堂会审啊。说起来，我旷工扣掉的工资能补贴给我吗？”

“方悄悄，你张嘴闭嘴就是钱。”听着那声音，我都想象得出苏云骋此刻眉头紧拧的那副样子，于是心情好了一些，声音也欢快起来：“那是，不为了钱我蹚您这趟浑水干吗，搞得自己有家不能回的，八卦大军现在正在我家等着我呢。”

听我这样说苏大少爷终于想起来这茬了：“你现在在哪？我让司机去接你。”顿了顿又说，“在光华给你开个房间，这几天你可以先在那住着。我看你那群八卦的同事不会轻易放过你。”

我大手一挥：“不用了。我在宋江航家，我这几天就在这住吧。你如果非要表达下歉意，把房钱折成现金给我也成！”

我想是我这话说得过分，贪婪的嘴脸表现得太赤裸裸彻底惹苏少不待见了，因为他下一秒就挂掉了电话。哎哟，这什么人嘛，自己把我当成全身都是宝的肥猪似的从头到尾利用了个遍，连个玩笑也开不得。我愤愤地重新把手机关机。

接下来一个星期，我窝在宋江航家里吃吃睡睡，睡睡吃吃，日子过得好不逍遥，让林嘉琪在电话那端气得直叫："好你个方悄悄，自己跑了个没影，躲起来吃喝享乐，留我在战线上冲锋陷阵，你知道我这些天被那群八婆盘问了多少次吗？我不管，你那三百万我要求平分！"

我一口拒绝："那可是我卖身挣来的钱，姐姐您也好意思跟我分。大不了……二八呗！"

这一整个星期，苏云骋再没有和我联系。我甚至怀疑他会不会出尔反尔，忘记了周末的聚会，于是在周五的晚上，我小心翼翼地给他拨了个电话。电话里的铃声才响了一遍，苏云骋冷冰冰的声音就从那头传来，我还没做好心理准备，吓得差点把手机甩掉。

"喂……那个，我……"我战战兢兢。

苏云骋还是一样惜字如金："说。"

"周末的聚会，你没忘吧？"

苏云骋"嗯"了一声："还有事吗？"

我连忙对着电话哈腰点头："没，没事，您忙您的，到时候见，哈哈！"电话那头的苏云骋毫不犹豫地挂了电话。我无语地对着电话里的嘟嘟声，苏大少爷，我方悄悄就有那么让你避之唯恐不及吗？

周末如期来临。

苏云骋开车来接我。我下楼的时候没让宋江航送，宋江航忧愁地依靠在门口看我穿鞋子："你跟苏云骋到底有什么不可告人的秘密，连我都不能说？"我白他一眼："你都说是不可告人的秘密了，我怎么还会告诉你？”宋江航眉间忧愁更甚：“我说，苏云骋可不是简单的人物，你别被人家卖了还不知道。”

我起身，捏捏他的俊脸：“怎么，我看起来有这么笨？”

宋江航严肃地点了点头，下场就是脸颊上的一对红印。

苏云骋看到我身上的礼服的时候，表情有点扭曲。我默默地将领口向上拉了拉——早知道就不借林嘉琪那个大胸女人的礼服了，我的胸虽然不算小，可是根本撑不起她的size，胸前岌岌可危有走光的危险。

度假村在城郊一处依山傍水之地。我和苏云骋出现的时候——不，应该说是苏云骋出现的时候，引起了不小的骚动。

如果上流社会也分三六九等，苏云骋属于第一等，那么今天的聚会应该算是第三等的。在场的人都没想到建宇建设一个度假村的开业派对居然能请得到RT的苏少，惊讶之余纷纷上前来打招呼。

一个看起来很精明的中年男人首先挤了上来，脸上挂着讨好的笑：“苏少，真是稀客！这位是？”他的目光落在我脸上，我几乎可以看到他的大脑在飞速运转试图从自己的记忆库里搜寻出我的相关信息。可惜我方悄悄大概还没有取得入库资格，任凭他搜遍每一个角落还是一无所获。

我一时对自己浪费了他的脑细胞感到十分的抱歉。

苏云骋的手在这个时候落在我的腰上。

我浑身一震，当下僵在那里，脸上的笑容也一下子凝固。“我女朋友。”我听见苏云骋这样说，声音冷冷的。

中年男人的表情扭曲起来，迅速把目光从我身上挪开。这时旁人立刻抓住机会上前跟苏云骋攀谈，往往都是几句寒暄之后就扯到生意上，苏云骋则一概都微笑婉拒：“今晚我是陪着女朋友来参加她旧友的派对的，生意上的事还是改日约了再谈。”

姚银珠与吴建宇正在招呼客人，这时看见我们来了，连忙迎上来。

“苏少，悄悄，你们来了！”姚银珠热情地挽住我的手，一时之间我很难适应她的改变。

吴建宇脸上的表情倒有一点不自然。

和苏云骋一起被众人如群臣参拜皇帝皇后一般轮了一番之后，我的额上已经有点汗水渗出来。说实话，我是第一次参加这种正儿八经的商界派对，对着一张张那么陌生的脸只能僵硬地笑着，连该怎么招呼都不知道。姚银珠看出我的窘迫，提议：“悄悄，男人的话题我们插不进去，不如去那边喝杯饮料吧！”

这个提议犹如天籁之音，自我认识她以来，这是我第一次觉得她如此可爱。

姚银珠带我到水池边，替我向侍者要了一杯果汁。我跟她道谢：“谢谢。”姚银珠笑了笑：“是我谢你才对。”她说这话的时候，神情很是落寞，看向会场的时候，轻轻叹了口气。我直觉地问：“怎么了？”

姚银珠轻轻一笑，沉默。片刻之后，又抬起头来：“悄悄，你真的不恨我吗？”

我没想到她会在这个时候又问这个问题，一时不知如何回答。姚银珠叹息着：“其实那个时候，我是故意勾引建宇的。”她说这话的时候，低着头看着手里的饮料，长长的睫毛一颤一颤的。我默默地喝着果汁，冰凉的饮料沿着喉管滑进胃里，心口被冻得有点闷。

“不过我不是要针对你，只是因为建宇的条件实在太好了，建宇建设家的公子。”她轻声地，“所以我勾引了他，那时候他对你还觉得愧疚，不肯跟你提分手，也是我使计让你知道了。对你，我其实有愧疚，但我又不愿意让自己承受这种愧疚，所以这些年我一直……连婚礼上都……”

她冲我笑笑，精致的妆容后面尽是心酸："很变态的心理，对吧。"

有没有人替我告诉姚银珠，其实我并不想听到这些话？

姚银珠大概是铁了心地要把心事倒给我，完全不顾我已经青得跟铜似的脸色。"不过你看，也许真的是冥冥中注定的，你失去了建宇，却得到了苏云骋，而我抢到了建宇，得到的却是一个烂摊子。"

这下我总算是抓住她话里的重点了："烂摊子？什么意思？建宇建设不是发展得很好吗？"

姚银珠抬起头来看了看我，唇角微勾，苦笑："不过是个空壳子，前些年建宇他父亲做了一个错误投资，建宇建设差点玩完。这个度假村还是多方筹款才建起来的，这是吴家最后的希望了。"她忽然握住我的手，但是因为她刚才一直抓着她的冰镇果汁，手冰冷冷的，我被冰得打了个冷战。"所以我才邀请你和苏少来。悄悄，我知道你不愿意多见我。"

我连忙笑着摆手："哈哈，没有的事。我怎么会不愿意见你们呢！"这话说得我自己都心虚，我默默地把手抽回来，喝了一口果汁。

"只要苏少愿意帮忙……"姚银珠喃喃自语，"就算他不愿意帮忙，晚上他的出现也足够了，他们总会卖苏少一个面子的……"

我在水池边吹着风喝着饮料，看着我对面失神自语的姚银珠，忽然就感慨起来。谁说不是冥冥中自有定数呢，姚银珠当年费尽心机勾引吴建宇，不惜牺牲与我的友谊，到最后也没有得到她想要的东西，现在居然还要对我低头。

我曾经在心里恨了姚银珠三年，也不止一次想象过各种场合她向我低头的情景在心里暗爽，可是这一天真的来到的时候，我发现我并不如自己想象的那样高兴。

目光落在会场里的苏云骋身上。

他显然变成了这场派对的主角，所有的注目都落在他的身上。而在这么多关注下，他依然从容不迫，与身边的吴建宇微笑地交谈着。那日在他家里的时候那种异样的情绪又充溢在心里，我强迫自己收回视线，不去看他。

回去的路上我心情沉重。今晚是我第一次看见姚银珠这样无助的一面，她居然会在我面前低下头来，真是叫我一时扛不住。但由此可见，建宇建设的情况或许真的很糟糕了吧。她刚才喃喃自语的时候说，只要苏少愿意帮忙。

“那个，”我小心地问，“吴建宇是不是有求于你啊？”

苏云骋没有马上回答我的问题，而是缓缓地转过头来，看了看我。“你心里还是很在意他，对吧。”他扔出这么一个牛头不对马嘴的问题。我呆了呆：“什么？我才没有！”他嘴角拂过一丝嘲讽：“如果不是在意，又何必穿成这样。刚才华同投资的那个经理看着你的胸，眼睛都直了。”

我想了想，才明白华同投资的经理说的应该是那个一脸精明的中年男人。“他哪有看着我的胸，不过很正常地扫一眼罢了。”我嘟囔，“再说我又不是故意穿成这样的，谁知道林嘉琪那个大胸女人的礼服会这样不合身。”

苏云骋嗤笑了一声，没有说话。

“你还没回答我刚才的问题。”我追问。

“他希望我入股度假村。”苏云骋言简意赅。我点头：“姚银珠也跟我说建宇建设现在困难得很，度假村建成还欠了银行好多钱，他们希望你入股，一方面也是觉得你的身份能给他们带来不少客源吧。”苏云骋有些讶异：“看来你还不傻。”

我没好气：“那真是让苏少失望了。”此话一出我才觉得自己有点造次了，心虚地用眼角余光去瞄苏云骋，却发现他不仅没有黑脸，反而——唇边还噙着一丝淡淡的笑。

很淡，却的确是笑。

平时好好跟他说话倒冷冰冰的，这样抢白他反而笑了，看来有钱公子哥儿都有点受虐倾向。

“那你想帮他吗？”我问。

苏云骋反问：“你希望我帮他吗？”

我怔了怔，心思在这数秒之间已经千回百转，最终还是点了点头。唇边的笑意隐去了一些：“还真是一日夫妻百日恩，他这样对你你还愿意让我帮他。方悄悄，我该说你善良还是愚蠢？”我想了想，还是决定诚实地回答：“其实以前我在心里也无数遍地诅咒建宇建设倒闭关门破产，没想到这情况真的要发生了。我觉得好像是我的诅咒灵验了，心里还挺愧疚的。如今姚银珠都肯低声下气地求我帮忙，可见他们真的快走投无路了。”

否则以姚银珠的骄傲和我们之间的那些过往，她断然是不肯向我低头的。

苏云骋闻言只是微微一笑：“说得挺有道理的，可只不过是来演场戏，酬劳都没拿，怎么还让我搭进本钱？”

我当下只想随手抄起手边的纸巾盒朝那张俊美的脸上砸过去。KAO，搞了半天他问了我半天，居然不过是要我玩玩，亏我还那么认真地一一作答。也对，他又并非真的是我男朋友，何必要无缘无故去蹚这样一趟浑水？

我花了半天才平复自己扭曲的表情，淡淡地扔了一句：“也对。”便一路无话。

苏云骋送我到了公寓楼下，我下车跟他道别：“今晚多谢了，影帝！”得意扬扬地将苏云骋瞬即扭曲的表情尽收眼底，我潇洒地转身离去。

我承认，我好像对苏云骋有点动心了。

林嘉琪严肃地看着我：“方悄悄，你如果没有镜子的话，我可以借你一面。”我懒懒地窝在沙发里，抱着我的兔子抱枕，呆呆地问：“我有镜子，干吗这样说。”林嘉琪说：“借面镜子给你看看清楚自己，不要异想天开。”我差点把兔子朝林嘉琪的脸上扔过去。

可我知道，林嘉琪说的是对的。

翻开苏云骋的恋爱史，上面的名单个个是大家闺秀，无一例外。苏云骋向来洁身自好，从不曾与娱乐圈的明星传出绯闻，这一次虽然与唐咏诗传绯闻却始终都是媒体的猜测，没有得到证实。像我这种小角色，更不是大少爷可以看得上眼的了。

豪门大族，可不是我们这种宵小之辈高攀得起的。否则，那是自寻死路。而我方悄悄，还是很惜命的。

苏云骋的女朋友事件闹哄哄了几天之后就被大众淡忘了。毕竟苏云骋不是娱乐圈里的人，他那所谓的女朋友——我更是乏善可陈，没有任何可以关注的焦点。于是在宋江航家躲了整整七天之后，我终于收拾东西滚回家，然后精神抖擞地回到了公司。

宋江航算是个公众人物，不方便送我，我离开他家的时候都是偷偷摸摸的，谁知道他家门外有没有娱记盯梢呢？宋江航横在沙发上目送我离开，一边叹息着：“唉，又要过上叫外卖的日子了，好伤心呀！”我翻了个白眼，差点眼球抽筋。

这期间我已经得到了我的雇主苏少的指示，面对公司一众八卦者的逼问，我只肯承认我和苏云骋在交往的事，别的一概不谈。那群家伙本不愿意善罢甘休，但现在我的身份不同了，我不再是我了，而是苏云骋苏少的女朋友了！连一向盛气凌人的徐总监看到我都变得笑眯眯的，董事长亲自指示要把我调到人事部负责管理档案这样轻松不干活的岗位去。

我自然客客气气地拒绝了。

公司里同事看到我都问：“哎呀，悄悄呀，你怎么不辞职回家安心做少奶奶，还来上班这么辛苦呢？”我只是谦逊地笑笑不说话，心想看来C&V是呆不下去了，否则最后没有成为苏云骋老婆的我要怎么面对这群八卦战线上的勇士啊。

唉，该死的苏云骋！这家伙真是不厚道。如果早知道这样就算给我五百万我也要考虑考虑。毕竟对于他苏少来说，到时候只要说一句感情淡了就可以拍拍屁股推卸责任，而我方悄悄可要背上一个弃妇之名。我心里那点小骄傲小自尊还真受不了这样的打击。

上班第一天，徐总监派了一个新任务给我：“悄悄，你去《钟情一夏》的片场，负责给唐咏诗讲讲我们秋季系列的设计理念。”其实这活原来应该是林嘉琪的，但是林嘉琪从这周开始出差，跟着J去巴黎参加为期一周的珠宝展，J不在，林嘉琪也不在，这个任务顺理成章落到我头上。

说实话，我真的很不愿意接这个活。

自唐咏诗出道以来，关于她黑脸对粉丝，在现场大骂工作人员的传闻就屡见于报端，唐咏诗身材火辣走的是性感路线，再加上大咧咧的美国大妞性格说话从不拐弯抹角，这样的后果就是两个，喜欢她的人会觉得她是真性情新时代女性的代表，不喜欢她的就骂她高傲没礼貌不可一世。面对这样的一个女人，我还真没把握能挺得住。

再说，现在全天下都在传我和苏云骋的绯闻，但实际上唐咏诗才是那个正牌女友，每每想到她，我都觉得有一种莫名其妙的心虚，好像小三见了正室似的。

总而言之，这活不好干。

但上头的命令已下，我只能硬着头皮上阵。

今天拍摄的地点在一家咖啡馆，因此前来探班的粉丝和记者不少。当我进入《钟情一夏》的片场的时候，无数目光刷的一下向我投来，忽然之间我都觉得我的光辉要盖过和唐咏诗正在对戏的男一号——新晋影帝莫少华。

脸上都还没摆出笑容，就有好几盏闪光灯在我面前啪啪地闪起来——看来我果断又要上报了。

导演喊了“卡”宣布休息，唐咏诗就扭着她那性感的小蛮腰朝我走来。我微微一笑迎上前：“唐小姐您好，我今天来是代表C&V设计部来跟您交流下关于您即将代言的秋季系列的设计理念的。”我一边说着一边自然地伸出手去。

“到里面去说吧。”唐咏诗笑吟吟地招呼我，脸上看不出有丝毫不妥。

把门一关，唐咏诗笑吟吟的表情立刻淡了下去，化着浓妆的脸上掩盖不住一丝倦容，她从沙发上的包里翻出一瓶养乐多，插上吸管一边喝一边问我：“你要不要来一瓶？”我不知道她葫芦里卖的什么药，可根据刚才她那些耍大牌的传言我坚决不敢掉以轻心，连忙摇头。

唐咏诗一边喝着饮料一边从包里翻出手机。她在屏幕上划拉了几下，脸上就露出甜蜜的笑容来。我心里揣测着应该是苏云骋给她发来的短信，默默地就很不是滋味。自从那日从派对上回来，我和苏云骋就再也没有联系过，有什么话都是通过秘书来传达。我们的合同还在，用苏云骋的话说就是如果有需要我必须随时配合装他女朋友，可是显然的，这些天他都没有需要。

毕竟我们两个装男女朋友只需要装给宋老太和宋行长看，而那两位大人不会总是那么有空来监督我和苏云骋的恋爱进程的。

唐咏诗看完短信，抬起头来，脸上的倦容已经一扫而光：“开始吧。”

我一边感叹着爱情的力量，一边翻开了我的记事本。

其实唐咏诗并没有如外界所传说的那样耍大牌，反而脾气还算挺不错，一开始我太紧张，讲话有些磕磕绊绊的，她都一笑而过，没有为难我。她普通话不好，有的时候我用一些比较复杂的词比如成语时她就会一头雾水，就会打断我虚心求教，一点明星架子都没有。才谈了一会儿，我对她的印象就大大地提升，心里忍不住有些羡慕嫉妒恨起来。

唐咏诗不仅长得漂亮，工作能力出色，连性格脾气都这么好，唉，跟人家一比，我真是逊毙了！才谈了不过一刻钟，唐咏诗的助理就来喊她出去拍戏，唐咏诗抱歉地对我笑了笑："都是我理解能力太差，你都还没有讲完。你可以改天再跟我的助理约个时间来一趟吗？"

我连忙点头："当然，我们会配合您的时间的！"唐咏诗起身的时候，我注意到她的锁骨上有一个文身，看起来像英文的S&T。

不用说，S代表的就是苏云骋的"苏"，T则是"唐"。

我跟在唐咏诗身后一起走出包厢，门一打开，忽然听见一个女人的尖叫："去死吧唐咏诗！"然后我还没来得及做任何反应，前面的唐咏诗喊了一声侧开身体，一阵寒气直接冲着我的脸而来。我的大脑在第一时间判断出——冷啊！

冰凉的冷水，从我头上浇下。当时我真的是彻彻底底呆住了，整整25年，我的人生整整25年还没有经历过这样震惊和茫然的时刻。

紧接着是一阵混乱，我听见一个女人不断尖叫怒骂的声音由近及远，然后好几个人围住我连连发问："方小姐你没事吧？啊？快，快打120！"还有尽职的记者相机的咔嚓声不绝于耳。唐咏诗的声音也在旁边："你还好吧？"然后就消失了，大概是被助理拉走了。

我真的很想开口告诉他们我还好，但是我真心是被冻僵了。即使这是夏初的午后，谁也禁不起这样一桶冰水从天而降啊！

当下，我就那么闭着眼抿着嘴，茫然地站在黑暗之中。

一想到明日我就要以这副狼狈的样子上报纸了，心中顿时生出无尽的凄凉。

剧组的人报了警，拍摄没有办法继续进行下去，唐咏诗被一群保镖保护着匆忙离开，临走之前不忘让助理小斓帮我买了干净衣服换上，我一边换衣服一边问小斓：“这到底是怎么回事，那女人是谁啊？”小斓气鼓鼓地点头：“警察已经问出来了，那女的是个神经病，因为她男朋友是咏诗的粉丝，她就臆想成狂觉得咏诗是第三者勾引她男朋友，真是莫名其妙！”

我咋舌：“还真是有够莫名其妙的！看来明星也是个高危职业啊！”

小斓连连点头：“可不是吗，那些antifan真是有够疯狂的，常人难以理解他们的思维啊！”我虚心求教：“什么叫做antifan?”小斓解释：“antifan就是指一些专门反对某个明星的人，普通人对明星就算不喜欢，也顶多就是不喜欢，可他们特别的疯狂，甚至会做出一些伤害明星的事情，比如假装成粉丝接机然后砸鸡蛋啦，破坏活动现场秩序之类的！总之很让人讨厌！”

“唐咏诗的antifan很多吗？”

小斓无奈：“只能说不少。一般来说像咏诗这种靠身材走性感路线的明星都很容易被anti，尤其是女anti特别多。唉，今天在场的记者这么多，恐怕明天的新闻又不好看了。我们咏诗明明是无辜的。”

我点头表示理解。

这些antifan也太神奇了。

这些神奇的antifan直接让我感冒发烧了。第二天早上醒来的时候，我发现自己浑身无力地软在床上，头疼欲裂。其实我从小就是个野小子，身体特棒吃嘛嘛香，很少生病。回忆起上次感冒发烧大概还是上高中的时候，没想到今日居然会因为唐咏诗而破功。

挣扎着爬起来，脚踩在冰冷冷的地面上就跟踩着棉花似的。我头重脚轻晃悠悠地转到厨房，把水壶插上烧了点水。在等待水开的过程中，我又想起林嘉琪出差巴黎不在家，忽然觉得一阵凄凉。

厨房的窗户开着，外面是一片白晃晃的阳光，夏初的暖风吹进来，我身上一阵凉，一阵热，难受得要死。好不容易等水开了，从药箱里翻出点白加黑胡乱吃了一片。看来今天是没办法去上班了。我先摸出手机给公司打了个电话请病假，这真是倒了八辈子的霉了，生病也没赶上好时候。

打电话给宋江航，无人接听。

这家伙总是在紧要关头给我闹失踪。现在这个情况该怎么办？我蜷缩在被窝里，拿着手机把通讯录从头到尾翻了个遍，发现居然没有一个人可以求救的，忽然就灰心丧气起来。

好吧好吧，干脆让我病死算了。反正我这样的角色这世上多如蚂蚁，少我一个不少。我把手机甩在一边，埋头把自己闷在被窝里，昏昏睡去。

不知道我昏睡了多久，电话铃声大作。我被吵得头疼欲裂，抄起手机就想往墙上摔，眯着眼睛随便瞄了那么一眼，立马精神了许多。电话接起来，我有气无力地："喂，宋、宋阿姨……"电话那头是宋老太焦急的声音："哎呀，悄悄，你这是怎么了？声音怎么这么没力气啊？病了？"

然后，就没有然后了。

我的记忆就停留在这一秒，等我再醒来的时候，我已经在医院里了。

如果不是我手上挂着点滴，我一定不会相信这么漂亮的房间居然是医院的病房，你看这米色的小窗帘还配着蕾丝，你看这明黄色的皮沙发被擦得油光锃亮，你看我对面那台五十五寸的液晶电视映出我苍白的面容，你看我身上盖着的这小棉被散发着一股茉莉清香，这哪是医院，分明是哪位小姐的闺房。

但事实上这就是医院。

我还没将这个房间打量清楚，门就被推开了，宋老太一脸凝重地进来，在看见我的那一刹那瞬即笑成一朵灿烂的菊花："悄悄，你醒了？饿不饿，要不要吃点东西？"

我的感冒大概是还没好，脑袋还昏昏沉沉的。我摇摇头："阿姨，这是……"

"这是医院啊。你发烧了，都快四十摄氏度了，医生说晚一会儿送来你这小命可就不保了！唉，你说这苏少也真是，女朋友病了都不知道，打电话也找不着人。我叫文轩打去RT问，才知道他出差去了日本。"宋老太一脸不乐意地嘟囔，"现在的年轻人都不会照顾女朋友，事业上倒是拼，就跟我那孙子一样。唉！"

我想这位老太太代入感很强地把我当成了她的孙女。

宋老太一边唠叨着一边拿手在我额头上摸了摸，脸上露出舒心的笑容来："没那么烫了。我已经让人知会了苏少，让他尽快赶回来。"

我抽了抽鼻子："不用了，他挺忙的。"

宋老太嗔怪："再忙能有女朋友重要？整个公司就没能干活的了非得要他亲自上阵？"她帮我掖了掖被子，"好了，别想那么多，好好休息，等睡醒了就能见到人了。"

我真的很想告诉宋老太我没什么事，千万不要叫苏云骋来，否则我不知道那个家伙会不会又自恋地觉得是我在纠缠他。可是我的脑袋真的很疼，很疼，于是我又昏昏沉沉地睡过去了。

这一次我竟做了梦，梦见年幼的时候住在乡下，夏日炎热的夜晚，在外婆家门前的大槐树下乘凉。院子前面是一片田野，田野的对面是山。幽静的乡村夜晚，唯有蝉鸣和蛙叫声声声入耳。

我趴在外婆支好的竹板床上昏昏欲睡，宋江航那个调皮鬼则不知从哪里采了狗尾巴草，挠得我的脸上痒痒的。

我手一挥："宋江航，你别闹！"

宋江航就不闹了。

他不闹，我反而觉得不对劲。什么时候这家伙变得这样听话，我叫他不闹他就收手？哪次不是非得要把我惹得暴跳如雷揪住他揍得他鼻青脸肿才肯算完？这么一想，我忽然一个激灵，醒了过来。

苏云骋僵着站在床边。

他很高，再加上此刻我是躺着他站着，就觉得他分外高大。那阴沉沉的表情活像死了老婆似的，看得我心里一阵阵发毛，于是下意识地扯了扯被子把眼睛以下的部分全部盖住，只留了对眼睛在外面："嗨！好久不见！"

那一刻苏云骋的表情真是非常的扭曲，扭曲到我甚至怀疑他下一秒就会扑上来紧紧掐住我的脖子，于是我又赶紧解释："不是我让宋阿姨叫你来的。"

苏云骋还是没有说话。

我在被子底下吞了吞口水，因为感冒的鼻音加上被子捂着声音嗡嗡嗡地："我知道你很生气，为了我还要千里迢迢从日本赶回来。你不要这样看着我。我真的是无辜的。"我眨了眨眼睛，"宋阿姨给你打电话的时候我还昏迷着呢，真的，我不骗你。"

大概是我诚恳的眼神打动了他，苏云骋终于移开他冷冰冰的目光："饿吗？"我想我的脑袋大概是烧坏了，否则我怎么会觉得苏云骋的语气非常的温柔。我摸了摸肚子，已经整整一天滴水未进。方悄悄绝对不是跟肚子过不去的人，于是我诚恳地点了点头。

苏云骋抿唇，转身从沙发上拿了外套离开。

我想这回是彻底完蛋了，看苏云骋的表情那么难看，简直把我活活剐上三刀的心都有。我迷迷糊糊地记得宋老太说他是去日本出差的，可千万别把损失算到我的头上才好。毕竟我还没拿到我三百万的报酬，到时候他硬要拖欠工资我也无可奈何。

我从床上爬起来参观了下我的病房，发现这豪华病房居然连洗浴室都配备齐全且装修豪华，心底一阵感叹。这时候有护士进来看我已经醒来，帮我量了体温，然后笑眯眯地："方小姐你的高烧已经退了。"看了看我又问："你要不要先洗个澡，我去给你拿换洗的病号服。"

我看看镜子里的自己，头发已经因为流汗而变得油腻腻的，想想苏云骋应该也没这么快回来，于是点了点头。

发完高烧再洗个热水澡的感觉实在是好极了，再加上这豪华病房的热水水温合适，居然连配送的沐浴露洗发水的味道都非常好闻，我刚才因为苏云骋而变得沉重的心情一下子转好，忍不住还哼起了小曲。

十分钟以后苏云骋带着粥回来了。粥是装在一个米色的保温瓶里的，我好奇地问："哪家粥铺的服务这么好，居然还提供保温瓶？"苏云骋的表情明显抽搐了一下。事后我才知道，原来这粥是他一早就吩咐苏家大宅的厨师放上炉子熬，等我醒来亲自驱车回家装了来的。

那时的苏云骋显然已经对我有了非分之想，可惜大智若愚的我后知后觉，直到某个秋高气爽的早晨，我躺在床上挺尸美其名曰思考的时候，才恍然想通了这个问题。

苏云骋把保温瓶放在茶几上，又出去跟护士要来了碗筷，把保温瓶里的粥倒出来推到我的面前。然后，他在我对面坐了下来。

我不得不说这是一个诡异到极点的情景。

我小心翼翼地端着碗，一小口一小口装着淑女的模样战战兢兢地吃着，而苏云骋面色阴沉地坐在我的对面，一双眼睛跟盯着猎物的鹰似的紧紧盯着我，欲言又止。

我在他的精神摧残下终于扛不住，放下碗严肃地看着他：“苏少，您有话就直说吧，不然您老这样看着我我会消化不良。”

苏云骋抿了抿唇，仿佛是用了很大的力气才忍住了一声不屑的“哼”。他沉默了三秒钟，然后慢吞吞地：“怎么回事？”

我下一秒已经举起手来发誓：“我真的，真的真的发誓不是我让宋老太把您从日本请回来的，一切都只是意外而已！”

“我问感冒是怎么回事！”苏云骋不耐烦地打断了我。

“哦，呵呵呵……”我尴尬地笑了笑，“苏少您没有看八卦杂志吗？”

“我不看那些。”

我挠了挠头：“就是……我去见唐咏诗，不小心被她的antifan泼了一身冰水呗。这样说起来苏少您也要负一点责任不是？”苏云骋蹙眉：“我要负什么责任？”我嘿嘿一笑：“装什么傻呀，你和唐咏诗不是在交往嘛……我可是因为你女朋友被泼了一身水才感冒的耶。”

苏云骋没有否认，只是好像忽然想起什么，冷着脸反问：“那你男朋友呢？”

恕我真的没有办法把我的男朋友这个称呼跟宋江航联系在一起，所以苏云骋这样问出来的时候我愣了三秒，表情有点怪异，但显然苏云骋好像有点误会了，他一边从茶几上拿起水果刀削苹果，一边看着我慢悠悠地说：“感冒发烧这么大的事情你男朋友都不出现，未免有点太说不过去了吧。”

这时候我才想起宋江航来，这家伙在我命悬一线的时候给我闹失踪，下次逮到了非要狠狠敲他一笔不可。这样一想我忽然就眼放金光，掏出手机来打算给宋江航打个电话。

苏云骋打断我：“别打了，他在日本。”

我瞪大眼：“你怎么知道？”苏云骋的表情有点不可捉

摸：“我在日本看见他了。他和唐咏诗在一起。”我“哦”了一声把手机收起来：“难怪昨天我给他打电话打不通，原来是去日本了。”

苏云骋把削好的苹果递过来：“他和唐咏诗两个人去了日本，你不吃醋？还真够自信的啊。”

这话听得怎么有点像挑拨离间啊？如果对面的人不是苏云骋我真要怀疑他是看上了我，然后挑拨我和我男朋友的关系了。我接过苹果啃了一口：“嘿嘿，唐咏诗是他手里最当红的艺人，他当然得鞍前马后地伺候好了。”嗯，这苹果挺甜，我又啃了一口，含糊不清地对苏云骋说：“苹果好吃，再给我削一个吧！”

那天苏云骋离开的时候是黑着脸走的。他走了之后我一个人躺在床上翻来覆去自我反省了很多遍，我怎么可以把堂堂苏少当做仆人一样来使唤呢，人家给我削了一个苹果是看在我替他女朋友挡了一灾的份上的，我居然还叫他给我再削一个。

方悄悄，你真是掂不清楚自己有几斤几两。

Chapter04　也有可能是双性恋

三天后宋江航从日本回来，第一时间给我打了电话。电话那头的宋江航声音有点怪怪的，听不出是什么情绪：“你给我打电话了？前几天我接了个临时的秀，带着一帮模特去了日本，忘了通知你。”

我当时躲在公司的茶水间里，声音又轻又狠地“呸”了一声：“宋江航，你个没良心的，你怎么不等我归西升天了才来找我？在我最需要你的时候你跑到日本去，你这么对你的亲姐姐小心被雷劈！”

没错，我是宋江航的亲姐姐。

当年我出生的时候，我们的爸还只是小镇里的小公务员，那时候计划生育抓得紧，尤其是公务人员绝对不允许超生，否则在罚款之余还要被开除公职。

我出生之后我爸犯了愁。在他的思想里，生男生女那可是大大的不一样。眼看着我们宋家的香火就要断在他的手里，他思来想去做了一个重要的决定。

那年春节他带着我妈和尚在襁褓里的我回了很偏僻很偏僻的乡下外婆家，过完年回到小镇，他向所有人宣布他的女儿——我，掉进河里被冲走了，夭折了。

后来，就顺理成章地生了第二胎，如愿以偿得到了个带把儿的，也就是宋江航。

当然其实我并没有夭折，否则现在也不会活生生地站在这里。当年我爸妈是把我送到乡下一个比我外婆家更偏僻更偏僻的远房亲戚家藏了起来。为了做戏做全套，我爸妈还特地为我办了一场葬礼。后来有一段时间我身体一直不是很好，我外婆就怨我爸妈是那场葬礼给我带来了晦气。

后来很长的一段时间，我爸妈都不敢去看我，生怕走漏了风声丢了铁饭碗，所以我一直不知道自己的身世。直到98年，小镇里掀起一股下海风潮，我爸辞了职，去了深圳赚了一笔之后，才回来认了我。那时候我已经12岁了，也到了啥都懂了的年纪，突然从天而降两个人说是我亲爸亲妈，换了谁都接受不了。所以我坚决不肯跟他们走，他们无奈，只能随我，在小镇呆了一个月，带着宋江航，一家三口都搬去了深圳。

我对他们是有怨恨的，所以这么多年以来，除了学费，我都不肯多拿他们一分钱，大学时候的生活费我基本都是自己打工挣的。不过对于宋江航这个弟弟，我倒是没有敌意的，毕竟他是无辜的，我方悄悄还算是个深明大义的人。

宋江航听我把故事从头到尾讲了一遍，电话那头的声音已经明显心虚了许多。他嘿嘿地笑着："唉，姐，好姐姐，都是我不好。我应该拔根毫毛变出个分身来24小时守在你的身边照顾你，保护你，我该死，我有罪！"

我哼了一声："别给我耍贫嘴。还是赶紧请我吃顿好的弥补下我受创的心比较实际。再说了，我这场病可是因为唐咏诗才闹上的。"他身为唐咏诗的经纪人，多少也应该对我负点责任吧？

事情发生的第二天，唐咏诗被antifan泼水的新闻就上了报纸，虽然事实上唐咏诗并没有被泼到，被弄得跟落汤鸡似的是无辜的可怜虫方悄悄，但是报纸对此只是一句话带过，其他的笔墨都放在了唐咏诗身上，为她的负面新闻女王的王冠再添一颗珍珠，但是我被泼到的图片却出现在了报纸上，模模糊糊，还疑似被打了马赛克，显然是想误导读者那是唐咏诗。

对此，我感到非常受伤。

电话那头的宋江航似乎很为难，因为他说话的时候吞吞吐吐的："这，我现在有事呢。跟个相熟的厂家约好了挑人，顺便吃顿饭，要不，你跟我一起去吧？碧波阁，档次那是杠杠滴！"他卖弄着不知道哪里学来的方言。我想能有顿饭可以蹭也不错，于是就屁颠屁颠地跟了去。

宋江航手下带了不止唐咏诗一个模特，除了风头最劲的唐咏诗，还有五六个二三线的模特以及一班刚入行的小模特，也是挂在他的名下。所谓的挑人就是带模特给厂家瞧瞧，专业点就叫试镜。我是第一次见识这种场面。

这次的产品是比基尼，十来个身材曼妙的模特穿着性感火辣的比基尼在我面前晃来晃去，我是女人都差点流鼻血，何况是那些个肥头大耳的厂家。最后有五个模特中选，厂家请她们和宋江航吃饭，当然我也沾宋大帅哥的光随行了。

厂家有自己的车子，宋江航带着我们六个人上了公司的八人小巴，宋江航坐在前面副驾驶座，我就和几个模特凑到了一起。

从我刚刚在她们面前出现的时候，这帮女人看我的眼光就如狼似虎，这时候终于逮着空了，一个白皮肤酒红色长发的美女就凑过来："你是方悄悄，对不对？"我点点头。不用说也知道我如此大名鼎鼎是托了苏少的福。

五个小美女一听没认错人就更加兴奋了，那表情就跟我是大明星，她们是狂热小粉丝似的："哎，你和苏少是什么时候认识的？你们真的要结婚了吗？你跟宋先生是什么关系啊？”

我尴尬地笑笑：“我们还没有到谈婚论嫁的地步呢，你们别瞎猜，就正常交个朋友！我跟宋江航也是朋友！”

白皮肤美女捅了捅我：“好多报纸都这样说，金行的服务员都承认了，当时苏少带你去的时候，说的是挑婚戒！”边上有个皮肤略黑的美少女也附和：“就是呀。谁不知道苏少向来洁身自好，从不跟我们圈子里的女人来往，谈过的几任女人不是大家闺秀也是小家碧玉，但都低调处理，召开记者会宣布的，你是第一个！”

“哈哈，是吗……”我心虚地打着哈哈，想你们都不知道呢，你们的大师姐唐咏诗才是苏少的正牌女友。

白皮肤美女拍了拍我肩膀：“什么是吗，就是的！哎，你命可真好。我们这群人苏少是看不上的，不过以后你手里要是有其他公子哥儿认识的，也可以给我们介绍介绍呀。我叫白心惠。”

“我叫卓圆！”

“我叫张晓娜！”

一个个都急忙凑上来自报家门。我这才知道原来她们打的是这个主意啊，真有点哭笑不得。其实娱乐圈里那点事在这个信息化的时代纵使是我们这些看客都明白，这些靠身材吃青春饭的小模特，就是走个小秀都要被那些厂家吃吃豆腐，否则随时可能砸掉饭碗。只有不断地往上爬，爬得高了才能拾得起尊严。可是每年出道的新人那么多，谁不想往上爬？往上爬不是条容易的路，但如果有人肯捧那就简单得多了。

所以这些刚出道的小明星都乐意傍一些公子哥儿。

吃饭的地方在碧波阁，临着江，是本市十大江景胜地之一。

厂家很阔绰，包了个临江的大包厢，上的酒菜也是一等一的好，人也上道识趣，知道我是宋江航带来的非圈内人，招呼我吃菜、喝酒之外也不会毛手毛脚，目标直向那五个小嫩模而去。我看得出来五个丫头都是强颜欢笑，对着一脸横肉的几个老家伙曲意逢迎，我心里为她们不值，不过也知道这就是她们选择的路，我无权干涉。

才喝了几杯酒，几个老色鬼的手就不安分地在小嫩模们的身上、大腿上不断游走了，我听着那娇滴滴的赔笑真觉得起鸡皮疙瘩，浑身不舒服。瞪了一眼宋江航，他淡定自若地吃菜、喝酒，真是近朱者赤，近墨者黑，他掉进娱乐圈这个大染缸，生生地被带坏了。

我心痛得捶胸顿足之际，决定起身去外面透透风。

包厢外的走廊上没什么人，只有几个美貌的服务员，看见我就是微笑："你好！"我天生受不了这些，不敢在走廊逗留，便走到观景台上去。

夏初的夜晚江风还有些微凉。

天很晴，没有一丝云。墨缎般的天空里一轮寂月皎皎。

不知道，现在苏云骋在做什么。

我被自己脑子里蹦出的想法吓了一跳。

我干吗要关心这家伙现在在干什么？他干什么跟我有半毛钱的关系！方悄悄，方悄悄，你要HOLD住，你不能拜倒在资本主义的糖衣炮弹之下！

碧波阁总共有三层，每层都有观景台，但是一楼的观景台尤其大，直伸到江面上去。我站在三楼，看天看月亮，看山看江水，看着看着，目光就落在一楼的大观景台上。一楼的观景台是个露天咖啡吧，摆着几张桌子，都坐满了人。我百无聊赖，四处瞅瞅，瞅着瞅着，发现不对了。

临江的那张桌子边上坐着的那个人，怎么看起来那么眼熟？

苏——云——骋！

脑子里跳出这三个字的时候我浑身上下一个激灵，鸡皮疙瘩从手臂一直延伸到背上。没错，楼下坐着的那个穿着白衬衫，悠然看着江景的男人，就是苏云骋！而他对面，坐着一个女人。一个穿着白色连衣裙，长发及腰的美女。关键是，这个女人不是唐咏诗。

妆罢低声问夫婿，一枝红杏出墙来呀！苏云骋居然背着唐咏诗跟别的女人约会！

我当时那个震惊啊，那个愤怒啊！他怎么可以这样呢，一边牺牲我掩护他和唐咏诗的恋情，一边又背着唐咏诗跟别的女人约会，那我方悄悄到底算什么啊我！

我回到包厢的时候，脸色明显不是很好看。宋江航看出来了，凑过来问我："你怎么了？吹风吹感冒了？"说着伸手过来摸了摸我的额头，又摸了摸我的手，惊叫起来："哎，你的手怎么这么冰？外面有这么冷吗？"

我摇摇头，把他的手推开："我没事。"我被自己的声音吓了一跳，怎么尖得跟古装剧里的太监似的。

宋江航不信："有事别强撑着，我带你先走吧？"

我还是摇头："真没事。你让开，我要喝酒。"说着拿起宋江航面前那瓶红酒给自己倒了一杯，才抿了一口酒，皱起眉头。这什么酒啊，真难喝！这下宋江航彻底看出来我有事了，不由分说一把把我拉起来，跟厂商说明了原因，又跟助手交代看好几个姑娘，拉着我就走。

我心里憋闷，不说话就跟着他走。

宋江航好几次回头看我，欲言又止。

刚到了一楼，好死不死，我们就跟苏云骋迎面碰上了。这回我彻底看清了他约会对象的容貌，哎哟，看那长得叫一个俊俏，难怪苏少看得上眼。苏云骋交往的对象不是大家闺秀就是小家碧玉，不知道这位娇滴滴的大小姐又是什么来头啊。

我心里酸溜溜的。

苏云骋的目光落在我身上的第一个刹那，就皱了眉头。我心里更窝火了，我方悄悄就这么不招你待见，看见我就皱眉看见我就皱眉，刚才你在外边面对着人家小姐可是微笑体贴的呀！

我胸口一阵发闷，故意把脸扭开不去看他。

宋江航在看到苏云骋的时候，表情就跟刚刚吞了一整颗鸡蛋那么难看。“苏少，真巧。”他笑着打招呼，可那笑容比哭还难看。苏云骋冷冷的目光在我身上扫了扫，又在宋江航的身上扫了扫，没有说话，径直越过我们离开。

他身边的小美女不失时机地留给我一个美丽又意味深长的微笑，挽着苏云骋的手飘然离去。

“呸！”我瞪着那背影狠狠地骂：“朝三暮四的花心大萝卜，背着女朋友在外面勾三搭四居然一点都不害臊，这脸皮厚的真是……”宋江航一脸严肃地打断了我的谩骂：“姐，其实我有个问题想问你，但一直没来得及。”

我翻个白眼：“问。”

“你和苏云骋之间，到底是怎么回事？”

宋江航这厮不愧是留学美国的高材生，问问题的水准真是一个萝卜一个坑，直掐要害。我心虚起来：“什么怎么回事，你不是知道的吗，他和唐咏诗在谈恋爱，所以拿我来掩饰呗。拿人钱财替人消灾，就是这么回事呗！”

高材生的表情是赤裸裸的不信，但我没有给他追问的机会，飘飘然离去。

才出了碧波阁的大门，宋江航就接了个电话：“喂？咏诗……我在碧波阁，对，带白白她们几个陪厂商吃饭……啊？”他为难地看了我一眼，我马上意会到他有事要忙，忙示意他可以先走，宋江航的表情掠过一丝犹豫，最终还是对着电话说：“好，我马上过来。”

挂了电话，他一脸阴郁。

我拍拍他肩膀安慰他："没事，你不用觉得对不起我。我明白那是你的工作，唐咏诗是你手里最红的模特，你可得看好、伺候好了，毕竟你挣钱我也有花的份儿！"往常我说出这话的时候，宋江航总是一脸气愤地骂我是吸血鬼，但今天却反常地没有。

他冲我笑了笑，脸色有点难看："那我先走了，你自己回家小心。"

我不再跟他开玩笑，点点头挥手目送他上了出租车。

送走了宋江航，我看了看时间，才七点半。时间尚早，林嘉琪还在巴黎没有回来，一个人回家除了上网又干不了别的，我想了想，决定在江边散散步。

才走出去没多久，那辆眼熟的保时捷就在我边上悄然停下，苏云骋的百年扑克脸出现在我眼前。副驾驶座是空的，小美女不翼而飞。

"哎哟，这不是苏少嘛！"我笑嘻嘻，"唉，你的新女朋友呢？"

苏云骋没理会我："上车。"

我站着不动。凭什么呀，凭什么你叫我上车我就要上车！我们的合同里规定的是我要在必要的场合假扮你的女朋友，现在这可不是必要场合。我头一扬："不上！"那对漂亮的眉毛拧得更紧："我再说一遍，上车。"

我不得不承认苏云骋有一种很强大的气场，让人在他面前会不自觉地矮了三分。他此话一出，我差点有点想要跪下，痛哭流涕地求他宽恕我的大不敬之罪的冲动。于是我只能选择乖乖地坐进他的车子，为了保住最后一点面子，我把眼一横："干吗？有事快说，姑奶奶今晚心情很不好！"

"宋江航呢？"苏云骋问。

"找唐咏诗去了。"我诚实地回答，并且对苏云骋此刻脸上出现的那种恨铁不成钢的表情感到莫名其妙。当下有一种很不好的想法浮上我心头，我脸色猛然一变，连声音都颤抖起来：“你、你好像很关心他，你该不会、该不会……”一直都听说有钱的公子哥特别喜欢新鲜、赶潮流，自古以来都有这样的案例，就如战国时候的龙阳君，又如汉哀帝刘欣，再如武则天的不知道第几个儿子，都有断袖之癖。

苏云骋，他该不会是也看上了宋江航吧？

当我以绝望的心情将我的猜测说出口的时候，我看到苏云骋眼里想要杀人的冲动。

“白痴！”他费了好大的劲深呼吸一口气，最后从牙齿缝里蹦出这两个字。

可我把这两个字理解成了承认。一时之间，我只觉得天地无光。我颤抖着双手抓住苏云骋的手臂：“苏少，苏大少爷，我求你，你可千万不要残害我们家宋江航，真的……不然我真的、真的没法儿活了……”宋江航的肩上还肩负着我们宋家传宗接代的艰巨任务，我可不能让我自己白白牺牲呀！

看着我泫然泪下可怜兮兮的模样，苏云骋彻底无语了。

“方悄悄！”他有点接近暴怒的边缘，一张俊脸扭曲得有点可怕。我下意识地往回缩了缩。“你的脑子里都在想些什么？该操心的不去操心，不该操心的瞎操心！”我有点不理解：“我该操心什么？”

苏云骋张了张嘴，想说什么，可是最后还是没说出来。“没有。”他的声音听起来闷闷的。

这不是耍着我玩嘛！

我气得在一旁干瞪眼，而苏云骋却没有看我。他的目光落在前方不知名处，双手搭在方向盘上，食指有一下没一下地敲着。他的侧脸大半都隐藏在黑暗之中，然而还是很好看。

我看得有些入迷。

前几天，我和林嘉琪通电话，扭扭捏捏地承认了自己好像有点对苏云骋动心的想法，电话那头的林嘉琪冷冷地哼了一声，说："我早就料到了，苏云骋这样的条件，除非你是同性恋，否则不动心都难。"我握着电话苦着脸："那怎么办？"林嘉琪说："要么勇往直前飞蛾扑火，要么收起你的小心思，一刀两断，切忌藕断丝连。否则，真是死了都捞不着一点好处。"

而我这个人就是懦弱，既做不到勇往直前飞蛾扑火，也斩不断那些若有似无的情思。

如今面对着苏云骋，他就坐在我身边不足一米的地方，车里弥漫着他身上古龙水的味道，我不禁有些惆怅，长长地吐了一口气。苏云骋听到我的叹息声侧过脸来，眉毛微拧："怎么？"

我当然不能告诉他，我是因为爱他而不敢表白所以感到分外惆怅，方悄悄的脸皮再厚也不至于到这个地步。于是我看着他的脸，认真地问："苏少，你看我们俩莫名其妙地相识，又因为那些乱七八糟的事情几次被扯在一起，怎么说也算是一种缘分吧？"

苏云骋吃不准我葫芦里卖的什么药，默不作声，只是看着我。

我继续说下去："所以，看在我们这么有缘的份上，你认真回答我一个问题好不好？"

"说。"苏云骋一向言简意赅的风格。

"你真的，不是同性恋？"我小心翼翼地问出这句话。但在下一秒，我知道我大祸临头了，因为黑暗中，苏云骋的眸光变得比黑暗还暗，脸色变得比青铜器还青。他抿了抿唇，无声无息地笑了。

是的，他笑了。

这种诡异的笑容让我的手不自觉地抖了一下，险些有落荒而逃的念头，假如我的双腿不是已经吓得有点发软的话。

然而，苏云骋开口，用一种我从未听过的语气，低沉，诱惑："你想知道？"

我知道这个时候我应该拼命摇头，然后堆出谄媚的笑容，像小狗讨好主人一般，讨好他说我不想知道，但为了老宋家的香火，我还是勇敢地点了点头。唇边的笑意更甚，眸里的光芒更暗，苏云骋慢吞吞地对我勾了勾手指，示意我凑过去。我犹豫了半秒钟，把我的左耳送了过去。

在我刚刚伸出脖子的那一秒，苏云骋猛地伸出手来攫住我的下颌，另一只手迅速环过我的腰，猛一用力将我拉近，我还来不及惊呼，一声闷响被苏云骋用唇牢牢堵住。

事后林嘉琪问我这个吻是什么滋味，我回答："不知道。"她差点给了我一拳。但是观音菩萨作证，我真的不知道，因为当时，我已经被吓傻了。前一秒钟我还在为自己的暗恋死无葬身之地而感到惆怅悲哀，下一秒，我的暗恋对象居然把嘴送上门来。

当时那个姿势极其怪异，我左手撑在苏云骋胸前，右手在本能地反抗的第一秒钟被苏云骋一把抓住反扣在腰后，数秒之后，我反应过来，本能地想往后退，然而腰间那股力气却大得出奇，我努力挣扎，依然是动弹不得，反而越钳越紧。

我就这样，撅着屁股挺着胸，被迫地抬着脸接受苏云骋的"临幸"，脑子里莫名其妙地蹦出一句："雨后荷花承恩露，满城春色映朝阳。"

半分钟之后苏云骋放开了我。

当时，我全身上下的血液都冲到脑子里，眼前看什么都一阵迷迷糊糊的，以至于看着苏云骋的时候，恍惚觉得他好像红了脸，那红扑扑的样子还挺可爱。苏云骋看着我，问了一句："现在你说我还是不是同性恋？"

我红着脸，心脏扑腾扑腾地跳，灵感迸发地吐了一句："也有可能是双性恋。"

那晚苏云骋开车把我送回了家，一路上脸色始终不是很好看。直到下了车，我还处在惊吓当中，脚一着地就软了，险些摔个四脚朝天。幸而一阵冷风吹过，把我吹清醒了些，我关好车门，还没来得及稳定情绪跟他道一声别，苏云骋已经踩下油门，毫不犹豫地消失在我的视线之中。

所以以我的判断，他对刚才那个一时兴起的吻一定非常懊恼，后悔了。

对于这个吻我也非常后悔。当然这不是我的初吻，我和吴建宇在一起两年多，如果连初吻都没献出去，那我真是白混了。可是这样一来，我的心却再也平静不下来了。早知道那时就应该拿出宁死不屈的精神来跟苏云骋反抗到底，对我自己的半推半就，我感到非常的羞耻。

这种羞耻心一直维持到我第三次去见唐咏诗的时候达到高潮。

那天她不是在拍戏，而是刚下一个访谈节目，给我留了半个小时。我抵达电视台的时候，唐咏诗已经卸了妆，我被狠狠吓了一跳。作为一个常年混迹天涯八卦论坛的天涯人，我一向都知道明星素颜和上妆的差别可以大到上天入地，让人死去活来，可我还是没有心理准备看到一个这样憔悴的唐咏诗。

凭良心讲，唐咏诗卸了妆也挺好看的，我吓了一跳是因为她苍白的脸色和浓重的黑眼圈。

小斓把我推进休息室，自己就忙去了，我呆在门口，唐咏诗则懒懒地蜷缩在沙发里，修长的手指间夹着一根细长的烟，烟雾袅袅。我心里七上八下，正在犹豫要怎么做开场白，唐咏诗抬起眼皮看了我一眼，一挑下巴示意我："坐吧。"

我犹豫了三秒，小心翼翼地在沙发上坐下，跟她保持一段距离。唐咏诗垂着眼睛，盯着手里的烟，不说话。我心想总该要先来个开场白，于是斟酌再三，小心问："唐小姐，你要是

不舒服，我们改天再约？”

唐咏诗抬眼看看我，疲惫地摇摇头，顿了顿，又说：“那天连累你了，不好意思。听说你因此还发烧了？”

她不提发烧还好，一提发烧我立刻想起苏云骋，一下子如坐针毡起来。这些天我失眠了，在床上辗转的时候，不可避免想到一个问题。唐咏诗是苏云骋的正牌女友，那么我呢？

在宋老太的眼里，我是苏云骋的女朋友，可实际上并不是。我们两个只能算得上是泛泛之交，可哪有泛泛之交发烧了，却要他从日本专程为我赶回来的？那个时候唐咏诗也在日本，说不定他们俩都约好了逛街看景，却被我生生破坏了，还有，苏云骋的那个吻。

这么一琢磨，我倒有点第三者的味道了。

可地藏菩萨作证，我并不想做第三者。

“咳咳。是。不过我已经好了。没事了！”我扯着尴尬的笑容。

唐咏诗淡淡一笑，弹了弹烟灰，说：“开始吧。”

这次谈得非常顺利，不到半个小时我已经把重点都讲清楚，剩下的就是要等公司和宋江航约试妆的时间了。想到以后可以不用再见到唐咏诗，我的心情不禁大为轻松，我收拾东西，起身的时候笑容都灿烂了许多：“那我先走了。”

唐咏诗看着我，欲言又止。

我被她的表情弄得有点心虚：“怎么了？”

“你……”犹豫再三，唐咏诗还是开口问：“你和苏少是什么关系？”

我腿一颤。该来的还是来了。正牌女友勇斗小三的戏码马上就要上演了吗？不自觉之间我迅速扫了一眼休息室，没有水杯，没有危险物品，唯一危险的只有唐咏诗手里的那根烟。

她、她该不会变态起来拿烟头烫我吧？

我连忙摆出自认为最诚恳的笑容：“苏少没跟你说吗？就

是那种关系而已。”想了想又觉得“那种”这个词实在含义颇深，又连忙补充：“就是他花钱雇我当烟雾弹，掩饰你们两个在恋爱的这种关系而已，真的，我发誓！”

唐咏诗眼神幽幽，似乎对我的回答并不相信。她这种目光看得我快要哭了，心想这个唐咏诗和苏云骋还真配，都练就一身用眼神杀死人的本领。这么厉害的角色我可真心惹不起，如果让她知道我和苏云骋的那个吻，岂不是……

我忍不住吞了口唾沫。

唐咏诗沉默了片刻，又问：“那Aloys呢？”

Aloys？我迅速把我大脑里的名片库过滤了一遍，但结果显示的是“未找到查询结果”，无奈，我只能说：“要不，你说中文名吧？”

唐咏诗朱唇轻启，吐出和“苏云骋”这三个字完全风马牛不相及的三个字：“宋江航。”

“哈？”大起大落的心情让我一下子缓不过来。

唐咏诗有点失去耐心了，粉黛不施的精致小脸看起来很不悦：“你和江航很熟吗？我听卓圆她们说那晚他和厂商吃饭，你也去了。”我有点不敢相信自己的耳朵，不敢相信我从“苏云骋”三个字里解脱出来了，整个人都处在一种劫后余生的虚弱感里，胡乱点了点头。

唐咏诗眉头一蹙：“你们是什么时候认识的？上次在‘第一馔’的时候你们好像还不认识？”似乎又想起了什么，唐咏诗的目光一凛。

我撒了个谎：“哦，就是那次之后熟起来的。说起来也不算很熟啦，就是见过几次面而已。”“见了几次面？”唐咏诗追问。我有点不爽起来。我和宋江航见面关你什么事，宋江航是你的经纪人，又不是你男人，要管还是先管好你那个花心大少吧！

“没错，就是见了几次面。唐小姐，我还有事，先走了。”然后也不给她留任何说话的机会，转身拉开门落荒而逃。

我的心理素质委实是差。

小斕在外面忙着收拾唐咏诗上节目的行头，看我出来，表情很是古怪。

我笑着跟她打了个招呼。她瞧瞧四周无人，把我拉到一边：“你们怎么聊了那么久？我刚刚听到里面声音有点大……什么‘第一馔’，什么见面？”

我一惊，面对着小斕诚恳又八卦的脸，撒了今天的第二个谎：“没啊，刚才唐小姐接了个电话，大概是约人在‘第一馔’见面吧。”我面带微笑，表情无辜，小斕似乎相信了，恍然大悟地点点头，又感叹：“唉，有钱真好。听说‘第一馔’的菜可好吃了，我也好想去吃一次啊。”

我想了想，压低声音问：“哎，唐小姐今天看起来怎么那么……”我给了个“你懂的”的眼神。小斕神秘一笑：“还不是感情问题。”

我又心虚起来：“和男朋友吵架了？”

小斕的表情有点无奈：“反正是落花有意，流水无情。爱情嘛，不就是我爱你，你不爱我你爱他！”她摇头晃脑地卖着幽默，然而我却彻彻底底地有点懵了。这么说起来，唐咏诗和苏云骋两人的感情真的出了什么问题？该不会……真的是因为我吧！

不不不！我马上否认。方悄悄，你也太看得起自己了，你是什么角色啊，以为人家苏云骋会为了你跟女朋友翻脸？哎哟哎哟，也不找面镜子瞧瞧你的模样。我扭头看了看墙上贴着的镜子里的自己——

嗯，鹅蛋脸，大眼睛，鼻子也算长得标致，皮肤够白，其实……一白遮三丑，也算得上是个小美女吧。

不不不！我又马上否认。方悄悄，你也就是个“中等偏上”的女人，你拿什么跟人家唐咏诗比，人家可是名模，名模！你看看你自己前平后平的搓衣板身材，你看看人家唐咏诗前凸后翘的S曲线，你醒醒，不要再做梦了！

就在我不断承认自己又推翻自己，在心里激烈地进行第三次世界大战的时候，小斓的一句话彻底宣告战争结束：“上次在日本就因为那个第三者的事情闹翻了天，后来我听说那个女的发烧了……”

我看到镜子里自己的脸，一点一点地僵了。

我抱着林嘉琪哭：“怎么办啊林嘉琪，我做了第三者……人人得而诛之的第三者啊……”林嘉琪还是不改往日淡定的风格：“大小姐，我刚下飞机，还有一大堆资料等我整理，你能让我先洗个澡睡个觉吗？”

她身后拖着个行李箱，被我树獭抱树一样抱在大门口，哭笑不得。

我抽抽鼻子，赐予她解放。

林嘉琪去洗澡，我默默地坐在沙发里。心里真是乱得很啊乱得很。一想到唐咏诗那苍白的脸色，想到她那浓重的黑眼圈，想到她看着我的时候那幽幽的目光，我的心脏就一阵一阵地慌。三年前被劈腿时候的情景一下子都涌了上来。

我一直记得那天晚上，我穿着我的小熊睡衣，盘着腿坐在椅子上，面前摆着我的笔记本玩连连看，隔壁班的张淼淼鬼一样地飘过来，跟室友哈拉了几句之后，突然问：“悄悄啊，你怎么看起来这么淡定，一点都不伤心啊？”我莫名其妙，一边还盯着电脑屏幕大杀三方：“我伤心什么啊？”

张淼淼说：“你和吴建宇不是分手了吗？你怎么一点失恋的情绪都没有？神人啊！”

我咧开嘴笑：“你哪里听来的谣言，我什么时候失恋了，我们俩好得很呢！”前面我说过了，吴建宇家在大学的时候算

得上是非常不错，是个不少人眼红的富二代，所以学院里常常有关于我们俩的各种谣言，比如分手了，比如劈腿了，比如……我都淡定了。

张淼淼也奇怪了："可银珠说她和吴建宇在一起了啊，还给我看了他们一起出游的合照，亲密得很呢！我真以为你们分手了，再说姚银珠也真是的，她跟你关系那么好，不会觉得尴尬吗？"

我愣了一下。

就在我发愣的这个瞬间，一个"火眼金睛"等级的对手消灭了最后一对，赢得了胜利，我被倒扣了104分。104分啊！作为一个才刚刚升级到巨蟹座的小虾米，望着我那点可怜的积分，我的心一下子狠狠地疼起来。

也就是这个时候，我才想起来，我和吴建宇已经整整一个多星期没有见面了。

然后，就是质问，然后，得到让我痛不欲生的答案。再然后，就是无止无尽的失眠、挣扎和眼泪。我代入感很强地把唐咏诗代入到我失恋的时候的样子，发现自己现在的角色居然是当年的姚银珠，一下子有种鸡皮疙瘩遍布全身的感觉。

虽然我努力说服自己，我并没有要介入到苏云骋和唐咏诗之间的意思，可铁一样的事实让我哑口无言——他们俩在日本原本可以甜甜蜜蜜地度假，是因为我苏云骋被迫赶了回来，还有，那个难以解释的吻。

我虽然不至于会相信苏云骋一吻定情爱上了我，但是如果说他们两人因为我的介入而误会争吵，毕竟不是不可能。

想了想，我决定给宋江航打个电话，问问他他这手下第一名模的感情纠葛。

宋江航接起电话的时候显得有些有气无力，虽然他极力想要在我面前表现出亢奋的样子。于是我问："你怎么了，我这不是还活着吗，你这么垂头丧气的干什么？"宋江航在电话那头“嘿嘿”一笑：“没，就是有点累。”

我“哦”了一声。最近宋江航手里几个小嫩模都有走红的趋势，就是处在那种好像快要红了，但假如处理不好也就蔫了的水平，所以宋江航紧张得很，要知道这可关系着他的钱包。于是我废话不多说，切入主题：“哎，我问你个事儿。你们家唐咏诗和苏云骋之间是不是出了什么问题啊？”

电话那头的声音显然不是很有底气：“你怎么忽然问起这个来了？”我掩饰说：“哎，这苏云骋牺牲了我掩饰他和唐咏诗的恋情的事你不是知道吗，我虽然不是主角，可好歹也算个小配角，关心下剧情发展也不会说不过去不是？”

宋江航犹豫了片刻。

我急了：“你倒是说啊！跟我你还装什么神秘啊！”

宋江航这才吞吞吐吐地：“悄悄，其实你和苏云骋……”我立刻警觉起来：“什么我和苏云骋？现在是我问你问题，小孩子懂不懂规矩，别乱插话！”可宋江航听出了问题。“方悄悄，你和苏云骋到底搞什么鬼？他没有请你演戏掩饰他和咏诗的恋情是不是？你们不会真的在交往吧？”

这个问题犹如晴天霹雳一般正中我脑门，我脑子里“嗡”的一声，然后就是一片空白。

完了完了，真相大白于天下，奸情正处在暴露的边缘。我想起《武林外传》里面佟湘玉的经典名言：“额错咧，额一开始就错咧，额如果不嫁过来，额滴夫君就不会死，额夫君不死，额就不会沦落到介个伤心的地方……”我也很想说一句：“额错咧，额一开始就错咧，额如果不去招惹苏云骋，就不会被他强迫假扮他的什么女朋友，额不被他强迫扮女友，额今天就不会沦落到介个忧愁的地步……”

“方悄悄？方悄悄！”宋江航见我没反应，在电话那头喊了几声。

“啊？”我回过神来，急忙否认，“没有，你开什么国际玩笑呢你！你脑子抽了吧，是不是去了一趟日本智商跟小鬼子看齐了，你这都是什么惊天动地的想象力啊，哈哈，太搞笑了，宋江航，你怎么不去拜郭德纲为师啊你，真的，相信我，你绝对能在这方面有大成就，你天赋异禀！”

电话那头的宋江航显然很疑惑，但也已经打消要追问的念头：“好了，你说没有就没有吧，反正你的事一向是不让我管的。”这好孩子最优良的品质就是从不追问八卦，这点随他爸。

我心虚得很，却还是嘴硬：“什么我说没有就没有，是本来就没有！哎，你还没回答我的问题呢！”

宋江航犹豫了一下，说：“这个下回见面告诉你吧。总而言之情况很复杂，现在我也不知道该怎么办才好。”他的情绪很低落，是我所不曾见过的低落。在我的印象里，这小子总是精力充沛，跟开了挂似的，我想，这回问题真的严肃了。

难道唐咏诗和苏云骋真的因为我而吵架，而导致唐咏诗心情低落，宋江航眼看着自己的摇钱树一天一天地枯萎下去，换了是我大概心情也不会很好。

于是我不敢多问，只好关怀了几句挂了电话。

“怎么样？”林嘉琪洗完澡出来，坐在沙发里擦头发，顺便把她那对漂亮的长腿搁在我的身上。我只好苦着脸把这些天发生的事情都跟林嘉琪原原本本说了一遍，除了那个意外的吻。

说实话，我真不知道一向做事一鸣惊人的林嘉琪知道苏云骋吻了我会是什么反应，本着小心谨慎为上的原则，我决定保留这部分的事实。更何况我想了又想，觉得苏云骋这个吻的意义并不很深刻。

林嘉琪听完故事，表情很诡异。

“你说，苏云骋这样特地从日本赶回来，到底是为了做给宋老太看呢，还是特地……”她意味深长地拖长了尾音，犀利的目光在我身上一阵扫描。我恶寒，紧了紧睡衣的领子："我怎么知道？"

"照理说如果是做戏，就算他不大发雷霆，责怪你破坏了他失约于佳人，也不会给你好脸色看吧？居然还给你买粥，给你削苹果。方悄悄，这可是苏云骋，我想这世上吃过他亲手削的苹果的人，应该不会超过这个数。"她伸出一只手摊开五个指头，在我面前晃了晃。

"这个我也无从得知啊。"我有些心虚。好像，林嘉琪说得很对啊。

林嘉琪看我一脸贼兮兮的表情，忍不住大笑："无论事实是什么，你现在也无需这么担忧。退一万步讲，就算苏云骋真的对你有意思了，也不过是他变了心，你又没存心勾引他，还算不上第三者。你以为第三者这么好当？等你真的跟他有什么了再说吧！"说完她站起来，捏了捏我的脸蛋："明天还要上班，我得赶紧整理资料去。"

等我真的跟他有了什么……

那个，吻算不算啊？还是一定要打到最后一垒才算？

C&V的秋季系列宣传正式启动，小夕也和宋江航通了电话，敲定了唐咏诗来公司拍定妆照的时间。那天小夕打完电话，我正好送文件过去，亲眼看见小夕挂了电话一脸幸福得快要晕过去的表情，以及周围单身的女同事们各种羡慕嫉妒恨得想要扑杀过去掐死她的眼神，更加坚定了我把我和宋江航的关系保密的决心。

否则，我以后的日子就别想清静了。

J作为首席设计师，本来是应该要亲自到现场去监督试妆拍摄的，可他对徐总监坚持用唐咏诗的事情一直耿耿于怀，在这个时候，请假和他的男朋友去马尔代夫了，把所有的事情都扔给了林嘉琪和我这个苦命的小杂工。拍定妆照那天，林嘉琪

将她那上万块一个刚从巴黎名店买回来的包往肩上一扔，揽住我的肩膀："走，带姐儿们去瞧瞧那个唐咏诗，知己知彼百战百胜！"

我心虚地缩了缩脖子："姐儿们，你不是最痛恨第三者的吗，当年你骂起姚银珠来那个狠劲我可是至今记忆犹新啊。"

林嘉琪豪迈地叹口气："唉，友情本来就是盲目的嘛，只要你幸福了，什么道德观都可以去死！"她拍了拍我的肩膀，伸手拦了辆出租车。我跟在她身后上了车，说实在的，刚才林嘉琪那番话，让我心里很感动。

人是有感情的动物，无论有多么正确的是非观道德观，如果事情发生在自己的至亲好友身上，难免都会护短，即使心里很明白这样不对。当年林嘉琪痛骂姚银珠，并不是因为姚银珠做了第三者，而是因为姚银珠伤害了我。而如今，她能这样坦然地接受我并鼓励我，是因为唐咏诗对于她来说只是一个陌生人，她当然更关注我的幸福。

就如那时我们俩一起窝在沙发里看《宫心计》，无一不痛恨那个行好事、说好话、做好人的三圣母刘三好，并不是因为她做错了，相反，她与人为善，规劝好朋友金铃向善，她所做的一切都是对的，可偏偏唯独少了点人情味，在金铃的眼里，她的好朋友背叛了她。

其实这些天我过得很郁结。

我和苏云骋根本就没有走到劈腿男和第三者的地步，顶多是有点难解难分的纠缠。可感情上，我又确确实实觉得这样的暧昧应该被划分进第三者的范围。这个就叫做赔了夫人又折兵，没捞着帅哥，还落了个臭名声。

想到这些，我的心情就非常低落。

我看着车窗外的风景默默地郁闷着，林嘉琪则拿着手机上论坛。忽然，她凑过来："悄悄，你看这个。"我凑过去一看，一张模糊的照片，两个人——倒还看得出来是一男一女，女的紧紧的抱住男的，而男的，看起来身子有点僵硬。

“这谁啊？”我问。

林嘉琪用手指了指女的脚上穿的鞋子。

照片是晚上拍的，灯光从左边斜过来，男人的脸隐没在黑暗中，身上穿着黑西装，跟身后的黑夜几乎融为一体，而女人虽然全身都暴露在光线之下，但因为是背对着镜头看不到长相。林嘉琪指着她脚上的那双鞋子，我也是怔了三秒才反应过来。

“唐咏诗？”我记得唐咏诗不久之前穿这双高跟鞋上过某个综艺节目，还被主持人夸了一番好眼光，所以对这鞋子我的印象还挺深刻的。

林嘉琪点了点图片，页面返回到文字新闻：“唐咏诗主动投怀送抱被拒。”下面还有一张图，林嘉琪点开，是男人推开唐咏诗的画面。“报道说这是记者在日本拍到的。但没有指明那男人是谁，还说会在下周一的后续报道中揭露。”林嘉琪读下去，“啧啧，这些记者还真是会吊人胃口，下一期的点击率一定超高。悄悄，你说这男人该不会是……”

我一阵不自然：“关我什么事？”

林嘉琪翻白眼：“我又没说关你的事，只是跟你讨论下八卦而已。方悄悄，你自己做贼心虚，还怪我哦？”她笑嘻嘻地伸出食指挑了挑我的下巴，我气得甩开她的手，拿眼睛横她。不过，图片里的男人，应该是苏云骋吧？

唐咏诗主动投怀送抱被拒，是真的吗？他们俩不是情侣吗？为什么苏云骋要拒绝唐咏诗的拥抱？难道，是因为……

不不不，方悄悄你又异想天开了。那些八卦记者多半喜欢看图说话，自己对着照片就能YY出一部天方夜谭来。为了这种报道浪费我的脑细胞，真是吃饱了撑的。

一到公司，我就感觉气氛有点诡异。

前台的茱蒂和小茜正对着镜子补妆，连我和林嘉琪进门都懒得抬眼看一下，小夕平常乱得跟杂物房一样的办公桌居然也收拾得井井有条，她端坐在自己的电脑前面带微笑地认真地写着什么。除了几个X取向正常的男设计师，每个人看起来都那么诡异。

“怎么了？”林嘉琪揪住设计助理小童问。

小童推了推他的无镜片黑框眼镜，指了指徐总监的办公室，用嘴型说了两个字。我和林嘉琪都没有看懂，林嘉琪有点不耐烦，一巴掌拍在他的脑门上：“哑巴了你！”

小童疼得哎哟哎哟直叫，从牙齿缝里挤出一句话：“苏少！苏少在里面！”

我的脑子里“轰”的一下：“苏、苏少？你说的是哪个苏少？”

小夕在我身后接嘴：“还能是哪个苏少，整个C市还有哪个苏少，当然是RT的苏少呗！”她是徐总监的秘书，办公桌就在徐总监的办公室外，因此不得不压低声音，却忍不住尖叫：“你没看到，刚刚苏少对着我笑呢！”

我觉得我此刻的笑肯定比哭还难看，因为林嘉琪看着我的表情简直跟闻到了臭鸡蛋似的：“哈哈，是、是吗？真好……”苏云骋居然会笑，还真是难得。不过现在我最关心的不是这个，我最关心的是——

他来干什么？

我从不知道我们公司和RT有什么业务上的联系。哦，对了，宋江航说艺星经纪实际上是苏云骋的，那么是因为唐咏诗给我们拍广告来的？

应该不是。既然他有意隐瞒自己与艺星经纪的关系，肯定不会为了个小广告就暴露。他，该不会是为我而来的吧？

脑子里闪过这个想法，我全身都像被雷劈中了一般，一股电流穿透，双腿一阵发软。

显然，我又一次自作多情了。

5分钟之后，在我手脚冰冷，四肢发麻，险些就要先下手为强自我了断的时候，苏云骋出来了。与他一起走出徐总监办公室的，除了徐总监，还有我们公司常年神龙见首不见尾的老总华先生。

三个人一起走出办公室，脸上的笑意如沐春风。我躲在我的办公桌后面，从电脑上方偷偷地观察那边的动静，其他人都已经“呼”的一声站起来，面带微笑准备给苏少留下最美好的印象。

这样一比，我显得有点贼头贼脑起来。

但我先下管不了这些了，我竖起耳朵仔细听三人的对话，生怕漏掉一个足以让我终生后悔的细节。

首先开口的是苏云骋：“我非常感谢华先生能理解我这个不情之请，也感谢徐总监的配合，改天请两位吃饭。”

华总的声音都笑眯眯的，在我听来非常之谄媚：“哪里的话，苏少开口，哪有不给苏少面子的道理。”说着又转过头扫了一眼办公室，那目光就跟卫星似的迅速定位到了我，脸上的笑容挤得那些个肥肉都凑在了一起：“唉，悄悄哇，你真是我们公司的福星呢！”

福星？什么福星？

我警觉地看着苏云骋，希望他给我一个解释。谁知道苏云骋根本没有理我，跟华总告了别，连句GOODBYE都没有就转身轻轻地走了，不带走一片云彩。

KAO，这家伙真不敬业，在这么多人面前都不抓紧机会跟我演一下夫妻情深，我要怎么去抵挡这些八婆犀利的八卦直觉？

我忽然觉得现在的我已经有点惊弓之鸟的感觉了。

“悄悄，苏少怎么不跟你说话？你们俩是不是吵架了？”小夕最早结束花痴状态，拽着我的衣袖小心翼翼地问。

我尴尬地嘿嘿笑："咳咳，这个……牙齿还有咬到舌头的时候呢，是吧……"真是，我居然会讲出这么外婆级别的比喻来。

徐总监送走了苏云骋和华总，脸上笑意盈盈地踩着高跟鞋进了办公室，一个上午没有出来。

这时我才放下心来，应该没我什么事。

下午刚上班，我就接到通知唐咏诗已经进了摄影棚，我百般不愿意，但还是抵不过林嘉琪的坚持，被拖到6楼的摄影棚。"看一看也好嘛，知己知彼，百战百胜。"林嘉琪说。

我们到的时候唐咏诗还在化妆，徐总监和小夕已经带着C&V的秋季系列全部样品赶到，正在和造型师讨论着什么问题。我死活不肯靠近唐咏诗，林嘉琪没有办法，翻了个白眼之后，扔下我自己朝那边走去。

我则躲在外间偷偷摸摸地朝里面观望着。

没一会儿，唐咏诗化完了妆，发型师开始给她弄头发。看了一会儿，我忽然觉得不太对劲。

秋季系列的主打就是之前J借给我的那对玫瑰之心，玫瑰之心是耳钉，要配的发型至少有一点是要保证的，那就是不能遮住耳朵，否则怎么把产品呈现在消费者面前？

可是造型师却偏偏给唐咏诗梳了个包住耳朵的发型。

是，我承认这种发型是衬得唐咏诗看起来很高贵典雅，可是再高贵再典雅，达不到呈现产品的要求，有个毛线用？

我想了想，觉得公司付钱给我，我一定要对公司负责，于是悄悄地凑到徐总监边上去："总监，我看唐咏诗的发型不太对啊。"

徐总监瞄了一眼："哪里不对？我看很美嘛。悄悄，我知道你和J走得很近，可是你不能连审美观都被他影响了。"

"不是，你看她的发型是把耳朵包住的，那岂不是看不到'玫瑰之心'了吗？"我诚恳地。

谁知道徐总监只是轻描淡写地“哦”了一声，说：“‘玫瑰之心’已经不是主打了。哦，不对，应该是说，这季的产品里面不会有‘玫瑰之心’了。”

我顿时愣住：“什么？”徐总监嫣然一笑：“这季的主打产品换成了‘枫之华’。”

我整个人都震惊了。

“枫之华”是徐总监所设计的枫叶系列里的一款项链。

J是C&V的首席设计师，徐总监则是设计总监。一直以来，这两人在产品设计这个战场上硝烟不断。J是极富才华的设计师，徐总监则逊色一些，但凭借她未来太子妃的身份，一直跟J斗得难解难分。

比如这一次的秋季系列，J的设计是玫瑰系列，而徐总监的设计则是枫叶系列，在以哪个系列作为主打的争论上，两人从年初吵到了年中，最后由董事长亲自拍板，开两个主打系列。

玫瑰系列自然是当之无愧的主打，另外为枫叶系列再开一条销售线，但由于人员和预算有限，枫叶系列始终比不上玫瑰系列。

我知道，徐总监一直为这件事耿耿于怀。虽然枫叶似乎是比玫瑰更贴近秋天的主题，但元素虽好，设计实在是不如J的玫瑰系列，她也只能作罢。

可我没想到，她居然会乘J请假的空虚，把主打产品换成枫叶系列。

“这……这好像不太好吧？如果J知道了……”对每一个设计师来说，他所设计出来的东西都如他的孩子一般，J亦是如此，否则也不会每次都在鉴品会上跟徐总监争个面红耳赤了。如果他知道自己的作品临时被撤换下来，我真不知道以他的性子会有什么后果。

徐总监却是一脸毫不在乎的表情：“你放心，J不会怎么

样的。我看啊，他高兴还来不及呢。”

我诧异：“高兴？”怎么可能会高兴？

“是呀。”徐总监脸上一股盎然的酸意，“也不知道苏少是从哪里看到‘玫瑰之心’的样品的，居然肯出八百万买下‘玫瑰之心’的版权，不过一对耳钉而已，居然值八百万。”

她的语气里是满满的不屑，可我听了之后整个人都要不好了。

“我觉得，这件事说明一个很大的问题。”林嘉琪知道之后，很严肃地对我说。

我手里捧着我的马克杯，喝一口热咖啡平静我的心情：“什么问题？”连声音都是颤抖的。林嘉琪看我这样，伸出手来拍拍我的肩膀：“放松些，方悄悄。我觉得，你可能很快真的要变成第三者了。”

我浑身一颤。

她这句话，想要我怎么放松？

Chapter05　他真的不是良人

苏云骋把电话挂掉的时候，嘴角是噙着笑的。他抬头，对面墙上的玻璃映出他的笑，自己也险些被吓一跳。

电话是那个叫方悄悄的女人打来的，气急败坏，问他为什么要买下“玫瑰之心”的版权，让玫瑰系列因为失去了主打设计而被迫从C&V本季主打的位置上退下来。她说话的腔调有些虚张声势，劈头盖脸就是一连串的词语。

以他对她有限的了解，这通常是她最心虚的时候。

她打电话来，除了质问他之外还有别的问题要问，可却又不敢问出口，在电话那头扭扭捏捏。他闭上眼，想象下她的样子，就觉得非常好笑。

目光落在桌上那个打开的黑色缎面盒子上。

一对心形嵌着玫瑰花的耳钉，玫瑰花的花蕊是一颗闪闪发亮的钻石。

玫瑰之心。

版权已经被他买下，仅有作为样品生产出来的五对存在于世，而C&V的华总已经答应他，将其他四对尽快销毁。也就是说，从今以后，这世上就仅存这一对玫瑰之心。

将她带到他面前的玫瑰之心。

若非她马虎将耳钉丢在他的车上，她就不会回过头来找他，也不会阴差阳错碰上宋行长，那么他和她之间，大抵就只剩下建宇建设家的婚礼上那一个谎言了。

苏云骋将盒子收进保险箱锁好。

助理Lemon敲门进来："苏少，八周刊那边已经联系上了，他们开出的价格是一千万。"

脸上的笑容在听到八周刊的那一瞬隐去，他靠在椅子上，十指在小腹交叉，右手的食指习惯性地有一下没一下地敲着。一千万，真是狮子大开口。

显然Lemon也是这么认为的："苏少，我觉得这笔交易不值。"

苏云骋抬眼看她，示意她说下去。

"唐咏诗走的本来就不是玉女路线，传个绯闻非常正常，还有可能锦上添花，借机自炒一把。更何况这次的对象是她自己的经纪人宋江航，只要我们让RT旗下的两家周刊抢先一步放出新闻，控制舆论方向，这件事完全可以转害为利，何苦要花大价钱去把那些照片买下来。"

苏云骋沉默，却肯定地点了点头。

没错，对于一个明星来说，没绯闻未必是好事。反正不过是几张拥抱的照片，完全可以在炒完绯闻之后说成是友情拥抱，这种雾里看花的恋情反而能推进明星的曝光率。

只要他一句话，RT旗下的两家周刊给唐咏诗和宋江航做一个专题，简直是大有噱头。

Lemon从苏云骋接管RT伊始便跟在他身边，非常了解自己这位老板的处事作风，再见他对自己的见解点了头，于是心领神会："那我马上去吩咐下面做事。"

谁知苏云骋却轻轻一抬下颌，声音轻却不容置喙：“给他们一千万。”

“哈？”Lemon怀疑自己听错了。

苏云骋抬高音量，重复了一遍：“给他们一千万。”眉头微拧，显然已经有些不悦。Lemon迅速反应过来，心中的疑问就如蘑菇云那般大，可不敢质疑，只能点头：“是，我去准备。”

推门而出，她还处在不敢置信的震惊之中。

什么时候一向狠绝的苏少居然变得这样好欺负了，八周刊这样毫不足道的小小威胁，他居然会顺了他们的意，她进去之前还满心地相信，这回八周刊死定了，居然敢得罪苏少。

晚上在“第一馔”吃饭的时候，苏云骋就拿到了那两张有宋江航正脸的照片。

照片是Lemon装在牛皮纸袋里送来的，他当时正在吃牛排，听到拿到照片了，眼睛危险地眯了一下。放下刀叉，擦手，接过袋子。

打开，照片滑了出来。

他轻轻靠在椅子上，用手轻轻捏着照片，抿唇，眯眼。

宋，江，航。

他在心里默默地念着这三个字。不得不承认，宋江航长得的确很不赖，即使他是男人，即使他足够心高气傲，也承认宋江航不愧那些粉丝的狂热，不愧“第一帅经纪”的称号。

宋江航和他不一样。第一次从唐咏诗的手机里见到宋江航的照片，他脑子里跳出的一个词就是神采飞扬。当时他开玩笑问唐咏诗：“那你觉得是我帅，还是宋江航帅？”

唐咏诗回答：“都帅。但我喜欢他的笑，像加州的阳光一样。你呢，就跟伦敦的雾一样，阴沉沉的，什么都看不清。”

当时他只是笑笑，并不以为意。他是谁，堂堂苏少，怎么会去在意手底下经纪公司的一个小员工，管他什么加州什么伦敦。但如今，他看着宋江航的脸——即使这两张照片上的宋江航并没有笑容，反而眉头紧皱，他也清楚感觉到了胸腔里涌起的那股酸意。

因为，宋江航是她的男朋友，方悄悄的男朋友。

这个事实让他嫉妒得几乎要发狂。

“喂！”对面的小美女不悦地伸手在他眼前晃一晃：“小叔，你看什么看得这么出神，借我看看。”她是苏云骋大伯的孙女，苏又青。

苏云骋回过神来，顺手将照片给她。

苏又青十九岁，平常对娱乐圈的八卦最关心，一看照片，“哇”地叫出来：“原来和Cecilia在日本拥抱的男人是我们家Aloys，怎么会这样！”

苏又青是宋江航的粉丝，连手机桌面都是宋江航的照片，她把照片甩在桌子上，严肃地问苏云骋：“小叔，他们两个该不会真的在恋爱吧，经纪人怎么可以跟自己的艺人恋爱呢？不行，我不答应！”

苏云骋被她的反应弄得哭笑不得，拿过照片放进袋子里：“你放心，暂时还没有。”

“不行，我要知道是怎么回事！”苏又青不肯让步。

苏云骋没办法：“唐咏诗喜欢宋江航，但他拒绝了。”唐咏诗的说法是宋江航也对她动了心，可却碍于一些原因不肯跟她在一起。究竟是什么原因，唐咏诗说宋江航不肯说，但他知道。

“方悄悄”。

桌子那头的苏又青已经欢呼雀跃起来：“我就知道，Aloys肯定不会喜欢唐咏诗这个类型的。”小女孩心思浅，欢快地切了一块牛肉送进嘴里，品尝得津津有味。

苏云骋笑笑，端起葡萄酒抿了一口：“你又知道了？”

苏又青很认真地点头："当然，Aloys说过他心目中最美丽的女生的样子。皮肤很白很细，头发长长的，软软的。眼睛很漂亮，笑起来弯得像月牙。"她笑了笑，挤眉弄眼，"我练习了很久，你看眼睛这样像不像月牙？"又扯了扯自己的长发："为了他我把头发都留长了，而且我的发质也很软哦！"

真是小孩子。

苏云骋忍不住笑着摇头。皮肤很白很细，头发长长的，软软的，眼睛很漂亮，笑起来弯得像月牙。他细细地回味这几个词，脑子里却浮现出了方悄悄的脸。

那天，在车里，他揽过她的腰吻她的时候。

他一只手捏着她的下巴，也捏到了她耳边散乱的发。软软的，犹如去年姐姐生日的时候，他送给她的那条披肩。那一瞬间，他的心都跟着软了下来。

他不是没有吻过女人。也谈过几次恋爱，细想来，他交往过的女子或端庄大方，或娴静典雅，无一不合意得体。原本不觉得这有什么特别，只觉得恋爱就应该找这样的对象。接吻的次数不算少，对方的唇或柔软或微凉，各种滋味，但唯独她的却那么特别。

也柔软，也微凉，但还有一种麻麻的感觉，如同冬天羊毛衫擦出来的静电。吻着她的时候，胸腔里好像被一团软绵绵、松蓬蓬的棉花塞住，这感觉，很微妙。

而且，也只有她，在被他吻了之后，还会那样无厘头地抛出一句："也有可能是双性恋。"

想到这些，他忍不住笑出声。

对面的小美女有点好奇，拿叉子敲打着红酒杯："喂喂，小叔，你一个人在瞎高兴什么呢？"她瞪着漂亮的眼睛，描着细长的眼线，眼角处微微上挑，显得妩媚成熟，一点都不像十九岁的孩子。

苏云骋又忽然想起，方悄悄也画眼线，但眼角总是微微下垂，瞪着他的时候与姐姐养的那只萨摩耶在他的真皮沙发上撒了尿被他发现的时候的眼神很像。

方悄悄像萨摩耶，苏云骋很满意自己这个比喻，觉得自己好像胜了一局。他拿眼角回瞪苏又青：“怎么拿叉子敲杯子，要是在家里吃饭准被你爷爷骂。”他恶声恶气地吓唬她。

苏又青不屑：“他骂他的，关我什么事。”她扬起尖尖的小下巴，一副天不怕地不怕的样子。这一点上，苏又青随她那个西班牙美女妈妈，对这些什么餐桌礼仪全然不在意，当年他这位婶婶进门的时候，可把他大伯气个半死。苏云骋有时候觉得他这样喜欢苏又青，跟这个很有关系。因为对于他那个伯父，他是很不喜欢的。

苏云骋6岁的时候父母因为意外去世，把一手创办的RT留给了他和姐姐苏云芝。那时候他还小，但也清楚地记得在一个下着雨响着雷的夜晚，在空荡荡的大屋子里，姐姐紧紧地抱着他蹲在地上哭：“他们，都是混蛋、混蛋！”何等的绝望与悲愤。

后来长大了，他才知道姐姐口中的混蛋说的是他那两个伯父，竟然在自己的亲弟弟和亲弟媳遭遇横祸之后不仅不悲伤，还把算盘打到了他们留下的唯一财产上。即便是后来爷爷最终决定把RT交给他们姐弟打理，他们还不死心时不时地给他找点麻烦。

苏又青晚上约了同学看电影，吃完牛排就赶着走了，苏云骋结了账，搭电梯去了地下停车场，却迎面碰上吴建宇。他皱了皱眉，本能想避开，吴建宇却已经带着殷切的笑迎了上来：“苏少，这么巧。”

苏云骋笑容清淡，点头。

吴建宇小心翼翼：“对了，度假村的财政报告已经做好送到RT，苏少看了没有？”

苏云骋点头：“看了，我已经叫手下的人着手处理，资金很快到位。”

听到这个消息，吴建宇的脸上写满喜悦：“这次多亏了苏少肯出手相助，否则度假村也不会发展得这样好。真是太感谢了。”

苏云骋只是笑笑，穿过他径直走向自己的车子。其实从他宣布要入股度假村开始，不少商政人士都卖他面子，频繁光顾度假村，这效应一出去，度假村的生意已经大好，而原本度假村的设施就很完备，他根本无需再多投入资金。吴建宇以为他是因为悄悄才出手相助，但其实完全错了。

当初他愿意帮忙，倒真的是因为方悄悄，但他后来仔细一研究，又觉得这其中大有利益可图，所以第一步就是注入资金，取得足够的股份，然后在半年之内鸠占鹊巢。

Lemon知道他的意图之后还开玩笑：“哇，苏少您真是够狠，我看吴建宇怎么也想不到自己是引狼入室了！”

她又怎么知道，每次他看见吴建宇那张脸，心里都莫名其妙地有气，没有把主意打到建宇建设上，已经算是他日行一善了。

他小心地把车倒出来，目光落在副驾驶座上的时候，又柔和了一下。前些天他还让Lemon找些新车的资料打算换车，毕竟这部保时捷也已经开了两年，但如今，他却不想换了。

才开出“第一馔”，手机就在口袋里拼命震动起来，他拿出来一看，苏又青张牙舞爪地出现在他的屏幕上。这小丫头又怎么了，他接起电话，然而在听到她说的话之后，唇边的笑意迅速地消失了。

“小叔，我在电影院看到Aloys了！他和一个女人在一起！小叔，我失恋了！”

他的脑子里第一个出现的人就是方悄悄，但还是问：“会不会只是同事？谁说一起看电影的就是女朋友。”

苏又青语气很沮丧："白皮肤，长头发，笑起来眼睛弯弯的。关键是Aloys还亲密地搭着她的肩膀，不是女朋友还能是什么。小叔，我失恋了啦……"

胸腔里那种浓重的酸味又涌了上来，他气得咬牙，虽然也不知道自己哪里来的立场生气。匆匆安抚了苏又青几句，对方显然没有提起精神来，但他顾不上了，挂掉电话，犹豫了半天还是拨出了那个号码。

"你在哪？"对方一接起来，他劈头盖脸就问。

电话那头声音嘈杂，还伴着咔嚓咔嚓的声音，他下一秒就想到了那是嚼爆米花的声音。"我在电影院。"方悄悄冲着电话含糊不清地。

果然是她。

"现在出来。"他下命令。

"干吗？"电话那头的她很不情愿。

苏云骋深呼吸一口气，让自己的声音听起来不那么气急败坏："这是工作。半个小时之后轻风广场见。"说完，不给对方任何反对的机会，果断挂掉电话。

脚下一踩油门，汽车飞驰而去。

他是十分钟之后就到了轻风广场，在咖啡店里等了足足有半个小时，方悄悄才气喘吁吁地赶到："又有什么吩咐啊，大少爷？"她好不容易把宋江航拉出来看个电影，买了可乐买了爆米花，却被他一个追魂夺命Call召了过来。

他慢慢喝一口咖啡："跟男朋友看电影？"

方悄悄白眼："关你屁事！"

他气得差点想要跳起来打她。这个白痴，自己的男朋友已经移情别恋还浑然不知。她应该是真的笨，他已经对她提点再三，却还没有丝毫察觉，所以这种事情才会一而再再而三地发生在她身上。等再过个三年，她又要拉上谁在宋江航的婚礼上假扮她的男朋友？

“叫我来到底干吗？我都买好票了，一百二一张呢！”悄悄有点不耐烦。与其说不耐烦，倒不如说有点心惊胆战。她知道自己对苏云骋动了心，面对他的时候就没办法跟以前一样大方自然，老觉得他会看穿自己那点小心思，就刻意不去看他的眼睛。

而苏云骋则把这个理解成了不甘愿。

心里那团棉花又塞了回来，这一次却不是松蓬蓬的，而是将他胸口堵了个结结实实，一股气别在胃里，闷闷的难受。他站起来，语气凶狠：“大不了赔你一场电影。”然后头也不回，径直上了五楼的精品专卖，美其名曰，为下个月6号的RT28周年庆晚宴挑选衣服。

但实际上，这个借口是他半秒钟前才想出来的。

五楼的服务员都认得苏云骋，也认得在报纸上曝光过的方悄悄，见到他俩一起上来，无一不是眼神复杂，面带微笑：“苏少，带女朋友来买衣服呀？”这可真是破天荒头一次，虽然苏少是他们品牌的大客户，但几乎不会亲自到卖场来。

苏云骋微笑点头默认，同时眼神示意，方悄悄心领神会，很乖巧地上前来挽住他的手，挤出一脸幸福的表情。拿人钱财与人消灾，方悄悄非常懂得这个道理。

苏云骋很满意这个效果。其实他的衣服多得连家里的佣人都数不清，新一季的男装上市，就有轻风广场的工作人员送了目录过去他办公室，他挑了之后Lemon会帮他结款，然后衣服就会被送到他家，完全没有再购买的必要。所以他扫了一眼，发现完全没有办法挑，于是只能对方悄悄说：“你帮我挑。”

悄悄一脸吞了茶叶蛋的表情：“我的品位很差的！”

他冷笑，低声在她耳边说：“从你挑男人品位上看得出来。”她闻言气得瞪眼，顺手拎起一件衬衫塞给他：“就这个吧。”

他皱了皱眉，看着她手上的衬衫。

浅灰色，细银纹，领子和袖口是黑的。这件衣服他在目录上见过，但第一眼就否决了，因为他并不喜欢穿黑色的衬衫，即使只有领子。

悄悄似乎看出他的犹豫，得意又恶声恶气地："黑色是属于你们阴阳怪气的天蝎座的最佳色彩喔！"他忍不住笑了，她这副小人得志的模样还真可爱。

他进试衣间换上衬衫，照镜子的时候竟然发现这件衬衫出奇地适合他。说不出是怎么适合，但看起来就是很协调，仿佛他生来就该是穿这衣服的。方悄悄对此的评价是："马配马鞍牛配犁，这件衬衫果然衬托出了您那种如此这般的气质。"

她用如此这般代替了形容词，但苏云骋知道那显然不会是好话。他对着镜子慢条斯理地整理领子，又甩出一句："找条领带来配。"

悄悄四周看了看，几个服务员都面带微笑站得很远，显然苏云骋的命令是对她下的。她没好气地站起来走到领带柜台去，随便挑了一条银色领带回去，往他脖子上一挂，顺手帮他系上。

苏云骋怔了怔，才发现此刻她的脸距离自己不过半尺。

这么近的距离，他可以清楚地看见她根根分明的睫毛，一下一下地扑闪着。她不情不愿地嘟着嘴，唇色淡淡的。他闻到她身上的香味，不是化妆品的味道，不是香水的味道，而是一股淡淡的奶油味。

他克制住自己的冲动不去吻她，把脸扭向一边，目光落在镜子里，却从镜子里看见了她的背影，背上垂下的长发，软软地伏着。忽然他就想起了苏又青的话，想起了宋江航以及她和宋江航的关系，心里头那团棉花又迅速地膨胀，挤得他胸腔一阵酸涩。

他心里很明白自己对眼前这个女人动了心，而且，恐怕不是一般地动了心。

又青那丫头不知从哪里看来一句歪理，说如果有一天你发现自己对一个从来没想过自己会喜欢上的人动了心，就说明你是真的沦陷了，无药可救。

因为人都很容易给自己的另一半设定条件，比如漂亮，温柔，贤惠，出身高贵，遇到这些条件都符合的人你动了心，只是为了这些条件动了心而已，而这些条件都不符合的人却让你动了心，那真是说明你爱的是这个人，爱上一个人，那么其他条件都显得不重要了。

即使有的时候，这样的爱情并无法成熟结果，但你有去爱的冲动，已经足够说明一切。

悄悄就是这样一个人。他开出的那些条件，美丽高贵，端庄大方，温柔娴静，她只有一条美丽勉强搭边，除此之外简直一无是处，还总是贱贱地说一些不着边际的话，比如竟然会怀疑他是同性恋，但他还是动了心。

不知道是从什么时候。

或许是那天，她在“第一馔”喝醉了被他带回家，他破天荒地起来，从柜子里翻出还未拆封的平底锅，试着煎了两个太阳蛋。她从屋里出来，眉目间粉黛不施，皮肤却有一种红润的光彩，坐在他的对面不客气地吃早饭。

还有她在厨房里洗碗的背影。

他站在那里，远远地看着她。窗外的光柔和地洒在她身上，一层虚无。突然之间，他觉得自己的心好像是滴进水里的墨汁，一点一点溶化开来。

所以，他宁可放过八周刊，花一千万将那两张照片买回来，也不想把宋江航和唐咏诗的事情公诸于众给她知道。

“好了！”方悄悄系好领带朝边上退了一步，耳根明显地红了。想必她也发现两人的距离有点过于近了。思及此，苏云骋的嘴角扬起来。他双手插进西装裤裤兜里，对着镜子照了照，满意点头：“你的品位总算对了一次。”

悄悄在他身后怪里怪气地奉承：“哪里，是苏少您模特身材，穿什么都好看！”这么明显地溜须拍马，却因为她落落大方地说出来而显得特别可爱。苏云骋大笑起来，吓得方悄悄跟看怪物似地看着他。

不远处的服务员们忍不住感叹：看起来苏少是真心喜欢这个女人啊，从来没见苏少笑过，更别说是这么开朗的笑声了，真有点想录下来当短信铃声的冲动。

“好了！”方悄悄看着他在账单上签下名字，有点兴奋地摩拳擦掌：“接下来是不是该去女装部了？”

苏云骋知道她在想什么，故意慢条斯理地问：“去女装部干吗？”

悄悄一脸期待：“去买给我穿的礼服啊。难道你要我穿上次去宋府那件衣服去参加晚宴吗？太不庄重了吧？”她双眼亮晶晶地看着他，苏云骋再一次想到了姐姐家里的那只萨摩耶，真有点不太忍心打击她：“你的衣服自己搞定。”

悄悄闻言脸上一阵抽搐，苏云骋知道她肯定在心里无声地骂他是守财奴、吸血鬼。

这时候眼角余光瞄到有熟悉的身影，苏云骋朝那边看去，是宋行长的母亲。他朝悄悄使了个眼神，悄悄还未领会，那边宋老太已经看见了他们：“咦，这不是苏少和悄悄吗？”宋老太迎上来，她身后跟着宋夫人蒋清柔，脸上一抹端庄大方的笑。

其实苏云骋知道，宋行长在外面不止有一个女人，宋夫人也知情。但夫妻两人有一个默契，那便是宋夫人永远是她蒋清柔，她便知足，静静地守着自己这份金玉其外、败絮其中的婚姻。

悄悄连忙迎上去：“宋阿姨，您也来了。上次真是谢谢您，要不然我发烧死在家里都没人发现！”

宋老太皱眉嗔怪："嗳，可不许说这么不吉利的话。"又对苏少说："苏少啊，年轻人也不要太拼搏于事业了，悄悄这么好的女孩子，你不多关心关心抓紧了，小心就被别人追走了。还有啊，悄悄，你住的那个地方也太小，又不是缺钱，该换个宽敞的地方。"

悄悄连忙摆手："不用了，我和我好朋友一起住。房子虽然小，但冬暖夏凉，朝向好，住着很舒服。"

宋老太不以为然："那么小，朝向再好住着也不舒服啊。你不要想着为苏少省钱，要不然，干脆你快点了头，搬进苏家大宅去。"老人家总是特别热衷于年轻人的婚事，宋老太也不例外，仿佛天下若还有一对男女没有结婚领证，她们的心里就不舒坦。

悄悄只能陪着笑："哎呀，都还年轻呢。我还想做几年单身贵族！"她调皮地眨眨眼，宋老太见劝不动她，也不再讲，毕竟这是苏家的家事，于是说："买好东西了？不如陪我去六楼饮茶？"

悄悄看了看苏云骋。

苏云骋微笑，伸手揽过悄悄的，手稳稳地落在她的腰上："好啊。"

她的肩膀抵在他的肋骨侧边，他微一低头，又闻见那股淡淡的奶油香。

六楼有一家C市最好的甜品店，"sweethour"。

苏云骋并不喜欢甜食，但他也知道这家甜品店，因为交过的几任女友都是这家甜品店的簇拥者，他便常常吩咐助理买了送去。

这是他第一次亲自来。

悄悄一进店门就被各色的甜品吸引，趴在蛋糕柜台前哇哇地叫出声："好漂亮，每一款看起来都好想吃！"她双手在胸前握拳，一副眼冒星光的样子。

幸好这些只是蛋糕，如果换做是男人，他大概会嫉妒得想要上去挨个揍上一拳。

宋老太对悄悄的表现觉得很有趣。

其实有时候人和人之间的缘分是很奇妙的。宋老太出身富裕家庭，自幼学习淑女礼仪，挑选儿媳妇的眼光也是本着端庄贤淑的原则来，照常理来说，她应该是看不上悄悄这种毛毛躁躁的性格的，却因为特殊的情况下相识，对她先产生了好感，所以包容性也强了起来。

“悄悄，我们坐到那边去，让服务员拿菜单过来点。”宋老太朝悄悄招招手：“这里最好吃的甜点可不是蛋糕喔！”

悄悄闻言，立刻乖乖地跟着宋老太过去了。

他方要跟过去。

“方不方便借一步说话？”蒋清柔微微挡在他的面前，精致的妆容之上浮着淡淡的笑。

“sweethour”外的空中花园。

蒋清柔将一个小信封递给苏云骋，苏云骋接过打开一看，薄薄一张纸，居然是RT在争取的银行那个工程的内部资料，他花重金花大时间都没有得到的东西。惊喜之余，未免不解：“这？”

蒋清柔嫣然一笑，眼角有些许遮盖不住的细纹：“我想这应该是苏少梦寐以求的东西吧。”

“梦寐以求倒不错，只怕自己付不出宋夫人想要的条件。”

蒋清柔没有回答，从随身的小坤包里掏出一支烟点上，淡淡地抽了一口，才说：“我没有什么条件，只要你拿下这个工程就够了。”她转头，透过“sweethour”的落地玻璃窗看了一眼正兴致勃勃地点餐的悄悄，说：“只能说，你找对了棋子。苏少，有句话我想问你，若你不肯说，也便罢了。”

苏云骋点头：“请说。”

“你该不会是真的要和这位方小姐结婚吧？”蒋清柔的目光有点迷离，“我了解过，她离你苏家挑儿媳妇的标准可是差得远了。”苏云骋也顺着她的目光看向屋里：“夫人对这个很感兴趣？”

她吐出一口烟，弹了弹烟灰：“只是想起一个故人，有着和她一样的笑容。纯粹得就像玫瑰花瓣上的露珠一般，多少年来都不曾遇见过了。”

那个故人，便是三十年前的她。

“我婆婆对你们这门婚事热切得很，常念叨着。她是乐于见到这段姻缘的，可我倒不是很希望。格桑花应该开在草原上，玫瑰花应该插在花瓶里，豪门似海深。”不等苏云骋回答，她自言自语般，又将手中的烟摁灭，说：“差不多该进去了。”

第二天，Lemon将调查结果告诉他：“原来飞程公司的刘大少为了拉拢宋行长，不知道从哪里找了个俄罗斯美女介绍给宋行长，把他迷得不行，已经好几天没有回家了，没想到惹到了宋夫人。”飞程公司是RT这次争取银行工程的对手之一，实力稍逊RT一些，因此使出了这种招数。

没想到讨好了宋文轩，却惹毛了蒋清柔，蒋清柔一气之下就偷了内部资料出来给RT，也不过是想出一口气。

难怪她说他找对了棋子，幸好他是走的宋老太路线，否则这份内部资料就有可能落于他人之手。了解了前因后果，苏云骋松了一口气，吩咐Lemon再做点事：“投桃报李，你小心处理。”

Lemon点头离开，她跟了他多年，办事一向小心谨慎。

将那份内部资料又看了一遍，有了这个，这次的竞标可谓是十拿九稳。苏云骋将资料小心放好，脑子里却又响起蒋清柔的那句话：“豪门似海深。”

豪门似海深，她是对自己的人生的感叹吧。之前为了争取这个工程，派人将宋文轩一家人都查了个清楚，他记得蒋清柔的资料中有许多她大学时的照片，那些照片上的蒋清柔，无一不笑容灿烂，就像，就像今天的方悄悄一样。

可如今的她，却只能守着一段徒有虚名的婚姻。

那天她是在告诉他一个事实，他身为苏云骋，身为苏家的人，就不该娶他爱的人，不该害了她。凭良心讲，他也无法确定自己的心，无法保证会喜欢一个人一生一世。他的几位伯伯，几位舅舅，还有几个姑父姨夫，无一例外都三妻四妾，若不是父亲早死，或许如今他亦是一样。

或许对她来说，他真的不是良人。

Chapter06 上帝要你灭亡，必先令你疯狂

在“sweethour”吃完甜点，出了轻风广场，已经接近下午四点。

戏一直演到目送着宋老太和宋夫人上了车离开，车子一消失在车流之中，苏云骋就放开了我的手：“戏演得不错。”

我习惯性地拍他马屁阿谀奉承：“比起苏少您来还是差远了，您可是影帝级别的。如果苏少肯委身演艺圈，什么梁朝伟、刘德华，都可以下岗待业了！”苏云骋听完我这番话表情有点扭曲，我心里琢磨着，他大概是不喜欢听这一类的阿谀奉承，于是连忙改口：“哎呀，不是。我的意思是苏少您真够敬业的。我本来还误会你了以为你叫我来是纯粹耍我玩，没想到咱是来办正事的。”

苏云骋问：“什么正事？”宋老太一走，他看我的眼神一下子就从温柔似水变成了幽深莫测，此时一对漂亮的眼睛盯着我看，看得我心里一阵阵的发毛。我忽然就想起了前两天盯着我看的唐咏诗，忍不住暗暗叫苦。

这都是什么倒霉催的命啊，我偏偏就摊上这小两口，真是不死也要送掉半条命。林嘉琪说搞不好苏云骋真的对我有了想法，毕竟花八百万买下“玫瑰之心”的版权不是闹着玩的，即使对方是苏云骋，即使当时我打电话给他假装不经意其实是心怀鬼胎地问他为什么要买下“玫瑰之心”的时候，他的回答云淡风轻：“只是觉得很漂亮，想送给我姐姐当生日礼物。”

最难消受美人恩，我觉得我还是有自知之明一些，斩断情丝比较靠谱。

“演一对相亲相爱的小情侣呀。”我故意提醒他我们之间的关系，“对了，说起来RT要争取的那个什么项目什么时候敲定，我们的合约要什么时候结束啊？”再不结束，我真怕自己会把持不住一失足成千古恨，还是赶紧的桥归桥路归路，这辈子老死不相往来比较保险。

“下个月6号，RT28周年庆晚宴。如果事情顺利的话，那晚应该可以宣布这个好消息。”苏云骋此时的脸色不是很好看，我心里隐隐地有一点想法，但是不敢往那方面想，急忙笑嘻嘻：“哎，大好的消息。等拿到了我的酬劳，第一件事就是先辞职，去云南啊、西藏啊、新疆玩一趟。”想到未来的美好生活，我不禁有一丝的兴奋。

苏云骋不屑地哼一声：“有三百万就辞职了，你的胃口还真小。”

我继续溜须拍马：“是是是，我目光短浅，鼠目寸光，比不上苏少您鸿鹄远志，高瞻远瞩。”

苏云骋的脸抽了抽，转移了话题：“周年庆的晚宴你先做好出席的准备。”顿了顿又补充：“以防万一。”我连连点头：“我懂，这么大的事情还是小心处事的好，我有职业道德，拿了钱一定把事情办到最好！”

苏云骋似乎听出了点什么，忽然停下脚步转过身来，眼神意味深长。

我缩了缩脖子。

幸好这时候宋江航打来了电话，我连忙接起来在心里感谢了他一百八十万遍，不然这尴尬的气氛我还真担心HOLD不住。“喂？你看完电影了？好吧，你先回去，我待会儿去超市买点排骨、海带结就回去。嗯！”挂了电话，我开始思索附近哪里有大超市。

苏云骋在一边声音凉凉地：“约了男朋友看电影，被我打扰了？”

我嘿嘿地笑：“可不是嘛，不过您放心我是有专业素养的现代化人才，工作第一，顾客至上，绝对不会因此对您心存怨恨。”让苏云骋误会我和宋江航的关系的确不失为一个好办法，虽然一想到我和宋江航是男女朋友的设定我就有点起鸡皮疙瘩。

这招显然很有效，苏云骋的表情越发地凉下去。

看着他那样的表情我忽然有点心存愧疚，好像是我亏欠了他似的。果然人长得好看就是占便宜，明明是他水性杨花，想要脚踩两只船，想要陷我于不义，让我成为人人喊打的第三者，现在摆出这副表情来倒好像是我对他始乱终弃一般。

真是受不了。

沉默了片刻，苏云骋又问：“这几天的报纸，你都看了？”他的语调很奇怪。

我点头。他说的是唐咏诗那些照片。

“什么想法？”

我在心里斟酌了片刻，才小心翼翼地措辞：“拍得您挺帅的。”苏云骋的脸一下子纠结起来，我忽然想起那些照片上面的苏云骋基本就是个黑色剪影，我拍马屁拍得过分了，难怪他要变脸，于是赶紧补了一句：“我是说整体的气质，气质！”

后来我知道了真相，才明白此刻苏云骋脸上如此复杂的表情到底是什么意思，可惜当时我整个不在状态，所以对着他的表情，我觉得很百思不得其解。带着那复杂纠结、微妙的表情，苏云骋咬牙切齿地扔给我一句："照片上的人不是我。"

我有点不相信："不是你，那是谁？谁这么大的胆子，敢和苏少抢女人！"其实我后面这半句话主要是想用来缓解下气氛的，但看苏云骋的脸色，显然效果不是很好。

苏云骋冷哼了一声："总之不是我。拍照的时候我已经因为某些人被迫从日本赶回来了。"

我的背后寒了一下，在脑子里仔细回想了一下报道上提的时间，的确好像是在苏云骋赶回国为我削苹果的时候。这么明显的一点我居然会没有注意到，还在心里默默地认定那个剪影就是苏云骋，果然恋爱中的女人会变笨，暗恋中的女人会变弱智啊！

"奇怪，那到底那个男的是谁？唐咏诗不是在和你恋爱吗？还会有比您苏少更出色的男人居然能撬你的墙角？您现在的心情如何？是不是特别挫败？"知道那个人不是苏云骋，莫名其妙的我的心情就大好起来，全身上下的八卦细胞也跟着活跃起来。

苏云骋看我一眼："我和唐咏诗恋爱的事情，是谁告诉你的？宋江航？"

我诚实地点点头："他说你把我拉去金行买戒指是为了掩饰你和唐咏诗的恋爱关系，还说你们在恋爱的事情是唐咏诗亲口跟他承认的。他是唐咏诗的经纪人，消息总不会错吧？"

苏云骋点点头："最近你和他有联系吗？"

"很少。从上次在碧波阁……"提到碧波阁，我一下子想到那个吻，一下子耳根跟扔进火锅似地发烫起来。苏云骋显然也想到了，脸色居然有点……不自然。

他轻咳了两下，顿了顿，似乎很是犹豫，但最终还是说出了口："关于那张照片和唐咏诗跟谁恋爱的事情，你最好还是去问问你男朋友。"他说这话的时候漆黑的眸子里有种我难以理解的复杂神色。

一时之间，我有点心慌。

于是我赶紧拦下一辆出租车："好啊，我会问的。我还有事先走了，改天联络啊，哈哈哈。"话没说完，一溜烟钻上出租车吩咐司机快走。司机一踩油门，我差点撞到前面的副驾驶座。

在沃尔玛买好了排骨海带以及一大包零食，我拎着两个大大的购物袋抵达了宋江航家。

宋江航开门的时候脸上怨气重得可以去演咒怨了，吓得我差点把手里的购物袋甩到他脸上去："你干吗这样盯着我看？没见过美女啊！"我心虚地朝他大吼。宋江航黑着脸冷哼，让开路让我进门，然后靠在墙上凉凉地："坦白啊，你去哪里了？"

我在逛超市的时候早就想好了答案："林嘉琪被她男朋友甩了，在马路边上哭得要死要活，我得赶去安慰她！"

宋江航抠抠耳朵："是喔？那我今天真是撞鬼了，看到一个长得很像林嘉琪的人跟一个帅哥从隔壁影厅出来呢。"我顿时哑口无言。该死的林嘉琪，没事看什么电影，都什么年纪了还学人家大学生约会看电影，拜托你去个法国餐厅吃个浪漫一餐然后happy happy可以么！

骗的不行来硬的："小屁孩不要多管闲事，我去哪里关你什么事？我可是看你最近因为唐咏诗那组照片的事情搞得焦头烂额，本着人道主义的精神才约你出来看个电影散散心的！真是好心没好报！"

听我提到唐咏诗的照片，宋江航表情有点微妙，想说什么，终究还是低下声音去嘀咕："也不知道是谁陪谁散心。"

我心虚地躲进了厨房。

排骨海带汤是一道再简单不过的菜，把剁好的排骨段放进水里焯一遍去油，放点生姜片去腥，然后就可以放进炖锅里炖去了，什么乱七八糟的材料依足自己的口味放进去，炖满三个小时，一锅色香味营养俱全的排骨汤就可以出锅了。

我把材料都扔进炖锅里，盖好锅盖，小心翼翼地把头探出厨房，看见宋江航已经伏在工作台上对着电脑一阵噼里啪啦，就知道危险暂时过去了。

话说回来，今天是自从上次碧波阁分开之后第一次见他，刚见面的时候我差点以为他生病了。平常那个神采飞扬的宋江航不知道去了哪里，整张脸苍白得吓人，连眼神都失去了往日的光彩。

看来经纪人的工作压力也很大，唐咏诗那些照片对他的影响真是大到我无法理解啊。

唐咏诗日本那组照片在杂志上登出来之后，在八卦界掀起了轩然大波。

唐咏诗出道以来虽然以性感火辣的身材取胜，但叫人奇怪的是一直没有传过什么货真价实的绯闻，仅有的那几段也不过是某些无良杂志的捕风捉影，所以某些居心不良的人颇为失望。

这一次的照片，对他们来说简直就是如获至宝，虽然事情的真相是怎样在下一期的杂志出来之前无人知晓，可是网络上已经有无数的传言，最多的是说那个身影是苏云骋，毕竟在这之前就传出过唐咏诗和苏云骋的绯闻，我见过最离谱的一个帖子，说那男人是包养唐咏诗的富商，当时正在日本公干，唐咏诗打着工作的名义飞往日本就是为了跟富商见面，还说唐咏诗已经怀有该富商的孩子，以此要挟富商离婚将她扶正，但富商不肯，两人才发生了争执，才会被拍到那样一组照片。

真是叫人啼笑皆非。

唐咏诗的家世背景我是听宋江航说过的，虽不是什么让人惊掉下巴的豪门，但唐家在美国的华人社交界算得上是颇有威望，吃穿不愁。打个比方，应该就是《Gossip Girl》里面的B家里那种水准。她会被富商包养？打死我我都不相信。

但不管我相不相信，这些天，无论打开什么网页，到处都能看到唐咏诗，大多数还都是负面消息。

唐咏诗这种走性感路线的，本来就不太招主流舆论的待见，再加上在网上八卦的大多数都是女人，所以一时间舆论的导向都有点树倒猢狲散的感觉，甚至连C&V那边，都在传董事长有可能决定换掉唐咏诗做代言，虽然我也知道这只是空穴来风。

也怪不得宋江航头疼，唐咏诗可是他手里最赚钱的艺人，也是他做这行以来最成功的“产品”，唐咏诗的成功与失败，关系着他以后的事业高度。

但他也太紧张了，简直有点到了神经兮兮的地步，早上我只是问了他一句：“那男的是苏云骋吧？”他就劈头盖脸把我一顿教训，说我都这么大年纪了怎么还这么八卦。KAO，我也不过就比他大了三岁而已。

敢说我老，要不是看在他那副样子，我一定好好教训教训他什么叫做尊老爱幼。

不过，照苏云骋这么说来，那个人不是他，还会是谁？宋江航这厮肯定知道，就是不肯跟我说。切，在我面前装什么专业，保什么密啊。反正若要人不知，除非己莫为，迟早有一天我都会知道的。

“对了，《钟情一夏》什么时候上映啊？”我横在沙发里，一边往嘴巴里塞薯片，一边漫无目的地按着遥控器。我有一种特殊的癖好就是按遥控器，把频道从头按到尾再从尾按到头，偶尔停下来瞄一眼电视剧内容或者是购物频道。

宋江航头也不抬：“这个时候拍，最快也得年终上映吧。”

“哦。”我点头，“最近有没有打电话给你爸妈啊。”这家伙为了骗他们自己还在美国，专门弄了个什么奇怪的电话，用这个电话打过去显示的号码就是美国的，特别神奇。

“打了。编谎话好累。”宋江航天生没有什么撒谎的功力，这点也随他爸。

于是我教训他：“你啊，还是乖乖地回去读你的MBA，然后帮你爸好好搞公司的生意吧。撒谎都不会还想做经纪人？随便来个什么事，比如就这次唐咏诗的事吧，就搞得你焦头烂额。我可是听苏云骋说了，照片里的人根本不是他。你不说，你熬着吧，看你面对那些八卦的记者能撑多久！”

噼里啪啦的打字声忽然停止了。

“方悄悄，我有话跟你说。”宋江航严肃地。

我摩拳擦掌：终于到了听真相的时候了。人生还有什么事能比可以听到无数人欲知而不得知的秘密更让人兴奋的呢？于是我立马扔下薯片，噔噔跑到宋江航的边上坐下，顺便替他盖上他的笔记本电脑：“说吧，我听着呢。”

“我遇到了感情问题。”

我差点没一口气翻过去。

我觉得最近遇到的这些事情都太古怪了，自从认识了苏云骋，古怪的事情是一件一件地跟着来。宋江航，他居然跟我说，他遇到了感情问题。

前些年他还小的时候，肥得跟个西瓜似的，那些往事我们暂且略过不表，自从两年前他回到C市，以这副祸害众生的长相，我就没听说他同一时间的追求者有少于一只手的。但不知道是不是天生少根情筋，从来不为这些莺莺燕燕心动，即使里面有不少我都认为无论从长相还是气质还是修养还是出身都可以算上等的完美女人。

曾经我一度怀疑他喜欢男人，但在被他捏肿了脸之后我再也不敢有这样的想法——应该是说再也不敢把这样的想法说出口，但心里还是隐隐地有些担忧，所以前些天在怀疑苏云骋喜欢宋江航的时候，我真心的是急了。

但如今，他居然跟我说，他遇到了感情问题。

我忽然跟打了鸡血一样high起来，浑身上下的八卦细胞都在蠢蠢欲动，但为了以防万一，我还是谨慎地先问了个问题：“对方，是女的吧？”

宋江航瞄了我一眼，缓缓点了点头。

哈利路亚，我的心情彻底地解放了。不过，听到我这样的疑问，他居然没有扑上来捏我的脸，这说明，事情真的很严重。于是我深呼吸，平复一下自己的八卦之情，尽量以一个姐姐关心弟弟的心态问：“到底怎么回事？你喜欢上谁了？”

宋江航目光沉重地看着我，从他那褐色的漂亮眸子里，我可以看出他的脑子里此刻正在进行着第一次宇宙大战。

于是我耐心地默默回望着他，装出一副认真倾听的样子。

良久，宋江航才说：“是别人在倒追我。”

我一下子不能接受这个答案。“你为这个在烦恼？”天，天知道倒追过宋江航的女人全部加起来可不可以从世纪广场排队到市政府大门口，他从来都没有烦恼过，今天居然会因为这个变成这副鬼不像鬼人不像人的模样？

如果事实如此，那只能说明一个问题，那就是这次的对手很不简单。

我犹豫了一下，问：“该不会……是上次你跟我提过的那个46岁的零食厂老板娘还在追你吧？”大约是半年以前，宋江航手下的模特接了个零食广告，宋江航带她们去试妆，结果被那46岁肚子比胸大的老板娘看上了，在饭桌上对他上下其手，他差点崩溃。

该不会是那个女人还不死心，又大张旗鼓地来追他了吧？

如果真是如此，我真是要默默地为他哀悼三秒钟。

宋江航表情痛苦：“是唐咏诗。”

《圣经》里说，上帝要你灭亡，必先令你疯狂。我觉得，上帝大概是想要我灭亡了，否则怎么会折腾出这样一个幺蛾子，让我为之疯狂。

当下，我呆住整整半分钟。

我看看宋江航，他表情痛苦，神情严肃，诚恳又纠结的目光告诉我他没有说谎。忽然，我好像明白苏云骋的话到底是什么意思了，也明白了他之前那些无数的明示暗示是什么意思了。敢情他早就知道宋江航和唐咏诗会有什么，所以一直在警告我要注意自己的男朋友不要让人乘虚而入。

苏云骋在我心目中的形象忽然高大起来。

你说，有什么人能够在承受女朋友劈腿，自己戴了绿帽子的痛苦的同时，还能那么善良地去关怀第三者的女朋友的心情呢？苏少不愧是苏少，这般的心理素质，让我等世俗百姓为之折服！

然后我又想到了一个关键的问题："所以说，那个，照片上的人，是你？"

宋江航痛苦地点了点头："我也不知道会被拍了照，真的。那天，咏诗结束了工作，说肚子饿，我就带她出去找吃的……然后，她忽然就跟我表白了……"宋江航有点语无伦次，可怜的娃，我是第一次看见他这样惊慌失措的样子，"我真的没想过她会喜欢我，我一直以为她和苏云骋在一起。明明是她自己告诉我的，她和苏云骋在一起……"

我点了点头，用眼神鼓励他说下去。

"然后，她就扑上来抱住我了，我也吓了一跳。"宋江航颓然地垂下脑袋。

唐咏诗有这么可怕吗？"我觉得唐咏诗人挺不错的，你可以考虑嘛。"

宋江航摇摇头："不行，我和她绝对不可以。"

我奇怪："为什么？是因为苏云骋？"难道这孩子是怕身为他们上司的苏云骋会恼羞成怒、痛下杀手？

宋江航长叹一口气，眼神幽怨：“其实，她和苏云骋没有在交往。她说是为了让我吃醋才找苏云骋来演戏的。唐家和苏家貌似有点交情。”

原来如此！

此时此刻，我的心情就如沐浴在阳光下的向日葵，一片金灿灿的。原来以为是自己的情敌的唐咏诗，原来以为自己做了万恶的第三者，原来一切都是个误会！

不得不说，这种感觉很美妙。

我差一点就要仰天狂笑，可在看到宋江航病恹恹的表情之后还是人道地把喜悦藏在心里。不过话说回来，我真没想到唐咏诗喜欢的居然是宋江航，忽然联想到那天在包厢里她盘问我的那种幽幽的眼神，我觉得我好像明白了什么。

敢情这就是个大误会啊。我误会了唐咏诗和苏云骋，苏云骋误会了我和宋江航，唐咏诗误会了我和宋江航。

“那你，对唐咏诗是什么感觉？”

宋江航的眼神犹豫了，以我对他的了解，我明白，这小破孩子肯定是动了心。于是我狠狠一拍他脑袋：“喜欢就上啊！反正以你们两个家里的条件，也不怕丢了这个工作不是吗？为了爱情，值得！”

“不行。”宋江航还是一口拒绝我的提议。

“为什么呀？”

“因为，因为，她是我的好朋友爱的女人。”宋江航再一次颓然地垂下脑袋。

我有点搞不清楚了——这到底是个怎样曲折的故事，怎么又跑出个好朋友来了？

后来我总算是弄明白了整个故事的来龙去脉。

原来唐咏诗和宋江航在美国的时候就认识了，宋江航有个特好的哥儿们，对唐咏诗一见钟情，展开了激烈的攻势，本着助人为乐的精神，宋江航和其他几个朋友一起加入了帮他追唐咏诗的队伍，后来他们成功了，唐咏诗成了那哥儿们的女朋友。

本来这是一个皆大欢喜的故事，可事情就糟糕在某一天大家喝醉了酒，唐咏诗的一个闺蜜爆出了一个惊天大秘密，那就是唐咏诗喜欢的其实是宋江航！

酒醒之后，唐咏诗承认了自己喜欢的的确是宋江航，当初答应跟那哥儿们在一起也是为了接近宋江航，又宣布要跟那哥儿们分手，倒追宋江航。

这事情怎么说呢，虽然我很欣赏这姑娘的勇气，但这事儿办得的确不厚道。宋江航没有办法接受，觉得是自己背叛了自己的好朋友，所以干脆休学跑回了国，又不敢去见爸妈，只能先回到C市，正好碰上艺星经纪招人，就这么半只脚踏进了娱乐圈。

后来呢，唐咏诗得知了他的消息，居然也从美国赶了回来。一开始宋江航对她避而不见，但这姑娘就能把自己以模特儿的身份弄进艺星，成了他手下的艺人。不过这段时间，她倒对宋江航没有做出什么倒追的举动，反而是安安分分地做模特，宋江航以为她放弃了，慢慢地也没了戒心。

没想到，她埋伏得这么深啊！

花了整整一年的时间跟在宋江航身边，然后凭借自己的魅力让宋江航在不知不觉当中真的爱上了她。然后揪准时机，再次表白。

佩服，我是真心地佩服。

“哎呀，小样的，没想到你的魅力这么大呀！”我笑嘻嘻地一拍宋江航肩膀，“人家姑娘都从美国追到这儿了，你还矜持什么？就你哥儿们那点事，都过去两年时间了，说不定人家在美国女朋友都换过一打了呢！再说了，人嘛，就是有异性没人性，见色忘义才是真本色！”

宋江航拿眼睛横我：“你这都是什么歪理啊，别教坏我。

早知道告诉你你也说不出什么好话，就不说了。”

我连忙认错：“别啊，别！你看我的眼神，我是真心诚意想帮你的。”

“你要怎么帮？”

这可真的把我问倒了。我还处在原来唐咏诗没有和苏云骋在一起这个巨大的震惊以及原来我不是第三者这个巨大的惊喜当中，一下子真分不出脑细胞来帮宋江航解决情感问题。我想了想，小心翼翼地问：“不如在一起？”

好吧，我知道我这个方案说了等于没说，但是宋江航，你可以不拿这么见了鬼的眼神看我吗？

唐咏诗的照片事件最后的结局是不了了之，虽然我不知道艺星经纪那边到底是用了什么办法，让扬言要公布那男人正面照的八周刊收了手，把这件事无声无息地就给掩了下去。不过总而言之，是好事，起码宋江航暂时只需要面对唐咏诗而不是大众。

其实我倒不担心宋江航会怎样，我更担心唐咏诗会不会被宋江航的那些粉丝怎样。

经纪人比艺人还红，这真不知道是什么现象。

这件事情的真相我没有告诉林嘉琪——我总不能跟她说是宋江航跟我说的那照片上的人其实是他。所以对于八周刊这种无声无息、大事化无的做法，她很愤慨。

“这简直就是没有职业操守，欺骗大众的行为，简直是道德沦丧！”林嘉琪在吃午饭的时候把碗敲得当当响。她的愤怒赢得了大多数八卦勇士的赞同，于是餐厅里怨声一片，难为我也要跟着她们假装愤怒。

好在演戏这种事情并难不倒我。

说到演戏，我倒想起来下个月6号还有一场重头戏等着我。

既然是RT28周年庆的晚宴，那排场必定不小。我想了想，发现自己没有适合穿去那种场合的礼服，上次在轻风广场打算坑苏云骋买也没有成功，于是在午休的时候我偷偷躲在厕所里给张秘书打了个电话，在得到五十万以下都可以报销的答复之后，我整个人都神清气爽起来。

唐咏诗不是苏云骋的女朋友，我不是第三者，还有五十万等着我去挥霍，今天的天空看起来似乎特别的蓝。

林嘉琪对我这些天的表现非常有疑问："方悄悄，你这是精神错乱了呢，还是精神错乱了呢？前些天不是还要死要活地哭自己成了第三者吗，最近怎么一副翻身农奴做主人的小人得志样啊？"

瞧瞧这词用的，我真怀疑她的小学语文和初中语文以及高中语文都是物理老师教的。

下了班之后，林嘉琪和小夕她们打算去酒吧，以平复八周刊给她们带来的心灵创伤，而我则推说不舒服拒绝了，目标——轻风广场。

上次去参加吴建宇那个度假村的开业派对的时候我也来商场挑过礼服，但那时候的心情和现在大大的不一样。怎么个不一样法呢，就是那时候是带着忐忑的心情去应付姚银珠的，而这一次却是真的在期待着那个晚宴。

说实话吧，方悄悄也不过是个世俗的女人，也会在心里偷偷幻想白马王子与灰姑娘的故事，更何况，她已经知道王子对灰姑娘动了那么一点心。

Chocho’s的服务员不是第一次见我了。

以前来过一次，这些人那叫一个眼高过顶，没一个来搭理我的。后来我以苏云骋女朋友的身份上了报纸，又来这里阔绰过一回，这一次我才踏入店门，就有人迎了上来。

"方小姐，您又来挑礼服了？"那个叫做Apple的服务员笑得跟朵花儿似的，看得我也有点心花怒放："是呀。下个月有个晚宴要参加，挺隆重的，所以来挑挑。”Apple继续灿烂地笑：“是要参加RT的28周年庆吧？这么隆重一定要好好挑才行。”

哎哟，看来这RT的周年庆还真是件大事。

看我不解的表情，Apple解释：“最近有很多客人买礼服，都是为了参加RT的周年庆的。”原来如此。“是不是有很多名媛明星啊？”我八卦地问。Apple神秘地：“可不是嘛，偷偷告诉你，华娱的大小姐前几天也在我们店里挑衣服呢，也是为了这个晚宴，今天该来试衣了。不过话说回来，您才是宴会的女主人呀。”

这话说得真是顺耳，虽然我知道事实并不如此，我和苏云骋——即使有那么一点小暧昧——只不过是交易合作关系。说是女主人，还为之过早。但我还是虚荣地暂时享受了这个头衔。

刚才提到的这位华娱的大小姐，我对她很感兴趣。

华娱是国内数一数二的传媒集团，业务遍及运营电影、电视剧、艺人经纪、唱片、娱乐营销等领域，许多一线明星都是华娱旗下的。相比较之下，艺星经纪简直就是个家庭小作坊。华娱的老大叫岳中俊，有一个独生女儿叫岳灵珊，不过虽然岳中俊经常出现在各种媒体杂志上，他的女儿岳灵珊却始终只是闻其名不见其人，到现在一般的大众还不知道她的长相。

听说是岳中俊发了话，如果有媒体不经同意就擅自公布岳灵珊的照片，他就敢要人家吃不了兜着走。

所以八卦界一直在猜测岳灵珊一定长得差强人意，所以才不愿意出镜。否则以人家这样的背景，随便弄个什么电影拍拍，拍红一把，过过明星梦也是小菜一碟。

所以Apple一提岳灵珊，我整个人都兴奋起来了。

真是一个诸事皆宜的好日子啊。

当然，为了保住苏云骋的面子，我没有把我的八卦写在脸上，还是淡定地对Apple说：“有没有新的现货，我先看看。”Apple应了一声，很欢快地一路小跑消失在我的视线里，不一会儿就领着三个服务员捧着三个盒子过来：“方小姐，这些都是新货，您是第一个看的。”

虽然我不是什么上流社会的人物，但看电视、看小说也明白，撞衫是这些高贵的晚宴里女人们最忌讳的事情之一，就是平常你在路上看见有人跟你穿成一样都会有些别扭了，何况是那种场合呢，所以这些高级定制礼服店一个款式的衣服在一个地区都只卖一件。

盒子在我面前打开，我扫了一眼，先挑中了中间那件：“先试这件吧。”

这是一件淡粉色的纱质礼服，飘逸的裙摆很有浪漫的感觉，两边肩带设计成下垂的样子，露出整个肩膀，所有的线条在左胸前汇聚，化作一朵同色的茶花。漂亮倒是很漂亮，只是颜色过于接近皮肤，远远一看我还觉得自己是裸着的，于是放弃。

第二件是件墨染大花的大裙摆抹胸礼服，好吧，我只能黯然地承认我的小胸脯撑不起抹胸礼服。Apple在一边说：“不会啦，只要加个隐形胸贴就可以了，这件礼服真的很漂亮喔，这墨染的料子，就算是款式一样，花色也不一样呢，绝对不会撞。”

好吧，说实话我是很喜欢这件。

正在我对着镜子左看右看下不了决心的时候，更衣室的帘子被掀起来，一个娇小的身影闪了进来。刹那之间，我脑子里电闪雷鸣——这不就是在碧波阁和苏云骋喝咖啡的小美女吗？

“岳小姐，你来拿衣服呀？”Apple殷勤地打着招呼。

不知道为什么，Apple喊出“岳小姐”这三个字的时候，我的心猛地沉了一下。原来她就是岳灵珊。

跟外界所传说的截然不同，这位岳小姐虽然看起来应该只有一米六左右的个子，但身材匀称，五官秀丽，绝对可以称得上是小美女一个，加上脚上的高跟鞋一踩，身高的不足也完全不是问题。

岳灵珊微微一笑：“我听说苏少的女朋友也在这里，过来打个招呼。”这笑容里有种让我说不出的不舒服，大概是我先入为主对她产生了敌意的关系。

“你好。”我微笑回应。

岳灵珊走过来，目光落在我的身上，带着一种审视的味道：“上次我们在碧波阁见过了。”

我点头。不过上次你看我的眼神可不是这么咄咄逼人的。Apple早就很有眼力见地出去了，只留下我们两个人在更衣间，我裸露着大半个肩膀，觉得有点尴尬。

“来挑参加周年庆的礼服？”

我还是点头。

“身为晚宴的女主人，来挑衣服的感觉很好吧？好好享受，这样的机会不多的。”她拿起第三件礼服递给我：“抹胸的不适合你，还是穿这个吧。”

我默默地接过衣服，脸上的笑容僵住，心里早就把这个岳灵珊骂了一万遍。莫名其妙的女人，我跟你又不是很熟，跟陌生人这么说话，还真是没教养。忽然转念一想，我好像明白了什么。

好好享受，这样的机会不多的——这话怎么听，都好像是她知道内幕的意思。想起那天在碧波阁她离开前那个意味深长的笑，我的心里有点犯怵。也许，苏云骋告诉她真相了，也许，她和苏云骋的关系不一般。

这个猜测让我再也没有心情选晚装。

林嘉琪听完我的猜测，也颇以为然。

“说实话，如果事实是岳灵珊才是苏云骋如今的正牌女友我一点都不意外，毕竟人家是华娱的太子女，华娱将来肯定是由她当家，苏云骋要是娶了她，强强联合，百利无一害啊。”

我有点不愿意相信：“可是，你不是说他对我……”

林嘉琪从沙发的另一头爬过来，伸手环住我的肩膀：“哪，方悄悄，大家都是在八卦圈打滚了这么久的资深八卦女，有些事情其实我不说你也很明白。对于苏云骋这种豪门公子哥儿来说，婚姻的基础是利益最大化，而不是爱情。他们会对像你，或者像我这种普通女人偶尔动一下心，也会跟娱乐圈的那些女人们逢场作戏，送送鲜花，吃吃浪漫的法国大餐，带着去出席什么晚宴或者出国旅游，一掷千金送大礼，可是最后他不会和她们结婚。”

“所以？”

“所以呢，我不会收回我原来的结论，苏云骋是对你动了心，但是呢，我也对你是否能嫁入豪门抱以非常不乐观的态度。你现在大可以先享受享受他的暧昧，享受享受上流社会的梦幻生活，不过到时候梦醒了，记得回来的路。”

KAO，这个林嘉琪，说话可不可以不这么直接，直接戳碎了我的玻璃心。

虽然很不愿意承认，但我明白林嘉琪的话是对的。苏云骋虽然是出身豪门苏家，可他自幼父母双亡，姐弟两个根本斗不过两个如狼似虎的伯伯，如果不是两姐弟争气加上爷爷奶奶疼爱的话，恐怕早就被踢出苏家的核心圈了。

他如果要结婚，势必要选一个能巩固自己的权势，对自己的事业有帮助的家族的大家闺秀，这个人可能不是岳灵珊，但绝对不会是我。

这个认知让我连续好几天都郁郁寡欢。连J从巴黎带回来的豪华大礼都没有能让我的心情舒朗一些。

虽然我从来没有妄想过要嫁进苏家——诚实点说是还没有想到那么远的问题，因为苏云骋对我有些动心这件事情已经足以让我晕头转向了——但当残酷的现实赤裸裸地摆在我面前，而且我还无力反驳并且在心里认为这就是真理的时候，我真是有点无法接受。

不过话说回来，其实事情发展到现在，我跟苏云骋顶多也就跟暧昧沾了个边，离男女朋友的关系都还相差十万八千里，我有什么立场去为这个不高兴呢？

人家梁洛施生了三个儿子都进不了李家的门，何况我和他只碰过嘴唇。

这么一想，我又开心了一些。

这个时候我接到苏云骋的电话："晚装你还没买？"他让张秘书直接送了张信用卡给我，让我购置晚装和必要的首饰，我这边没刷掉他当然知道。

"是啊。放心吧，我明天一定搞定，不会让你在晚宴上丢脸的。"岳灵珊说得对，我的机会不多了，或许这是最后一次。

电话那头的苏云骋顿了顿，说："那正好，你不用买了。"

我心里一凉。原来这最后一次的机会都没有了，魔法消失，灰姑娘离场，真正的舞台是为王子和公主准备的。然后电话里头又传出苏云骋的声音："衣服之类的事情我这边帮你搞定，你记得提前三天联系张秘书来试。"

呃，这反转剧演得我有点大脑转不过弯来。

"为什么？"

苏云骋沉默了一下，然后说："我不相信你的品位，怕丢脸。"

相信我，这个时候如果苏云骋在我面前，我绝对有冲上去朝他那张俊脸挥上一拳的勇气。

从Chocho’s出来之后我又去了宋江航那儿，林嘉琪最近一直在抱怨我一下班就不知道跑到哪里去，害她都只能一个人吃晚饭，不过我实在放心不下宋江航，毕竟他是我们老宋家香火得以后继的保证。

宋江航还没有下班，晚上要陪唐咏诗参加一个知名品牌手表的派对。我先去了艺星经纪找他，唐咏诗一看见我就把我拉进了她的私人休息室。

自从三天前我跟她解释了我和宋江航的关系，并表达了我对她的敬意和绝对支持她继续倒追宋江航的想法之后，唐咏诗对我的态度来了个180° 的大转变，这两天我天天去找宋江航，她就天天拉着我闲话家常。

“悄悄，你要不要这个？”她从她的爱马仕里掏出一个巴掌大的盒子。

哎！居然是我最爱的那个化妆品牌子今年的情人节迷你套装！我连忙飞扑过去抢在怀里：“要要要，当然要。你这是哪里弄来的？我听说全球限量5000套呢，中国内地只分到两百七十套的配额，根本买都买不到啊！”

唐咏诗笑嘻嘻：“情人节的时候我正好在香港走秀，你也知道了，香港一向都能分到很多配额的，而且我正好是为这个品牌走秀，所以买了一套。不过后来发现不适合我，我皮肤黑。”

“多少钱，我给你啊！”我想了想，“好像是一千八对不对？我身上没带那么多现金，我下次给你！”

唐咏诗慷慨大方地一挥手：“不用了。反正我也用不上。而且这个在香港买没那么贵的，还不到一千块。送给你。”

我顿时心花怒放，不过想了想还是觉得不能白拿人家的东西：“这样吧，我拿好东西跟你交换。”我神秘兮兮的表情激起了唐咏诗的兴趣：“什么好东西？”

“一样你一定会喜欢的东西——噔噔噔噔！”我从包里抽出一张泛黄的相片，“宋江航百岁照，还穿着开裆裤哦！”这是我昨天无意间在我的一本旧书里翻到的。

“哇！”唐咏诗不负我重望地尖叫起来，“Aloys小的时候好Q哦！好像流氓兔！”

呃，被她这么一说，好像还真的挺像的。

忽然，我背后一寒，转身，宋江航表情阴森地站在我后面：“咏诗，车在外面等了。”虽然是对唐咏诗说话，可是他那愤怒的小眼神死死地盯住我，那漆黑黑的眼珠子里燃烧着愤怒的小宇宙，让我差点有点跪地求饶的冲动。

唐咏诗察觉气氛不对，很没义气地脚底抹油溜了，带着宋江航那张百岁照。

“哈哈，哈哈！”我尴尬地笑着，“今天晚上星星真多啊！”

宋江航表情没有一丝松动，声音凉凉的：“你是怎么在这个窗户都没有一扇的房间里看到星星的，我亲爱的姐姐？”我顿时有点想拍自己脑袋的冲动：“没、没有窗户吗？哈哈……还真的没有耶！”

“你这算不算卖弟求荣？”他逼近我，我倒退到化妆台无路可退，他一只手撑在化妆台上，脸凑近：“嗯？”

“呃，我卖的只是你的百岁照而已……”话音刚落，门口处“咔嚓”一声，小斓笑嘻嘻地站在门口：“哎，原来悄悄姐你和我们老大是一对哦。咦，你不是苏少的女朋友吗？”她的表情由兴奋转为迷茫，三秒钟后又恍然大悟：“哦，一代新欢换旧爱啊！”

宋江航的表情很无力，他沉着脸，把小斓拎到角落去教训了一番，那个凶巴巴的样子让我看了都胆战心惊，不由得为小斓掬一把同情的泪，不过，谁叫她自己那么八卦呢，不仅八卦还想象力超群。

一切各就各位，我们坐上车子直冲派对现场。

一路上的气氛都非常尴尬，唐咏诗不知道是出于什么心理，只要宋江航一试图跟她说话，她就赶紧开始跟我聊天，到最后干脆把MP3拿出来戴上，假装自己什么都听不到。我暗自揣测，她应该是怕宋江航开口跟她要回那张百岁照。

应该是从没试过被唐咏诗这样对待，宋江航的表情很复杂。

到了派对会场时间还早——当然这是对于我而言，唐咏诗早就进了化妆室抓紧时间补妆。

今晚的派对可谓是众星云集，国际巨星张子宜，美艳女星庄梦梦，新晋影帝莫少华都在邀请名单之列。不过这些大牌都有自己的化妆室，唐咏诗虽然近一年在娱乐圈迅速蹿红，但还没有大牌到有单独化妆室的地步，和几个跟她差不多档次的明星分享同一个化妆室。

这其中包括最近刚刚凭借电影《我等你，来看花开》走红的女星林夏薇。这个林夏薇是由华娱去年一场选秀出道的，其实当时她连20强都没有进，因此不像前五强那样得到华娱公司的力捧，刚进入演艺圈的时候可以说是默默无闻，在几部偶像剧里打打酱油，但是从去年下半年却忽然接拍了新锐导演苏小刚的这部青春爱情片。

虽然那个青春爱情片也不过是个骂声一片的商业片，但她凭借这部片子成功从打酱油跻身六小花旦，可以说是一夜爆红。

网上有人说她肯定是被金主包养了，不过一切都是众说纷纭雾里看花，没人能拿出实质性的证据。不过不管怎样，林夏薇清纯可人的外表一副与世无争的模样我还是很待见的。据说她从小学芭蕾，所以气质特别好。

此时的林夏薇，身上穿的是上次我在店里试过的那件粉色晚装，长发松松地卷起，藏进发髻中，化妆室正在忙着给她补妆，她安静地坐着，脸上一丝表情都没有。

真是漂亮又青春啊，我在心里默默地感叹，人家把这件晚装穿得可比我漂亮多了。

注意到我在看她，林夏薇朝我微微地笑了一下。就凭这个笑容，我断定她是个好人。

这时候化妆室的门打开，又一个女星被众星捧月般地簇拥进来。我定睛一看，原来是和林夏薇同一个公司的新人李珊珊。不过李珊珊的身份和唐咏诗是一样的，都是从模特圈跨入演艺圈，她一年前十八岁出道是个小嫩模，长了一张无可挑剔的脸，今天午休的时候我还在网上看了一个扒皮她整容的帖子，说她的双眼皮是在韩国割的，但是眼角是在日本开的。

“咦，夏薇你也在啊？晚上你的partner是谁呀？”李珊珊一进来就跟林夏薇打招呼。林夏薇柔和地笑了笑：“陆琪。”

“是他呀。”李珊珊的语气里有点特殊的意味：“今晚我和卓少一起。”

林夏薇点了点头，闭上眼睛让化妆师帮她补眼影。

我戳了戳小斓：“卓少是谁啊？”陆琪我知道，就是《我等你，来看花开》的男主演，一个年轻小帅哥。这个卓少听起来好像应该跟苏云骋是一路的。

小斓压低声音：“卓少啊。华娱的第二大股东，岳中俊老婆卓敏华的侄子，卓家其他的产业么我就不是很清楚，不过不会比你家苏少差就是了。”

小斓这么一说，我才想起这张脸来。原来是那个卓皓，娱乐新闻里的常客。啧啧啧，这娱乐圈的刀光剑影。以我敏锐的八卦嗅觉，这个李珊珊肯定被这个叫做卓少的人包了。说起来，我还没听宋江航跟我提过苏云骋包养过谁呢，八卦圈里也没听说，看来苏云骋这厮还是挺洁身自好的，坚持只染指大家闺秀。

我刚想到苏云骋，小斓忽然说：“哎，我刚刚听说苏少也来了，怎么不是带你出场吗？”

苏、苏云骋，他也来了？

“呃，我……”平常灵光的脑子在这个时候忽然当机，居然连个小谎话都想不出来了。方悄悄，你的撒谎功力似乎退步了不少啊。好在唐咏诗帮我解决了小斓这个小八卦，让我不用回答这个尴尬的问题：“小斓，帮我去拿瓶水！”

原本我是不打算偷看派对的，不过，这下我坐不住了。

派对的场地是光华酒店的紫荆花厅，这个大厅有一个设计的妙处在于它有两层，二楼是各种准备室、工具室、休息室，而二楼的走廊可以看到整个一楼大厅。而我，此刻就偷偷地伏在走廊的大理石雕花栏杆后面偷窥着这一场盛世浮华。

果然让我看到了苏云骋那厮，他身边的女人——

岳灵珊！

看他们俩，手挽手的那叫一个亲密，岳灵珊脸上的笑容就跟癞蛤蟆见了天鹅似的，身上的那件礼服差不多都要把她整个胸露出来了，亏她还是什么大家闺秀，真是不知自重。苏云骋也好不到哪里去，那笑容一看就知道他西装革履的外表下是一颗禽兽的心。

看着这样的场面，我有一种捉奸在床的感觉。

嗯？岳灵珊边上那个男人长得不赖。哦，是李珊珊的partner，那就是说是那个卓少咯？本人看起来比照片上要帅很多嘛。他的姑姑是岳灵珊的妈妈，他和岳灵珊就是表兄妹，看来也不是什么好东西。

唉！你看那个苏云骋，跟姓卓的聊得那么开心！物以类聚，人以群分，他也是一路货色！

这时候的我已经完全抛弃了刚刚对苏云骋那一番洁身自好的评价，躲在栏杆后面气得咬牙切齿，大有摩拳擦掌冲下去将苏云骋大卸八块的冲动。

今天这个派对的噱头是慈善义卖，由主办方提供三只限量级的钻石表，其中最贵的那只号称全球仅此一只，如有雷同，纯属巧合。

其实我个人很看不懂那些名表有什么特别的地方，不就是看个时间嘛，三十块钱的卡通电子表也有这个功能啊，还比这些名表轻便，不过一想到什么纯金表带什么钻石镶嵌，还是觉得有点看头。

时间尚早，拍卖会还未开始，这些打着慈善拍卖的名号实则是来物色猎物的男男女女开始蠢蠢欲动，音乐一起，就三三两两地进了舞池。那个叫什么李珊珊的牵着卓少的手进了舞池，脸上的表情那叫一个春风得意马蹄疾，枯木逢春犹再发。横批两个字——发春。

紧接着我看见唐咏诗也朝宋江航伸出手发出邀请。宋江航那小子脸上的表情有点犹豫，我气得只想冲下去把他的手抓起来用502胶水粘在唐咏诗的手上。这几天我和唐咏诗接触得多，发现她实在是个很可爱的女孩子，脑子聪明却为人单纯，又善良，难得得很啊。之前她还误会我和宋江航有那什么的关系的时候也没有对我进行打击报复，否则在我跟她沟通C&V的设计理念的时候她完全有条件整死我。

这么好的女生，又不是不喜欢，非得要为那些莫名其妙的兄弟义气放弃？

好在宋江航毕竟还是继承了宋家的优良基因，五秒钟后牵着唐咏诗的手进了舞池。我看见唐咏诗脸上幸福雀跃的表情。

关注完了弟弟和未来弟媳的感情之后，我又把注意力放回到苏云骋身上。

这时候岳灵珊还假装淡定，端着高脚杯，小鸟依人地站在苏云骋边上，听苏云骋和边上的人聊着什么，但我肯定她绝对不会放过这个亲近苏云骋的大好良机。果然，不到一分钟，她就贴近苏云骋的耳朵低声地说了两句什么。

苏云骋听了之后，目光往舞池里瞄了瞄。

大厅里灯光迷离，苏云骋站在边上暗处，我有点看不清他的表情。但三秒钟后，我看见他点了点头，把手里的红酒杯放在桌上，伸手邀请岳灵珊。

哼，色胚。我就没看错他。

苏云骋和岳灵珊滑入舞池。

灯光迷离，忽明忽暗，他带着岳灵珊走到舞池中间，岳灵珊脸上笑得跟大马路上捡到钱似的，以迅雷不及掩耳之势把手搭在苏云骋的手臂上，苏云骋就势搂住了她的腰。

音乐轻柔舒缓，我蹲在栏杆后面，看着苏云骋搂着别的女人在灯光聚焦之下脚步来回，心里很不是滋味。

其实我心里明白，要吃苏云骋的醋，远远轮不到我。

我和苏云骋是什么关系？说到底，除了那一纸合同之外，根本没有其他任何关系。现在是什么年代，就算真的上了床对方都不需要对你负责，就那么一个吻，还要他从此为你守身如玉，香闺深锁不成？方悄悄没有这么天真。

再过几天，RT的周年庆晚宴上苏云骋宣布了和银行的合作，我和他的关系就桥归桥路归路了。

想到这个，我不禁有点忧从中来。这个“忧”是“忧伤”的“忧”。

越想越难过，我不想再看下去。

我站起来，捶了捶蹲得有点发麻的腿，沿着走廊慢慢地朝阳台走去。

紫荆花厅二楼的阳台很小，站在阳台上还可以俯瞰一楼的大空中花园。现在天色已晚，看不清楚花园里那些姹紫嫣红的鲜花们，只能看见C市繁星般的灯光。

现在已经是六月底，连续一个多星期没有下雨，整个温度一下子上来了。这个时候站在高楼的阳台上吹吹风，还是挺舒服的。

只是我心里不太舒服。

想到这些剪不断理还乱的复杂关系，我忍不住长叹一口气。

“我妈说，年轻人不能叹气，会带来霉运的。”一个幽幽的声音在我身后响起来，我吓了一跳，回头一看居然是林夏薇。

虽然由于宋江航的关系，我跟娱乐圈的人有比普通人多一点的接触，但也仅限于模特圈，这张活跃在大银幕上的脸突然出现在我面前，我还真的没有心理准备。

想当初，我还和林嘉琪一起窝在电脑前看《我等你，来看花开》，看到最后林夏薇饰演的女主角苏华筝穿着白裙子走在香格里拉开满格桑花的大草原上，独白响起，说“陈嘉禾，我能看得见了。我看得见雪山，我看得见草原，我看得见五颜六色的格桑花。陈嘉禾，我在这里等你，一起来看花开”的时候，两个人哭得稀里哗啦地互相抢夺唯一一盒纸巾，完了还相互感叹林夏薇那张天生适合饰演文艺片女主角的秀气的脸。

我忽然想到，今后有一天，林嘉琪知道了我和宋江航的关系，知道了我通过他这么近距离地接触了娱乐圈而没有和她八卦共享的时候，她大概会杀了我。

就在我还神游在自己的世界里的时候，林夏薇已经走到栏杆边上，两只手搭在黑色铁艺栏杆上。

晚风吹起她的裙摆飘飘，美得跟仙女下凡似的。

“呃，你不在里面跟他们跳舞，出来干什么？”我有点尴尬地说。其实我不是很擅长和陌生人聊天。

林夏薇转头冲我微微一笑：“觉得有点闷，出来透透气。”

我忽然灵光一现，心里的想法就脱口而出：“是不是因为李珊珊啊？”林夏薇闻言不说话，不过目光有点复杂。我想我猜对了，但是反而有点尴尬，连忙笑着解释：“不是，我刚刚看她那个得意扬扬炫耀的样子，所以才这样猜的。”顿了顿，又安慰她：“没事，不过就是个卓少嘛，出了名的花心大少，换女人跟换衣服一样，她还当成个宝！”

这些女明星出席宴会，除了比美貌比打扮之外，身边的男伴也是要比的。我想她是因为那个卓少的风头盖过了陆琪，有点闷闷不乐。

不过也难怪，陆琪长得帅，卓少长得也很不赖；陆琪粉丝多，抵不住卓少钱多，在这种出席者不是明星就是富N代的场合，粉丝多一点都不占优势。

林夏薇闻言吃吃吃地笑起来，小模样长得那么好看，笑起来的声音也特别甜，她对我说：“方小姐，你真有意思，难怪苏少会喜欢你。”

得，她连我是谁都知道了，我也就不奇怪她知道我和苏云骋的事情了。

我“嘿嘿”一笑：“见惯了美女的男人，大概都喜欢换换口味。”其实我说这话心里心虚得很，林夏薇却很郑重其事地点点头：“是啊。就像小说里写的那样，被奉承惯了的有钱人都喜欢跟他对着干的女人。不过在小说里也只有女主角才能跟男主角对着干，其他的人要是敢这样，大概死了都不知道自己怎么死的。”

她这番话说得好像很深沉似的，我的大脑一时来不及琢磨，这能附和地点点头。

她又说：“可现实生活不是小说，你也不知道自己是女主还是女配。”

我不知道是什么促使林夏薇说出这番意味深长的话来的，但是直觉告诉我，这是她心里真正的感想。我觉得有点不对劲，但又说不出来是哪里不对劲，看着她眼底满是落寞，我有点怜香惜玉。

我想了想，觉得本着助人为乐的精神，我应该再开导开导她。腹稿都还没打好，忽然一个身影出现在门边。

我定睛一看，居然是那个什么卓少。

他来干什么？

没想到卓少倒问出了我的问题：“你在这里干什么？”他双手插在裤兜里，扬着下巴，一副盛气凌人的样子。

这个卓少和苏云骋是两个类别的花花公子。

苏云骋在社会上的名声一向很好，甚少出现在娱乐新闻里面，但这个卓皓就不一样了。今天带着这个女明星出席派对，明天跟那个小嫩模去海边冲浪，不是娱乐圈里的人新闻比明星还多，不务正业，都没见他上过什么正经八百的杂志报道，整个儿就一吊儿郎当的花花公子。

所以我对这个人的印象不是很好。

“我们在这里干什么，关你什么事啊？”我回嘴。

卓皓皱眉，看了我一眼。那个表情是山雨欲来风满楼，很有要动手揍我一顿的意思，所以当他朝我们走过来的时候，我已经准备好要喊了。

这边要是闹起来，楼下的人应该多多少少都会听得到动静吧，到时候一场“充满意义”的慈善晚宴就要被我捣乱，我忽然觉得自己罪孽深重。

可惜，卓皓没有给我造孽的机会，他径直走过来，伸手一把抓住林夏薇的手腕，怒气冲冲地白了我一眼，转身拉了人就走。

我呆了呆，本能地拉住林夏薇：“你，你你你，你想干什么？光天化日之下还要强抢良家妇女不成？”

卓皓的表情很扭曲。我想，我应该是有一种能让这些富N代们表情扭曲的天赋，苏云骋逃不过，这个卓皓也逃不过。但和苏云骋一边扭曲、一边无奈的表情不一样，卓皓的眼睛里可是快要喷火了。

林夏薇一只手被卓皓抓住，一只手被我抱住，脸上的表情很尴尬。她小声对我说：“方小姐，我没事的。你……”

大智若愚的我当时还听不出来其实她是委婉地在劝我放手，还以为她是担心我出事，急忙一拍胸脯，大义凌然：“你别怕。只要有我在，他妄想对你怎样。卓少，你不要以为有点钱就可以为非作歹，你没看见人家林夏薇不愿意跟你去吗？”

当时，我真的是以为那个卓皓对林夏薇有非分之想，而林夏薇则抵死不从，今天他抓住林夏薇落单的机会想要强来。我觉得林夏薇应该是和唐咏诗一样出淤泥而不染的乖女孩，所以才义不容辞地出手相救。事后宋江航告诉我，林夏薇之所以从默默无闻的四五线小明星一跃成为大银幕的女主角，完全是因为被卓少包养过的关系，那部《我等你，来看花开》也是卓少投资的。

我顿时就觉得自己看人的眼光应该回炉再造过。

这件事情同时也导致了我在很长的一段时间内，和卓皓在各种场合碰面的时候都跟老鼠躲着猫似地躲着走，被苏云骋嘲笑了很久很久很久。

话一出口，卓皓莫名其妙地听话，居然还真的松了手。我太使劲儿，一下子踉跄几步倒撞在身后的栏杆上，疼得我龇牙咧嘴。林夏薇连忙关心地问：“你没事吧？撞到腰了？”她伸出手来想帮我揉揉，卓皓一句话，她的手尴尬地停住。

“呵，她不愿意跟我去？”卓皓又是一副吊儿郎当的样子，口气嘲讽：“你问问她自己，她愿不愿意跟我去。”

哟嗬，还挺自信，还真以为有两个臭钱了不起了。我也脾气上来了，疼也顾不上，一把揽住林夏薇的肩膀，豪气冲天地：“好啊，就让她自己说！林夏薇，你别怕，有我在！”其实我这个时候心里也有点犯怵，要是卓皓真的追究起来，苏云骋又不肯帮我收拾烂摊子，我自己倒没什么，跟这个叫卓皓的八竿子打不着，可却害了林夏薇。

但是，面子总是要撑住的。

林夏薇犹豫了。

当我发现她犹豫的时候，我真的有点哀其不幸，怒其不争的心情。佛经上说可怜之人必有可恨之处，我看这话不假。

看出林夏薇的犹豫，卓皓冷笑一声，伸过手来一把将林夏薇拉过去，给我留下一个白眼之后拉着林夏薇离开。他在进屋的时候顿了顿脚步，这时候我才发现不知道什么时候，苏云骋倚在门口，似笑非笑地看着这一幕。

我忽然觉得脸丢大了，居然被苏云骋看到我这英雄救美，美人反而跟着狗熊走的落魄。

“苏少，看好你的女人，叫她少管闲事。”卓皓扔下这句话，带着脚步跌跌撞撞的林夏薇消失在我的视线中。

今天的晚风，有点凉。

我看着卓皓和林夏薇消失在我的视线中，又看看苏云骋那看好戏的表情，有点后悔晚上跟到这个慈善晚宴来了。早知道应该早点回家跟林嘉琪侃八卦。还有刚刚姓卓的那句“看好你的女人”，让我此刻双颊就跟发烧一样烫起来。

苏云骋倚在门口看着我，阳台上光线并不明亮，借着温柔的月光，我看见他的表情，嘴角噙着一点若有似无的笑，我有点拿不准他上来干什么。

就在我心里惊疑不定的时候，苏云骋走过来，双手撑在栏杆上眺望着C市的夜色，不说话。

今晚的他穿着银色西装，配着粉红色的衬衫，银色的月光洒在银色的西装上，一片皎洁的白光，映着他的脸温润如玉一般。我听见自己的心有点扑通扑通地跳，而且那频率有点快。

就在我觉得自己马上就要因心脏病发猝死而打算找个借口先行离开的时候，苏云骋终于说话了：“跟宋江航来的？”

我愣了三秒反应过来，连忙点点头。

苏云骋也点点头，我看他那表情，有点古怪。“他在下面，和唐咏诗跳舞。”他又说。

我又点头：“我看见了。”

苏云骋猛地转过头来，看着我。我被他吓了一跳，差点想转身夺路而逃，可惜，脚是软的。苏云骋盯着我，用一种哀其不幸怒其不争的语气对我说：“方悄悄，和唐咏诗一起在日本被拍到的那个男的，是宋江航。”

我点头。苏云骋的脸色一沉，又说：“之前有流传出我和唐咏诗交往的消息，是我配合她故意放出去的，就是为了让宋江航吃醋。”

我又点头。

苏云骋的脸色更加地沉：“宋江航也喜欢唐咏诗，他吃醋了。”

我再次点点头：“我知道啊，宋江航都跟我承认了，不过……”“不过？”苏云骋瞪大眼，一副难以置信的样子，“还有不过？你是觉得自己还能抢回宋江航还是怎么的？”什么叫做我觉得自己还能抢回宋江航还是怎么的？这什么语气啊，我难道就比不上唐咏诗？

别的男人不说，就单说宋江航，我要是坚决反对他和唐咏诗在一起，那他们准没戏，哼！

苏云骋这个神经病，自以为自己知道一切内幕，居然用一副看傻瓜的眼神来看我，劈头盖脸说了一大串还不带给解释的机会的。他该不会是觉得我被劈腿了不甘心，所以还要跟着宋江航到这里来打算看着他吧？

事后的事实证明，当时的苏云骋的确是这么想的。他在楼下大厅看到了一脸落寞从栏杆后面站起来的我，再看看和唐咏诗在一起的宋江航，自以为是地在心里下了这个结论，殊不知，我那红了的眼眶是为了他和岳灵珊。

所以，当时苏云骋连把我从这高高的十六楼扔下去的心思都有了。

“方悄悄，你死心吧。”苏云骋沉痛地说，“我看得出来，宋江航陷得很深，已经无法自拔了。”他的表情那样严肃认真，都让我有点不好意思把下面的话说出口了。可是我想了想，觉得既然唐咏诗和宋江航在一起了，我也不应该再拿宋江航当挡箭牌，以免引起不必要的误会，于是我还是决定开口了。

“苏少，其实有件事我本来想找机会跟你解释的，但是一直也没机会。”我慢条斯理地，想象一下苏云骋得知真相的表情，有点想笑。苏云骋还是一副痛心疾首的表情看着我，我清了清嗓子：“其实，宋江航是我的亲弟弟。”

苏云骋没有辜负我的期望。

红橙黄绿青蓝紫，各种复杂的表情在苏云骋那张俊俏的脸上一一呈现，就跟黑夜里的彩虹似的。

苏云骋转身走的时候，脸跟我身后的天空是一样一样的。对此我真的感到非常的抱歉，因为我与宋江航这复杂的姐弟关系和我一直以来的隐瞒，让堂堂苏少居然在我这种平头老百姓面前丢尽了脸。

我有罪，我忏悔。

其实苏云骋还是很善良的，以为我真的是宋江航的女朋友的时候，还会善意地提醒我宋江航“劈腿”的事实，还深切地为我担忧着，我这种做法确实是不应该。

等我在阳台上胡思乱想做完了一番心理建设之后，这慈善晚宴也结束了。我回到休息室，唐咏诗和宋江航已经在里面等我，看着他们两个情意绵绵的样子，我不得不感叹情况进展得居然如此迅速，唐咏诗真是手段高超。

“咳咳。”我站在宋江航身后大声咳嗽，这对刚刚陷入热恋的小情侣才发现了我的存在。

“悄悄，你刚刚去哪里了？怎么不在休息室？”唐咏诗红着脸问我。我对着未来弟媳微微一笑："没事，就出去散散步，散散心，看看风景什么的。晚上的拍卖会怎么样？谁拔得头筹啊？"

唐咏诗耸肩："当然是苏少咯，拍了那个名表送给那个岳灵珊。把她美的！悄悄，为什么苏少不找你做partner？"她跟宋江航一样不知道我和苏云骋的具体关系，但跟宋江航的观望态度不一样，她选择相信我跟苏云骋是来真的。

我连忙笑嘻嘻地掩饰："哎，他邀请过我，可我不想去啊。这种场合不是很适合我。"

"可是他送手表给岳灵珊你不会生气吗？我看那个岳灵珊的表情，对苏少一点都不单纯，眼睛里都是赤裸裸的勾引啊！"这个不用唐咏诗说我也知道，我假装大方地一挥手："男人嘛，逢场作戏是必要的。再说，这种场合，我不肯来他也不能一个人来吧。不过就是几十万的东西嘛，就当是给岳灵珊陪他出席晚宴的酬劳好了。"

唐咏诗摇摇头："不是啊，最后苏少是用一千三百五十万投到的。"

一、一千三百、五十万！

好你个苏云骋，对我就各种小气，各种抠门，连合同上都写明了我以他女朋友身份收到的礼物到时候要物归原主，我买的衣服虽然是他出钱可最后都要收回去，对着个岳灵珊就大方得跟自己是个印钞机似的。

看我的表情，唐咏诗知道自己说错话了，连忙安慰我："也还好啦，幸好今天晚上卓少忽然中途离场了。卓少向来爱跟苏少抬杠，如果他在估计价格会被哄高一倍呢！晚上苏少的样子看起来挺高兴，一千三百五十万，眼睛都不眨一下。"

哎哟，还一千三百五十万，眼睛都不眨一下呢，苏云骋你这个……词穷的我一下子想不出形容词来，气得肝颤。

这时候小斓收拾好了东西，宋江航招呼我们走人。

走出休息室的时候，我特意朝VIP休息室那边瞄了瞄，门都开着，说明VIP贵客们都已经走光了。苏云骋已经带着岳灵珊和他那价值千万的名表离开了。

此刻我的心情真是非常特别以及极其不爽，导致下楼的时候脸色一路都是黑的，就跟刚刚离开阳台的苏云骋没有两样，于是宋江航和唐咏诗都没有好意思再在我面前表现得稍微那么亲热一些。

刚下到一楼大厅，我看到苏云骋靠在一边的墙上。

唐咏诗“咦”了一下：“苏少，你是在等悄悄吗？”宋江航的表情则很古怪，意味深长地看了我一眼，那眼神仿佛在说，原来如此。

原来如此……你妹。

苏云骋很愉快地跟唐咏诗和宋江航打了招呼，然后指指跟在宋江航身后脸色不佳的我：“Aloys，可以跟你借一下你姐姐吗？”

宋江航的表情更加古怪了，古怪得有点高深莫测。

这样一个神奇的夜晚，看着我对面半个小时以前才黑面离开，现在却一脸春光乍现的表情的苏云骋，以及毫无心机完全不明白发生了什么的唐咏诗，和一脸奇怪的表情的宋江航，我的心里着实有点发毛，于是我往宋江航身后藏了藏，紧紧抓住他的西装衣摆：“我不去。”

周围静默了一秒钟，宋江航转身，一把把我从他背后拎出来：“那麻烦苏少你送我姐姐回家。”

宋江航！你卖姐求荣啊！

这是从小屁颠屁颠地跟在我身后任凭我怎么欺负他还是要追着我喊姐姐的宋江航吗？这是那个偷吃了我的清明果然后拍着胸脯，保证长大后一定会赚钱养我保护我的宋江航吗？我的脑子里忽然出现了一句话——

君子报仇，十年不晚。

宋江航，你潜伏得真是太深了，你潜伏了十几年就是为了等这一个报复我小时候欺负你的机会吧！

苏云骋笑眯眯的表情就跟动画片里的汤姆猫抓到吉米鼠似的，让我毛骨悚然。“当然，我一定会把你姐姐安全地送回家的。”从宋江航手里接过我，苏云骋拉着我转身上了楼。

二楼的人早就发现了这边的动静，动作一致地下了楼。

宋江航一手挽着唐咏诗的腰，一手笑眯眯地朝我摆摆手，还用嘴型跟我说：“叫你把我的百岁照卖给她！”

天，我忘了还有这一出恩怨！

宋江航，你别让我活着逃出苏云骋的手心，否则我一定把你逃回国的事情告诉你爸你妈！

“砰”的一声，VIP休息室的门被关上。

苏云骋反手将我困在墙角。他放开手，我还没来得及揉一揉被捏痛的手腕，他的脸已经逼近。

“方悄悄，你耍我耍得很开心，是不是？”他挑着眉，目光幽深，唇角没有笑容。我在心里迅速地判断他此刻是不是生气了，然而却没有答案。

平常他生气的时候眉毛都会拧在一起，这种挑眉毛的表情，还真是第一次见。

为了保险起见，我诚恳地说：“倒也没有很开心，不过就是还挺好笑的。不过，其实我从来都没有说过宋江航是我男朋友，是你自己猜测的，我只是没有否认罢了。”

“所以，是我自作聪明的意思？”

我连忙把头摇得跟拨浪鼓似的：“当然不是，当然不是。苏少，您怎么会是自作聪明呢，您是本来就很聪明，您是聪明一世，糊涂一时……”呃，这好像也不是什么好话。我发现我一紧张就会胡言乱语的毛病又犯了，于是决定，闭嘴。

我闭上嘴，眨巴眨巴着眼睛，可怜兮兮地看着苏云骋。

苏云骋冷哼一声："别给我装，知道你是演技派的。"

"您是偶像实力派的！"我连忙拍马屁。

看来我拍马屁的功夫还不错，苏云骋成功地笑了。

嗯，他笑起来，还挺好看的。

我看得有点入迷。

"方悄悄，你怎么就这么……"苏云骋想了想，似乎是找不到什么好词语，只好说，"这么牙尖嘴利呢？女孩子温柔娴淑点好，牙尖嘴利不讨喜。"

我翻个白眼："不讨喜就不讨喜吧，讨喜又怎样，也没有人给我送一千三百五十万的钻石手表啊。"

我想，这句话的醋意实在太明显，明显到苏云骋都闻到了。

苏云骋微怔了怔，然后低下头，又笑了。

他低着头，深潭似的双眸盯着我，脸离我不过一分米。我闻得到他身上的古龙水味——和宋江航那瓶不一样，他换过了——混合着淡淡的红酒香，还有一点点脂粉的味道。这些乱七八糟的味道混合在一起，居然让我有点脸红心跳起来。

"你、你看着我干、什么。"我结结巴巴，"你别以为，你这个姿势很帅……学什么偶像剧男主角啊？"我拍了拍他撑在墙上的那只胳膊，转移话题。

苏云骋没有像往常那样拧起眉毛看我。

"方悄悄。"他温柔地喊着我的名字。那一刹那，我险些以为他要吻我了，下意识地舔了舔干燥的嘴唇，心想早知道就抹上林嘉琪从巴黎带回来的那只润唇膏了，据说用过之后嘴唇会跟果冻一样柔软Q弹。

可是他却没有。

"方悄悄。"他又喊了一遍我的名字，依然低着头，唇边的笑意却更盛。

他靠近了一些，用左手轻轻抓住我的右手，玩弄起我的手指来。他的手掌很大，很厚实，很温暖。

“干、干什么？”我的心跳得跟打了鸡血的兔子似的，手指被苏云骋拨弄得有点发痒，发烫。

“周年庆的晚宴我姐姐会参加，我介绍你给她认识，好不好？”他看着我，目光是我从未见过的清澈，在这一片的清澈中，我看见自己的脸，红得跟平安果似的。

我咽了咽口水：“为什么要介绍我给她认识，我跟她又不熟。”

苏云骋的表情很耐心，没有理会我句子中的语病：“介绍认识了之后就会慢慢开始变熟了。”

“变熟了……可以吃吗？”

苏云骋的脸僵住了，三秒钟后，他爽朗地大笑起来。

这是我第二次看到大笑的苏云骋。英俊的脸笑得有点变形，可还是那么好看，灯光下，他眉眼之间神采飞扬，双眸如星一般闪亮。

他笑完了，表情又静下来。他看着我，思考了一会，然后歪着头下了结论：“其实，牙尖嘴利也挺讨喜的。”

我呵呵呵地赔笑：“那有一千三百五十万的钻石手表送吗？”

苏云骋很认真地回答我：“没有。”顿了顿，又说：“不过，有帅哥送。”然后，双手扣在我的腰上，将我猛地往他胸前一扯，苏云骋吻了上来。

我是真的后悔没有涂唇膏了。

Chapter07 美女，你爱吃青椒吗？

那天晚上，苏云骋是牵着我的手带着我离开紫荆花大厅的。

经过一楼的时候有几个服务员还在收拾，看到我和苏云骋这样，都心照不宣地相视一笑，眼神里是各种羡慕嫉妒恨。我倒是很窘迫，好像是偷情被人发现了似的。其实在他们眼中我和苏云骋完全是光明正大、天下皆知的一对。

苏云骋的车子刚刚停下，我拉开车门逃也似地蹦了出去，天知道刚才一路上车里的气氛有多尴尬，我的脸现在整个跟个猴儿屁股似的，要多丑有多丑。

“哎！”苏云骋下车，喊住正打算光速逃离的我。

我不情不愿地站住：“干、干吗？”同时退后一步，戒备地看着他。我可不想在这种地方再被他偷袭一次。

苏云骋的表情很是哭笑不得。

他把双手在我面前一摊，然后收进了裤子口袋，以示自己的安全无害：“过几天记得联系张秘书拿礼服，不合适的地方再改。”他靠在车上，橘色的灯光照在他银色的西装上，说不出的一种风流倜傥。

我觉得我的心跳又加快了，连忙胡乱点点头，问：“还有别的吗？”

苏云骋歪头想了想，说：“还有。”

“什么？”

“明天早上一起吃早饭吧。”

我下意识地拒绝：“我要上班！”

“吃完早饭我送你去上班。”苏云骋很坚持，于是我也没有再装矫情地推辞，羞涩地点了点头。

然后两个人不说话了，开始你看着我我看着地面，直到我意识到这样下去很尴尬的时候，才结结巴巴地：“那……我先上去了。”话音未落我就后悔了，因为这个时候说这话简直比保持沉默还要尴尬一千万倍。

苏云骋仿佛也意识到了这诡异的气氛，没有再坚持拉我陪他大眼瞪小眼。“晚安。”他勾唇一笑。

我转身，火烧屁股似的飞奔上楼。

因为苏云骋的笑容实在太好看，就跟阳光底下金灿灿的向日葵似的，我怕再多看一秒，我就会毫无骨气地拜倒在他的西装裤下。

我一口气冲上五楼，林嘉琪穿着睡衣，端着咖啡悠然地抿着，站在大门口迎接我。

这可是开天辟地以来头一遭。

以往哪一次回家，她不是盘着腿坐在电脑前面看电视剧，就是挺尸一样躺在沙发里敷面膜，有的时候我从超市买了太多东西，叫她下楼来帮我提一下，得到的回答都是绝不可能，今天她这是吃错了什么药了，居然会站在家门口等我。

“你……在等我？”我小心翼翼地说出我的猜测。

林嘉琪点点头，表情安静得让我觉得这是暴风雨来临前的预兆。

“你，有事？”

林嘉琪伸出一个食指摇了摇：“是他有事。”她朝楼底下瞄了瞄。我一看，苏云骋居然还站在那里没有走，看见我的脑袋出现在窗口，又冲着我笑了笑。

妈呀，我赶紧把脖子缩回来。

林嘉琪已经一把揽住我的肩膀：“方悄悄，现在不是一定要你说，但你所说的每一句话都将成为呈堂证供。你被捕了！”

“呃，你最近在看什么电视？”

“《古灵精探》。”

难怪。

林嘉琪在听完我的供词之后陷入了沉默。她的沉默让我有点心慌。“喂，有罪没罪法官大人您也说句话啊，你不是打算用沉默来折磨我吧，小心我告你故意伤害疑犯……”

林嘉琪白了我一眼，才慢条斯理地说：“方悄悄，我看这案情有点严重啊。”

我连忙竖起耳朵虚心求教：“请大人明示。”

林嘉琪笑着揉了揉我的头：“说实话，如果苏云骋只是跟你玩玩，暧昧暧昧，我还放心些。如果他是认真的，我倒要担心起来了。”

我明白林嘉琪的意思。

如果苏云骋只是想跟我玩玩暧昧，那就算我真的陷进去了，大不了是像三年前那样再死一次之后重生，或许还会如凤凰般涅槃。可如果苏云骋是认真的，那我也要跟他认真下去吗？别的不说，光说那些为众人所知的女星嫁入豪门的婚姻，到最后有哪几对是幸福的呢。

何况，苏家的关系那么复杂。

林嘉琪没有再说下去。她知道我们都已经不是三年前大学里单纯的女生，遇到了难题要拉着对方喋喋不休地倾诉。她起身离开，将我一个人留在客厅里。

我独自在沙发里坐了许久，没有开灯，周围一片黑暗。

就在我脑子里还混混沌沌的时候，宋江航打来了电话。我接起来，电话那头宋江航的声音明亮而愉快：“喂，大美女，你在干吗呢？”

这个混小子，前几天还纠结得要死要活的，害得我为他那么担心，这下问题解决了，揽得美人入怀，就对我恩将仇报，还把我推入苏云骋的怀抱，简直罪不容诛罪该万死罪无可恕！

于是我清清嗓子，轻飘飘地说：“没事，就是跟在深圳的两老视频呢，哎，我刚刚问起他们俩你的现状，你爸可是眉开眼笑地说你刚刚在美国又拿了个什么什么奖学金，牛得不得了哇……哎，为人子女的我在想欺骗父母会遭雷劈的，所以有点愧疚，想说要不要把事实告诉他们……”

电话那头宋江航急了，冲着话筒连忙大声地喊：“喂喂喂，你不是吧，你来真的啊！姐，好姐姐！求求你了，是我不对，是我该死，我做牛做马任打任骂任劳任怨还不行吗？”

我冷笑：“在哪啊，牛马先生？”

半个小时之后，我赶到Bclub。我到的时候，宋江航正在手把手教唐咏诗打保龄球，唐咏诗率先看见了我，把宋江航往后推了推，一球滚出去打了个全中，留下身后目瞪口呆、脸色很不好的宋江航，她蹦蹦跳跳朝我走过来，脸上的八卦藏也藏不住。

“怎么样？”

我脸一红：“什么怎么样啊？”

“你和苏少啊？他把你带到楼上去肯定干了什么勾当了吧？”唐咏诗一脸坦然，嗓门大得跟农村广播似的，吓得我连忙跳上去捂住她的嘴：“我的天，你当自己是新闻联播啊！还有什么叫做干了什么勾当，你中文不好就不要乱说好吗？我的大小姐！”

让人听见了还以为我和苏云骋翻云覆雨了呢。

这时候宋江航也已经恢复正常脸色朝我走过来，顺手搭在唐咏诗的肩膀上，嬉皮笑脸：“咦，姐，你的脸怎么跟猴屁股似的？”

我没好气：“还不是你的小女朋友胡言乱语闹的。”

宋江航嘻嘻一笑：“这样啊，我还以为是苏少闹的呢。”一边说着，还一边冲我挤眉弄眼，那副欠揍的样子让我很有把他揉成保龄球扔出去的冲动。

这个混小子，回血的速度还真够快的，你看他现在这一副开了挂的印度阿三的德行，跟前几天那个为情所困的宋江航简直是天差地别。后来，有一次我问唐咏诗：“你是怎么看上宋江航这只野猴子的，你不觉得他有点像开了挂的印度阿三，凶猛起来地球人都阻止不了的那种生物吗？”

唐咏诗表情很认真地思考了一分钟，然后说：“我觉得跟我爸妈很有关系，他们在美国是研究印度文化的。”

难怪，原来是家族事业。

在听我别别扭扭地叙述完今晚苏云骋对我在VIP休息室里的所作所为之后，宋江航的表情很是兴奋，就跟小狗见到了肉骨头似的。

“嘿！我就说你们之间有猫腻。从那次你被八卦记者拍到登了报纸我就怀疑了，不过那时候我真心以为他和咏诗才是一对，没让自己多想。亚里士多德说得对，要相信自己的第一感觉。”

我无语：“亚里士多德什么时候说过这句话了？”

宋江航大手一挥：“现在不是计较这个的时候，奥巴马说过，这世界上99%的名人名言都是杜撰的。”

奥巴马又什么时候说过这句话了？看来美国果然不是个好

地方，呆久了人都会变傻，智商下降，情商清零，我面前就有一对活生生的例子。

“话说回来，悄悄，你喜欢苏少吗？”唐咏诗还算问了个正常的问题。

我犹豫了一下，觉得如今我方悄悄也已经二十有五了，恋个爱也不是什么见不得人的事情，于是点头承认：“哎呀，苏云骋这种人，要不喜欢还真是挺困难的嘛……”

各方面条件都是上乘，试问有几个女人能抵挡得了这样的男人？

唐咏诗击掌欢呼：“太好了！这样我们两个是不是算同一天恋爱的呀？悄悄，我们好有缘分哦！以后我们可以一起过恋爱周年纪念日耶！我去买两杯可乐，我们干杯庆祝一下吧！”说完就跳起来跑了。

我有点无语地看着那个身材曼妙得跟妖精似的，性格却像个二愣子的唐咏诗消失在我的视线里。

其实我还蛮羡慕唐咏诗的，对自己的所爱那么坚定不移，勇敢地朝着唯一的目标进发，宋江航退缩一步，她就前进一步。而我呢，是苏云骋前进了一步，我却在犹豫着要不要倒退一步。

“你到底在犹豫什么？”唐咏诗一走，宋江航恢复正常，端起果汁喝了一口。

“哟嗬，还看得出我在犹豫啊。”我嘲讽他。宋江航嘻嘻一笑：“那是。毕竟是一个娘胎里出来的嘛，所谓血脉相连心有灵犀呀。说吧，有什么困扰让我这个好弟弟为你排忧解难。”

听了我的倾诉之后，宋江航一脸“你也想太多了吧”的表情。

“苏家又怎么样？也不过就是男男女女的，怎么，我们宋家的条件有很差吗？虽然比不上苏家有钱有势，可只跟RT比一比，还是差不了多少的嘛！”宋江航一脸不以为然，“姐，你就放心大胆地上吧！”

“上？”

“上了苏云骋那小子。”宋江航的眼睛里闪着兴奋的光，“让他当初跟咏诗合着伙来骗我，害我一失足成千古……也不至于到恨啦，反正就是那么回事。这个仇你就帮我报了吧！”

这回我彻彻底底地发现，今晚找宋江航来倾诉是个错误之中的错误。

但，我还是决定接受这个错误给我的建议，大胆地上。因为这个时候我接到了苏云骋的短信：“睡了，晚安。”我心里“哟嗬”一声，没想到堂堂苏少也会搞这种小情侣发晚安短信的招数。在不面对苏云骋的时候我的反应显然要清醒得多，于是我回了一条：“这么早啊，才不到十点。”

半分钟之后，苏云骋又回过一条短信：“我打算今天早点睡，这样明天就会来得比较早了。”

天，苏少，您真是……太萌了。

第二天一早，我还在被窝里就接到了苏云骋的morning call。以最快的速度起床刷牙洗脸，拽起包包冲下楼去，临出门前被顶着鸡窝头还打着哈欠的林嘉琪翻了一个大白眼：“哎哟喂，真是一日不见如隔三秋呀。”

她在说“哎哟喂”三个字的时候语气特别欠揍，具体可以参见2009年春节联欢晚会上蔡明在小品《北京欢迎你》里面那句“哎哟喂，公主坟儿！”的语气。

早饭居然是在“第一馔”吃的。

“我没听说过‘第一馔’还卖早饭的呀。”坐在“第一馔”的观景阳台上，看着边上的小溪流水小桥乌篷船，呼吸着清晨水面上清新的气息，我有点陶醉。

苏云骋微笑着看着我：“以前是没有，目前还在筹备，明天开始早餐时段，也会正式对外营业。”

原来如此。所以说富N代什么的还真好，无论到哪里都有特殊待遇。

不一会儿侍者就送了早餐上来。

一罐干贝鲜蔬粥，一笼蟹粉小笼包，一对油条，一小碗糯米饭，两个煎得微黄的太阳蛋，两杯五谷豆浆，全都用精致的小瓷碟装好端上来，一件一件跟艺术品似的。

那些个白瓷小碟子估计比碟子里的内容都贵上十倍，所以一小碗粥喝得我提心吊胆，生怕那白瓷的勺子往那碗壁上一碰就破了。

“今天什么安排？”苏云骋一边吃着蟹粉小笼包，一边问我。大清早的，他只穿了件衬衫，解开两颗纽扣，露出风骚的小锁骨，小模样怎么看怎么性感。我看得有点脸红心跳，嘴巴里还塞着油条含糊不清地：“能有什么安排，我又不是老板，上头吩咐什么就做什么呗。”

苏云骋想了想：“要不你请假，我们去东湖看荷花？”

C市东湖的荷花是C市十大恋爱圣地之一，宣传片上说只要是C市的情侣没有没去过的，广告虽然夸大其词，但也不算很过分，“切，堂堂苏少，恋爱也真没创意。去东湖看荷花？下次你是不是要约我去看电影了？您能有点别出心裁的建议吗？”我嘲笑他。

没想到苏云骋很认真地：“我是打算晚上约你去看电影的。我想和你谈一场很平凡的恋爱，做所有情侣都会做的事。因为我希望你爱的人是我，而不是RT的苏少。”

哟嗬，这家伙还挺会说情话。

我的脸很不争气地红了。

当然最后我没有跟公司请假，因为我最近请假的次数实在是太频繁了。在苏云骋说出“没事，要不干脆你辞职吧，我养你”的时候，我白了他一眼：“刚刚还说希望我爱的人是你，而不是RT的苏少呢。平凡人能这样财大气粗吗？”

果然是那个什么改不了吃那个什么。

苏云骋被我反驳得无话可说，只好将我送到公司楼下作罢。临下车前我想起一个很严肃的问题：“那个岳灵珊，是怎么回事？”苏云骋闻言一脸“哈哈，我就猜到”的表情：“我就知道你在意岳灵珊！昨晚你脸色那么难看，也是因为吃岳灵珊的醋了对不对？”

啸，这家伙反应还挺快。我努力撑住表情不露馅：“答非所问。再给你一次机会。”

苏云骋脸上的笑容很美好，如晨光一般清新：“朋友而已。”顿了顿又说，“她想倒追我，但我对她绝对没有别的意思。”

我冷哼：“绝对没意思还带人家去出席晚宴？”

“哎哎！”苏云骋伸手过来捏我的脸，“正常的社交活动而已。如果带谁参加晚宴就是有什么，我现在交过的女朋友应该……”他想了想，“没个五六百的，也有两三百了吧？”

“你没有告诉她我们的那个合约？”

苏云骋正色：“绝对没有。这是除了你我和Terry之外任何人都不知道的秘密。还有林嘉琪。”Terry就是张秘书。

我犹豫了一下，选择相信了他。

没过几天，张秘书果然如约打了电话给我通知我去试衣服。

衣服依然是出自Chocho’s，所以试衣地点不变。看到我的时候Apple脸上的笑容更加的殷勤：“方小姐，你来了。哎，你这件晚装真的好美喔，是我们经理亲自飞到巴黎去带回来的，光这来回的机票都得上万了。”

我呵呵呵地笑着配合她的语气，装作很惊喜：“是吗？”其实如果换做是别人做这事我还真是要惊喜，但是对方是苏云骋，那就不算什么了。

何况，他还是想让我穿着这件晚装去见他姐姐。

Apple还是那种一惊一乍的语气：“是呀！经理说这件衣服是苏少订制的，全球仅此一件，巴黎的好几个熟练老工匠连续赶了好几天的工才赶出来的呢。真是好叫人羡慕哦！”

虽然Apple这么直接地表示羡慕嫉妒恨的方式让我有点很受不了，但是说实话，这种女生通常都是单纯没有心机，相反那些总是一脸淡定，好像扔给她一个亿她都不会眨下眼皮的女人更可怕。

所以我还是保持着一脸笑眯眯的表情。

虽然已经来过两次，Apple还是殷勤周到地领着我进了更衣室：“方小姐，你在这里坐一会儿，我去后面库房拿衣服。”然后就飞一般地消失在我的视线之中，应该是恨不得早一点去摸到那件让她如此羡慕嫉妒恨的晚装。

她的表现让我对这衣服产生了极大的兴趣。

Apple一走，我才刚刚坐在沙发上打开电视打算舒舒服服看一会儿，左边一间更衣间的门打开，一个身材娇小的女人从里面闪了出来。

大家不要紧张，不是岳灵珊。

要在同一个地方遇见那个岳灵珊两次，大概是上辈子坏事做绝才会有这样的霉运，幸好我没有。

那女人约莫三十来岁，看起来很眼熟，虽然说不上很漂亮，可是有一种清冷冷的气质，就像……就像《金粉世家》里的刘亦菲演的白秀珠一样。

没错，就是白秀珠，长大之后变得成熟的白秀珠。

她身上穿着一件紫黑相间的晚装，映衬得她肌肤如雪。虽然我一直对自己白皙的皮肤引以为傲，可是在她面前也没有半点优越感。乌黑的眼珠静静地看了我三秒钟，然后眼一眨转开视线。

那眼神太过于平静，以至于我无法从她的眼神里判断出她对我是友善还是敌对还是只不过是个路人甲。

我决定以不变应万变，自顾自按起遥控器来。

“白秀珠”走到试衣镜前认真地整理起身上的晚装来，也没有搭理我。于是试衣间里气氛暂时非常和谐。

不一会儿，Apple就拿着那件据说是专门去巴黎定做的高级晚装回来了，跟着进来另外一个叫做Cherry的服务员，看起来应该是负责接待“白秀珠”的。

Apple把装着晚装的盒子放在茶几上，眼神里闪着掩饰不住的小兴奋，打开拿起来：“方小姐，你看！多漂亮啊！”

果然很漂亮。

是一件水绿色的纱质晚装，裙摆和腰间点缀着白纱。更衣室里没有风，我仿佛都看见风吹过裙袂飞扬的样子，就像夏日傍晚荷塘里田田的碧叶。

Cherry也连连赞叹：“真的好漂亮，很有夏天的感觉喔！”

“白秀珠”朝这边看过来，那目光还是静静的，看不出一点情绪，这种眼神让我浑身上下一阵不舒服，好像被人用X光照着似的，于是忍不住多看了她一眼。Cherry这才发现自己怠慢了客人，连忙摆出专业的笑容迎上去：“这位小姐，衣服合适吗？”

Cherry喊她这位小姐，也就是说她不认识这个“白秀珠”，也就是说“白秀珠”不是C市的名媛咯？否则Cherry是不可能不认识的。

我有点安下心来，拿起衣服进到试衣间里去试穿。

等我穿上衣服之后，才发现苏云骋其实还挺……细心的。

刚才衣服被Apple拿着看不出来，一穿上才发现，虽然是抹胸的设计，但胸口有小小的褶皱立体设计，虽然不至于让我胸前的小土包一下子变成珠穆朗玛峰，但好歹也是个小丘陵了。

真不知道是不是该感谢苏云骋的细心。

我打开更衣室的门走出去，那个“白秀珠”居然还在，但是身上的礼服已经换掉，穿着一件再普通不过的黑色连衣裙。看来她对黑色情有独钟啊，不过我也承认黑色衬得她的气质很不错。

Apple还是那样一惊一乍的，我都怀疑她到底是怎么做这份工作做到现在的，还是说那些名媛淑女们都很好这一口，可以从Apple的不淑女的表现上对比出自己的淑女？“哇……方小姐，你穿上这个实在是……仙女下凡！”

她夸张得有点没边了。虽然我也很享受这样的奉承，但是身边好歹还是有个陌生的女人盯着我看不是，她这样我可得多尴尬啊。

应该是我的尴尬写在了脸上，“白秀珠”终于微微一笑，对我点头称赞：“很好看。”

她的声音很温柔。

我微笑：“谢谢。”

最后我和“白秀珠”是一起走出Chocho’s的。“白秀珠”买下了那件紫黑相间的礼服，刷卡的时候我不下心瞄了一眼金额，吓得有点心惊肉跳，虽然不是我的钱也隐隐地有种莫名其妙的心疼。

这女的这么有钱，又不是C市的名媛，难道她是从哪个石头缝里蹦出来的不成？最好的解释应该是某个暴发户，可是看她的气质，还真不像是暴发户。

嗯，应该是哪个大款的情人之类的。

还没走到电梯口，我在脑子里已经完成了一部关于落魄千金被迫委身暴发户的凄惨故事，情节跌宕起伏，高潮迭出，拿到网上去连载应该能赚不少点击和热泪。

“方小姐选这身礼服是要去参加RT的28周年庆晚宴的吧？”就在我脑子里胡思乱想的时候，“白秀珠”开口问我，见我一脸惊讶的表情，又笑着解释，“我在报纸上看过RT28周年庆的宣传海报，占了整整一个版面呢。”

原来如此。也是，再过三天就是RT的周年庆了，RT最早是做传媒起家的，现在旗下还有好几家报社杂志社，宣传的势头可不要太大哦，简直就是洪水猛兽汹涌来袭。而最近RT旗下几家卖场和超市也借着28周年庆的名义大打折扣，很有借机血赚一笔的势头。

“是呀。”不知道对方的来头，保险起见我简短而又有礼貌地回答。

“白秀珠”又是微微一笑：“方小姐真幸运，找到了个好归宿。”

她这么一说，我又有点惆怅起来。林嘉琪说得对，苏云骋到底是不是我的好归宿，还得骑驴看唱本——走着瞧呢。若以后有了变故，如今我在Apple、姚银珠以及“白秀珠”这些人眼里越幸运，以后就越凄惨越可笑。

于是我客客气气地：“哪里。其实我跟苏云骋还没走到谈婚论嫁那一步啦，是大家误会了。”

“白秀珠”表情有些讶异：“听方小姐的话，好像倒不是很愿意嫁进苏家的。”

我刚要回答，“白秀珠”好像看见对面什么人了，朝那边挥挥手。我一抬眼，真是仇人相见分外眼红，对面走廊里站着的那个女人，不是前几天晚上跟块口香糖一样黏在苏云骋身边的岳灵珊吗？

原来这个“白秀珠”是岳灵珊的人。

如来佛祖观音大士，难道我前辈子真的坏事做绝了？

岳灵珊在对面一眼看见了我，原本笑眯眯的脸登时沉了下来，难看得跟见了鬼似的。我想起那晚是苏云骋送我回的家，也就是说岳灵珊是被苏云骋放了鸽子了。她一定是猜到了，所以现在心里恨不得把我大卸八块。

一想到这个，我的心情就莫名其地好起来。用林嘉琪的话说就是，有点小人得志的得意扬扬。

为了给岳灵珊最后一击，我对“白秀珠”说：“怎么可能，谁会不想嫁进苏家呢。苏云骋那么有钱，有些人倒追都追不上，我怎么可能轻易放手。你可以告诉你的朋友，技不如人就早点认输，否则会很尴尬的。”

扔下这句话，我雄赳赳、气昂昂地踏上电梯，一路而下。

商场里点着明亮的灯光，照射在我的身上，刹那间我忽然觉得自己有种背后万丈光芒喷薄欲出的气势，心想到岳灵珊听到这句话之后的表情，好不得意。

但，太过于得意的我忘记了有一个词，叫做“乐极生悲”。

出了轻风广场我就接到了苏云骋的电话。

“试过衣服了？怎么样？”自从那晚之后，他对我一改从前那种动不动就拧眉毛、动不动就给脸色看的态度，变得异常温柔起来。虽然觉得有点浑身上下不自在，但……我还蛮喜欢这种温柔的。

“试过了，很满意。苏少就是苏少，眼光就是好哇！”我看这习惯性地拍马屁是一下子改不了了。“你在哪里？”

“机场。”

“机场？”怎么那么安静？哦，对了，人家可是苏云骋，必然是要进VIP候机室的，“出差？”

“接机。我姐姐今天的飞机回来。”苏云骋顿了顿，“本来说要6号才回来，提前了。晚上一起吃个饭？”

我的心情一下子紧张起来。

这，就算是要见家长了吗？这几天我一直在重复地给自己做心理建设，虽然说现在已经不是什么封建社会，虽然苏云骋也明示暗示过，他姐姐善解人意，温柔大方，但是我听到的传闻里，苏云芝跟温柔大方可没有半毛钱的关系。

苏云骋6岁的时候，他父母亲就因为意外去世了，虽然给姐弟俩留下了一间公司，但是却麻烦多多，苏云骋的两个伯伯一直觊觎RT，以姐弟俩年幼为借口，趁机向老爷子要求“暂时”接管RT。其实司马昭之心，路人皆知，什么暂时接管，分明是打算长期霸占，但是除了这样还能怎样呢，毕竟苏云骋才6岁，苏云芝也才16岁。

没想到，苏云芝却大胆地要求接管RT。

“两年，只要爷爷先暂时帮我当两年的挂名主席，等我成年之后再正式接任。”有一篇关于苏云芝的报道里写苏云芝当年是这样对苏老爷子说的。

于是在一片质疑声中，苏云芝真的接手了RT。16岁的少女，昨日还是天真无邪地做着公主梦，转眼已经被推上RT的帝王宝座，面对所有来袭的风雨。没有一个人看好她，她的两个伯伯也乐得袖手旁观，等她一步步走入泥潭再名正言顺地接收RT。

可让人都跌破眼镜的是，苏云芝居然将一整间RT打理得井井有条。虽然十多年来RT并未有太大的发展，但最起码可以算得上是稳步前进，让某些人的得意算盘落了空。直到五年前苏云骋提前以优异的成绩从美国的大学毕业归来，苏云芝将RT交给了苏云骋之后就去了欧洲，鲜少归国。

一个16岁就可以掌管一整个公司的女人，绝对不会是泛泛之辈。

要我跟这样的人打交道，说实话，这心里还真的有点犯怵。

所以听见苏云骋跟我说晚上一起吃个饭，我登时就紧张起来：“晚、晚上啊，我不知道我有没有空呢。”苏云骋听出我的紧张，在那头笑着说：“怎么，怕了？我还以为方悄悄是天不怕地不怕的呢。”

我在电话这头尽情地翻着白眼，反正他也看不到："怎么可能天不怕地不怕，我等蚁民，苏少，您一个小手指就可以让我生让我死了。"

苏云骋的声音有点认真："是吗？那我要你马上出现在我的面前呢？也只要勾勾小指头就可以了吗？"

我心里一动，嘴上还是说："这难度恐怕有点大。"

"悄悄，我想你。"苏云骋哑着嗓子说。因为最近RT在争取的银行那个项目已经进行到最后的紧要关头，所以苏云骋很少有多余的时间，连续几天都只跟我在早餐时候匆匆见上一面。我脸一热，握着手机的手有些抖："不是早上才见过吗？"早上，我和林嘉琪下楼，打算如往常一般搭地铁去公司的时候，苏云骋已经靠在他那辆保时捷上等着我，见我下楼，他在晨光里朝我微笑，刹那间，我觉得天边那轮热情的夏日都不如他的笑容光芒耀眼。

林嘉琪双手抱胸，朝我白了一眼，什么都没说迈着小碎步朝地铁站走去了，路过苏云骋面前的时候，苏云骋给了她一个笑容。

事后林嘉琪对我说："原本还有点不相信，但看到那个笑之后，我是真心相信苏云骋喜欢你了。堂堂苏少，如果不是真的喜欢你，何必连你的朋友也要讨好？"

等林嘉琪走远了，苏云骋才打开车门，做了一个请的手势邀我上车。

早餐是在河边吃的，苏云骋带了保温瓶来，装着热腾腾、香喷喷的嫩滑鸡丝粥。"昨晚住在老宅，让家里的厨师一大早熬的，火候很足。"苏云骋跟我解释。

我看着那个眼熟的保温瓶，才想起原来我生病那次，苏云骋带来的粥不是买的，而是让家里的厨师熬的，难怪吃起来觉得美味异常，粥里的材料也分量十足，当时还以为是有钱能使鬼推磨，苏大少爷才能买到这么好的粥呢。

话说回来，原来这家伙那时候就开始对我图谋不轨了。

我真是大智若愚，大智若愚啊！

苏云骋在电话那头笑着感叹：“是啊，早上才见过，怎么觉得好像过了很久呢。哎，飞机到了，我去接人，等我电话，晚上见。”

挂了电话，我对着手机屏幕照了照自己的脸：嗯，离番茄的红度还是有一定的距离的，不过最近熬夜皮肤好像有点差，还是去做个美容吧。

主意已定，我伸手拦出租车。

一辆红色mini从我面前慢慢驶过，开车的是岳灵珊，副驾驶座上，“白秀珠”一双乌黑的眸子意味深长地盯着我。

才刚刚到美容院，林嘉琪打来电话，告诉我晚上J打算去片场探班。最近C&V秋季系列的广告大片开始拍摄，我作为J派出的代表几乎天天可以看见唐咏诗，好在现在我和她之间已经没有误会，否则还不知道这日子得有多难熬。

“不行啊，我在美容院赶不回去呢。”

林嘉琪疑惑：“不是过年过节，又不是初一十五，你跑美容院去干什么？”

呸，又不是吃斋，还初一十五呢。

“苏云骋的姐姐回国了，说一起吃个晚饭。”

“不是说6号才赶得回来？”

“不知道，总之是提前了。" 我耸肩。林嘉琪咯咯一笑：“所以说这就是要见家长了？紧张不？早知道给你备点速效救心丸，要不现在我给你送去？”

没有理会林嘉琪的嘲笑，我果断挂掉了电话。

美容院小妹笑眯眯地：“方小姐，今晚要去见苏少的姐姐吗？这可是大事哦，我听说那个苏云芝很厉害的，你要以最好的状态出现在她面前啊。我们店里新推出一款黄金鱼子酱面膜，有迅速滋润、美白、提亮肤色的作用，要不要试试？”

我想了想，忍痛咬牙点了点头。

那个黄金鱼子酱面膜涂在我脸上的时候，我确定我自己闻到了一股人民币的味道。

从美容院出来已经是傍晚时分，我琢磨着也差不多到吃晚饭的时候了，苏云骋还没打电话来，想了想，我拨了个电话过去。

电话转接到留言信箱了。

这也不是没有过的情况。虽然我鲜少有打电话给苏云骋的机会，但偶尔有那么一次两次也常常转接到留言信箱。通常这个时候他不是在开会就是在飞机上，但今天他是去接苏云芝去了，怎么会转接到留言信箱呢。

或许是姐弟俩久别重逢，一时聊得兴起了吧。

没有太在意，我挂了电话。

这个时间很尴尬，要是回家呢，说不定没一会儿苏云骋就打电话来叫吃饭了。根据往常我对苏云骋的了解，今天的晚饭不是在“第一馔”就是在轻风广场6楼的逸品食府，离我现在所在的位置都很近，想了想，我找了家咖啡馆打算一边喝咖啡，一边等。

苏云骋打来电话的时候已经是晚上八点钟。

接起电话的时候，我就已经有了心理准备。这个时候不要说吃晚饭了，都该上夜宵了。但当苏云骋说出那句“对不起，我姐说今天坐飞机太累了，不想出门”的时候，我还是很不爽。

“哦。”我懒洋洋地答了一句，摸了摸被咖啡灌满了的胃。

苏云骋顿了顿，问：“你在哪？”

我瞄了瞄桌上的餐牌：“明上咖啡。”

在我又灌下一杯咖啡之后，苏云骋出现在了咖啡馆门口。

本来一肚子的怨气，在看到他的样子之后顿时熄灭。我从未见过苏云骋这副没精打采的样子，眉头深锁，愁云满面。但在看到我的那一瞬间，他扬了扬眉，在唇边挂上微笑。

“走。”他走过来，招呼服务生过来结了账，对我说。

“去哪？”

“去了就知道了。”

我赖在沙发上不肯起来：“上一次你叫我走之后，我可就上了报纸，这一次该不会上电视吧。”想起那一次，我还有点含恨在心，心有余悸。

苏云骋笑：“保证不会。”

半个小时之后，我们到达了一家宠物店。

这个时候宠物店大多已经准备关门，我们来的这家也是，门帘已经拉到了一半。但苏云骋应该是提前打了招呼，还有两个店员在店里，看起来是在等我们，因为我们一进门，其中一个眉清目秀的年轻小伙子就说：“苏少，您来了。”

苏云骋点点头：“怎么样？”

小伙子殷勤地：“准备了好几只，品相都是上好的，就等您来挑了。这边请。”说着带我们走进里屋。

我有点莫名其妙，这是要买狗吗？

三更半夜的。

不过，当我看到那几团白乎乎暖绵绵的棉花球的时候，所有的疑问都抛到九霄云外去了。

“好可爱的萨摩耶！”

一进里屋，就看见五只胖乎乎的萨摩耶幼犬正在欢乐地彼此打闹着，见我们进来，全部扭着肥臀屁颠屁颠地跑过来，围在我和苏云骋脚下撒欢。

都说萨摩耶是微笑的天使，尤其是这小时候，短短的四肢，肥嘟嘟的身子，除了鼻子和眼睛，全身都是雪白雪白的，就跟雪球没什么两样，在你脚上蹭啊蹭啊的，让人的心都融化

了。

苏云骋蹲下去抱起一只来，对我说：“你挑一只。”

“啊？为什么？”我有点反应不过来。

“挑一只，我送给你。”

“可是，可是，为什么忽然要送我狗，还有为什么是萨摩耶？”其实我也很喜欢阿拉斯加的。

苏云骋勾起唇角，那笑容怎么看都像狡猾的狐狸：“你不觉得你跟它们长得很像吗？”

居然说我长得像狗。

我微微一笑：“这样啊，看来明天我也要去买一只狗来送给你了。”苏云骋很好奇：“跟我长得像的狗？”我点头，苏云骋更好奇了：“是什么狗？阿拉斯加挺帅的，哈士奇也不错。”

我退后一步远离苏云骋：“沙皮。”

后来回去的路上，苏云骋一直有意无意地照镜子，不时皱着眉头反问我：“我哪一点长得像沙皮了？”

我顾着逗弄我的小白，随便给他抛了一句：“你应该试着去寻找你哪一点不像沙皮。”苏云骋又看了看镜子，下结论：“我觉得没有一点像的。”我微笑：“那看来苏少的观察能力还有待提高。”

苏云骋吃了亏，有点闷闷不乐。到了我公寓楼下的时候，他突然想起什么似的，又开心起来：“算了。莎士比亚说，你永远都不要试图和一个傻子理论，因为他会把你拉到他的智商水平，然后用丰富的经验打败你。”

我有点无语：“莎士比亚什么时候说过的？”

苏云骋说：“前几天的慈善晚宴上宋江航告诉我的。”

果然不出我所料。

自从知道我和宋江航的关系之后，就如唐咏诗对我的态度一般，苏云骋对宋江航的看法也是来了个180°的转变。“原来我以为宋江航是个脚踩两只船优柔寡断抉择不定的人，但现在真相大白，误会解除了。”苏云骋振振有词，而且据我所知这几天他通过唐咏诗迅速拉近了自己和宋江航的关系，居心叵测。

于是我语重心长地教育他：“不要和宋江航走得太近，你会被他教坏的。”这个宋江航，这点语文水平还到处教坏人，荼毒唐咏诗一个就够了，连苏云骋都不放过，传出去我们老宋家的脸都被他丢光了。

“小白，你以后要注意远离宋江航，珍爱生命喔。”本着教育要从娃娃抓起的精神，我赶紧教育小白。

苏云骋哭笑不得：“没见过你这样的姐姐，宋江航真是可怜。”

“那你姐姐是怎样的？”我不服气。

苏云骋的脸色一下子安静下去。挂在唇边的笑容消失，头靠在椅背里，于是整张脸都隐没在黑暗之中，我看不见他的表情。沉默了有十秒钟，苏云骋才慢吞吞地说：“是个很好的姐姐，她所做的一切都是为了我。为了我，她牺牲了太多。”

他的语调很沉很缓，有一种让人难以喘息的沉重。我的心情也跟着他的语气而沉重起来。对于苏云芝，我了解得实在太少。她退隐的时候，网络还不如现今这样发达，广大人民群众得知豪门隐秘的方式还很少，苏云芝处事又低调，鲜少接受采访。

除了16岁接管RT，五年前将RT交还给苏云骋，其中据说犯过一次错误，险些丢掉RT的说法之外，我实在找不到更多关于她的信息。

人因无知而产生恐惧。

对于苏云芝这个传说中的人物，我是真心有点恐惧。

似乎察觉了我的不安，苏云骋转过脸来看着我，双眸在黑暗中闪着黯淡的光。他对我笑了一下：“别怕，我姐姐可不是

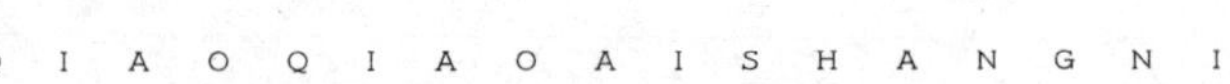

母老虎，不吃人。再说，有我在呢。”他抓过我的手，轻轻在掌心抚弄。

小白不安地在我怀里蹭了两下。

我看着苏云骋。他的笑容很勉强，可还是给了我一种安定的力量。我点点头：“我不怕。有什么好怕的，我又不是有杀人放火作奸犯科的前科。”

大不了就是像书里写的那样，男方家长对女主角的各种挑剔。可我不怕这些。我并不是自信，不是认为苏云芝就一定会看得上我，而是我相信苏云骋，若他爱我，他会坚持，若他不爱，我也不怕他不坚持。

因为，那也没有必要。

苏云骋下车，送我到公寓门口，天色尚早，才十点，可今晚苏云骋的脸色实在不是很好，虽然他在我面前保持着微笑，可我还是看出来了，于是我也不打算再缠缠绵绵到天涯，反正来日方长。

“晚安。”苏云骋轻啄了我的额头。

“晚安。”我举起小白，在他的脸上留下小白的晚安之吻。小白很不情愿地反抗了一下，苏云骋有点薄怒，捏住小白的嘴巴怒道：“你还不情愿，占了我的便宜你倒还不情愿。”

我想，今后真的要禁止苏云骋和宋江航太过于接近，否则宋江航一定会拉低苏云骋的智商水平。

回到家，林嘉琪还没睡，看到我带回来的小白，激动得尖叫着从阳台冲过来，一把把在我怀里睡得正香的小白抢走了。

都不见她平常这样欢迎我回家过。

“悄悄，你的狗取名字了吗？”在林嘉琪的辣手摧狗之下，小白很快清醒过来，一边用肉呼呼的爪子进行着反抗，一边用嘴巴进行攻击。

我点头：“小白。”

林嘉琪翻白眼：“你可以有点创意吗？”我愤愤：“怎么没创意了！”然后举起小白，一边抓着它的爪子跟林嘉琪招手，一边学着蜡笔小新的声音粗声粗气地：“Hi，美女，你爱吃青椒吗？啊？不爱吃啊？真巧，我也不爱吃！”林嘉琪受不了我无厘头的幽默，一把把小白从我手里抢回去，转移话题问：“怎么样？苏云芝好相处吗？”

她提到苏云芝，我的心情就沉重起来。

林嘉琪听到我说没有见到苏云芝之后，表情明显也担忧起来。其实她和我想的是一样的。

俗话说，没吃过猪肉，还没见过猪跑吗？我虽然没和豪门打过交道，可看过的偶像剧和网络小说不计其数，这种原本说好了一起吃个晚饭，然后结局就是“太累了，改天再见”，答案只有一个，就是对方对我不满意，认为完全没有见的必要。

“对了，还有个事。”林嘉琪放下小白站起来，到房里去端着她的笔记本出来，打开网页，“你看，八周刊的论坛上刚刚爆出的新闻，说苏祥病重，命在垂危。”

苏祥就是苏云骋的爷爷。如果苏祥去世，那意味着他手里RT的股份就会成为遗产被拿出来分配。假若他没有立遗嘱说明要把RT留给苏云骋姐弟，苏云骋的两个伯伯分到了股份，苏云骋姐弟在RT的地位就岌岌可危。

“会不会是谣言？”我问。苏祥已经将近90高龄，近些年的身体状况一直不是很好，网上几次爆出苏祥去世的假消息。

林嘉琪摇头：“原本我也觉得是谣言，可是你想，原先苏云芝是要在6号才回来的，现在却莫名其妙提早了，不是很怪吗？而且你也说了，苏云骋的脸色很不好。晚上你打他电话一直都是留言信箱。跟姐姐见个面而已，何必要把电话转到留言信箱？说不定是在苏家大宅里。”

我的脑子里迅速出现无数男男女女各怀居心，围绕在一个豪华大房间里，房间中间一张大床上躺着个奄奄一息的老头的

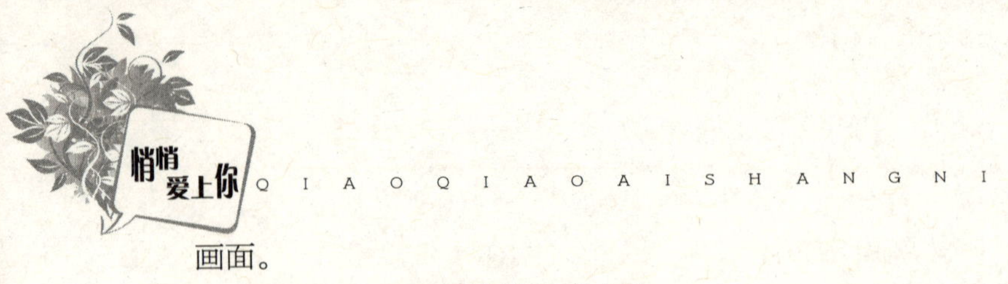

画面。

难怪晚上苏云骋的脸色那么差。

Chapter08　十年前的未婚妻

回到家的时候，大厅里还亮着灯。

妤姐给他开的门，一见他脸上就笑：“小少爷，你回来了？饿吗？炉子上还热着莲子羹呢。”苏云骋摇摇头，表示不用。

妤姐是苏家老宅的佣人，今天家里祖母得知苏云芝回来，特地派过来照顾起居的。这个时候，苏云芝还没睡，坐在大厅里的沙发上看着电视。

苏云芝的身材很娇小，一个人孤零零地坐在大沙发上，眉目间神色疲惫，更显得有点虚弱。

对于苏云骋的到来，苏云芝有点惊讶：“我还以为你会在自己的公寓住呢。”这间屋子是苏云骋父母在世的时候他们一家四口住的屋子，自打十五年前离开C市去美国念书，他便鲜少有机会在这住，尤其是苏云芝把公司交给他打理自己去了欧洲以后，他在外面置办了自己的小公寓。

苏云骋将外套交给妤姐，走过去坐在苏云芝边上：“姐姐你在这，我当然得回来。”

苏云芝闻言便舒颜笑了。“这屋子真大，真空。”她抬起头，打量了一下大厅。父母去世的时候她已经16岁，所有的记忆都已经成形，现在想起过去在这里生活的点点滴滴，难免觉得悲伤惆怅。

一转眼，竟已经过去了二十年。整整二十年。

苏云骋点头附和，但未发声。姐弟俩就这样沉默了下去，偌大的空间里唯有电视里的女主播用甜美的声音介绍着新开的一家高级会所的声音，一时之间，空气里有点尴尬的意味。

片刻，还是苏云芝打破了沉默：“说吧。”苏云芝知道苏云骋回来必定有话要说，关于那个方悄悄的。

实际上，她在英国的时候就知道了方悄悄这个人的存在，这当然得益于她弟弟那场正经八百的记者会。不过，她是不太信这是真的，尤其是宋文轩行长在英国留学的儿子宋君正跟她提过宋老太非常喜欢这个方悄悄之后，再把RT正在争取银行项目的事情一联系，也猜了个八九不离十。

她一直知道自己这个弟弟在商场上的作风比她更铁腕，几乎是为达目的不择手段，所以也放心把RT完全交给他。

便也没把这件事放在心上。

这次提前回国是因为爷爷忽然病倒，而在Chocho’s和那个方悄悄的偶遇，也的的确确只不过是个偶遇而已。可没想到，等她见了苏云骋之后，他居然提出想要三人一起吃个饭。她这才发现有了问题。

苏云骋失笑，姐姐还是和以前一样犀利。“姐，为什么你不肯见悄悄？”她推说累了，可是苏云骋知道这只是借口。苏云芝脸上一丝波澜都无，反问：“我为什么要见她？无关紧要的人，没有见的必要。”

“姐，悄悄她……并不是无关紧要的人。”

“云骋，你不要忘了，你是有婚约在身的。”苏云芝打断弟弟的话，正色警告他。苏云骋的表情僵了一下。

没错，他是有婚约在身的人。不过是十年前一次聚会上，两家人玩笑许下的承诺。对方也算是苏家的世交，姓李，多年前就移居瑞士，家世教养一样不缺。可这几年来他都不曾见过那位“未婚妻”一面。

如果不是苏云芝忽然提起，他险些都要忘记这件事了。

“那只不过是玩笑而已，怎么当真？”十年前，他才16岁，那时候姐姐掌管公司，遇到了前所未有的困境，而他那两个伯父又趁机兴风作浪起来。他们需要帮助，而正好就在一次聚会上遇见了这家世交，为了争取他们的帮助，苏云芝替他为对方10岁的女儿口头订了亲。

“你不喜欢媛媛？”苏云芝问。媛媛就是他那位“未婚妻”的小名。

苏云骋诚实回答：“当然喜欢，但也只不过是兄妹般的喜欢。那个时候媛媛才10岁，我能对一个10岁的小女孩产生爱情吗？”那也有点太荒谬了，他可没有洛丽塔情结。

“可当年你也是点头答应了的。”

苏云骋很是无奈。当年的确是他自己点头答应了的，16岁的年纪，也已经有了是非判定能力。可当年的他，真的不过一心只想帮姐姐脱离困境，还带着要让两位伯伯美梦落空的复仇快感，再加上媛媛的确也是礼貌得体的孩子，他才点头答应的。

苏云芝看着自己的弟弟。其实她也不愿意逼他做不愿意做的事，尤其是逼他娶不愿意娶的人，可这婚约毕竟是订下了，还是自己这方先提出的。李家也算是名门望族，即使现在在瑞士也有不少人认得李家。虽然这件婚事订得低调，可或多或少还是有人知道，要提退婚？她想都不敢想。

不是怕对方死赖着不答应，相反她倒是觉得，假如苏云骋

真的提出解除婚约，对方绝不会多做纠缠，可这脸面，这交情，可都没了。

所以她不得不劝住苏云骋。

“你要知道，不仅当年我们能渡过难关全靠了李家，就是这些年，就是你接手了RT之后，能把RT做得这样有声有色，也少不了李家的支持。你现在要退婚，做最好的打算，李家不为难我们，但要他们再帮我们那是绝对不可能的了。以我们现在的实力，你有信心跟那两个老家伙对抗而万无一失？再者，现在爷爷病重，是个很关键的时刻。如果他将RT的股份留给那两个老家伙，我们就失去了对RT的掌控权！”

“姐……”

“不用说了。我知道你和方悄悄是什么时候认识的，就当你们一见钟情都还不过两个月，能有多深的感情？”两个月的感情，就能刻骨铭心、终身不忘了？20年前的她或许会相信。“那个女孩子，你趁早断了，给她点补偿，一份好的工作，一笔钱，都可以。”

“姐！”

“你要下不了手，那就由我来做这个坏人。”苏云芝站起来，“晚了，早点睡吧。”

苏云骋回到自己屋里的时候心情很是沉重。他心里明白姐姐说的是对的，自己犯了个大错误。

那晚在紫荆花厅，他不经意间抬头，居然看见方悄悄在二楼的栏杆后面。那时她正起身离开，表情郁结，眼角泛红。他目光落在距离自己不足一米处，正和唐咏诗相拥着跳舞的宋江航身上。

刹那之间，险些有冲过去朝那张俊脸挥上一拳的冲动。

当然他克制住了，可忍不住还是上了楼，心情复杂。然而在阳台上，方悄悄告诉他宋江航是她亲弟弟这个真相的时候，他先是呆住，然后心底就有微微的喜悦渗透出来，开始如清泉渗透石背那般细，等他下了楼，仔细回味过来的时候，那喜悦之心就如喷泉般涌起了。

所谓置之死地而后生。

一时忘乎所以，居然还用一千三百五十万的价格拍下了那只显然不值这个价钱的钻表，送给岳灵珊。

然后，他也不知道自己是存了什么心态，在晚宴结束的时候让司机先送岳灵珊回去，而自己却在一楼等着方悄悄。其实那时候他并未想太多，就是莫名地渴望见到她。

后来发生的事情，就那样不受他自己的大脑控制了。

蒋清柔就曾警告过他，不要轻易把悄悄带进他们的世界里，豪门似海深。他有些后悔了。格桑花应该开在草原上，玫瑰花应该插在漂亮的白瓷细颈花瓶里，万物各司其位，才是最好的。如果他当时够清醒一些够理智一些，都不会把她拉进他的生活里。

他实在不够有信心，能将她保护周全。

苏云骋坐起来，打开床头柜的抽屉。虽然长期锁在抽屉里，相册封面上还是落了些细微的尘。他抽了纸巾，细细地将封面擦干净，然后打开。

他小的时候，RT正值上市的关键时期，父亲总是很忙，所以一家四口的照片里也鲜少有父亲的身影。照片里有他，有苏云芝，还有他们的母亲，一位同样出身于豪门的闺秀。

母亲是独生女，生他的时候已经是三十五岁，她去世时已经过了四十，照片上的母亲笑容平和恬静，眼角隐约有了岁月的痕迹。

以前小的时候他不明白，长大之后听姐姐讲了一些，加上自己模糊的记忆，才想起过去的一些细节，知道虽然母亲出身豪门，可因为是独女，除了年迈的父母，娘家再无依靠，所以在家里也时常被两位伯母排挤欺负。父亲小二伯五岁，小大伯

七岁，自小也不被两位哥哥喜欢，甚至生意上也常常作对。

姐姐曾说过，他还未出生的时候，因为这一支没有男丁，所以一家三口在苏家的境况曾经非常困难，父亲资金周转不灵向祖父借款，大伯母却在一边说："反正也没有儿子继承，生意做那么大有什么用，保得住吃穿就差不多了。"后来也就真的没有借到。

那悄悄呢？

若没有足够的娘家背景，她真的嫁了过来，能忍受得了这一切吗？

他真不敢拿她一辈子的幸福去赌。

这时候手机响起来，他拿过一看，又是苏又青那个小丫头。

"喂，小叔？你在哪儿呢！快来接我！"一听声音就知道这小丫头又喝多了，想去他家蹭住一晚，免得回去被她那个严厉的老妈家法伺候。他拧眉："没空，正烦着呢。我晚上住芝水大宅。"

苏又青"咦"了一下，才想起什么似的："小姑回来了？"但又迅速抓到了新的重点："你烦什么？说出来给宇宙超级无敌美少女苏又青听听，说不定我还能给你拿个主意。"

不给他捣乱就不错了。

虽然这么想着，还是不由自主地把自己的烦恼告诉了他。或许在心底，也是想找个人来倾诉的。

苏又青听了之后在电话那头呆了半秒，然后才讷讷地："小、小叔，你真的恋爱了？这都是怎么回事嘛，怎么天底下的帅哥都有了归宿，宋江航恋爱了，你也恋爱了，唉，真没意思。"

苏云骋忽然直觉觉得，苏又青这个小丫头是很可以争取的支持力量。"嗯，又青，你知道我的女朋友是谁吗？"

苏又青无精打采："哪家的大家闺秀啊？是周家那个矫情鬼还是钱家那个河马姐姐呀？你可别跟我说是岳灵珊，那我真心只能说一声，小叔您的眼光可真够次的。"河马姐姐是苏又青给钱家二女儿的外号，她总说对方走路看人都仰着头用鼻孔招呼，就跟动物世界里潜在水里泡凉把鼻孔露在外面的河马似的。

"你见过的，我开过记者会承认的。"

"那个？"苏又青来了点精神，"嘿，我听我妈说那肯定是你雇来的群众演员啊，虽然我妈也不知道你葫芦里卖什么药，但她可笃定了。"只要是跟她妈意见相左的东西，苏又青都很感兴趣，所以只要是不符合她妈挑媳妇标准的人，苏又青肯定是举双手双脚支持。

而关键的关键是，苏又青不像苏云骋其他几个侄子、侄女那样年幼时就出国留学，从小在苏家老宅长大，苏祥很疼这个重孙女。

"呃，当时的情况的确是这样的，不过后来……"

"哇哇哇，小叔，你别告诉我你们是日久生情情不自禁情非得已啊！你演偶像剧呢你！"苏又青在电话那头大叫起来，"虽然您是真长了副偶像剧男主角的脸，可我觉得那女的太漂亮了些，完全不堪任女主角啊！女主角你知道吗，得普通，得扔人群里一眼都瞧不见的那种。像我苏又青也顶多只能演个女二，就是那种明明又漂亮又能干，对男主角又一往情深，可男主角非瞎了眼看不见的那种炮灰！"

"不是……"

"什么不是啊！小叔，我可告诉你，长得漂亮的女的没几个善良的。当然我苏又青除外啦。你不要陷得太深哦，小心人家是来骗你的家产的！"

苏云骋有点头疼，决定直接抛出杀手锏："她是宋江航的亲姐姐。"

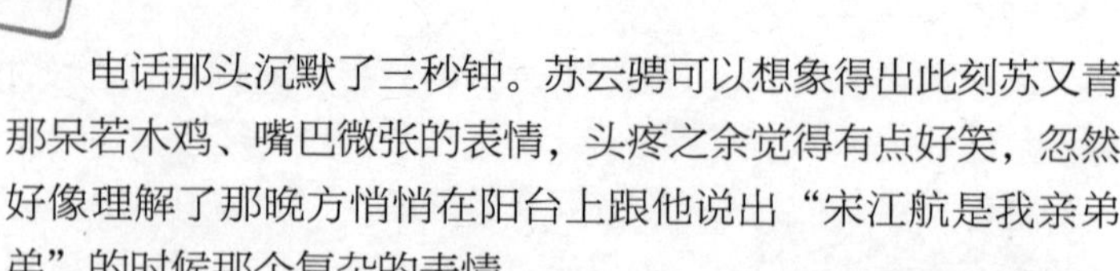

电话那头沉默了三秒钟。苏云骋可以想象得出此刻苏又青那呆若木鸡、嘴巴微张的表情，头疼之余觉得有点好笑，忽然好像理解了那晚方悄悄在阳台上跟他说出“宋江航是我亲弟弟”的时候那个复杂的表情。

“啊——小叔，你必须拿下她！”沉默之后的苏又青在那边爆发出一声尖叫，然后就听见她冲着边上大呼小叫的声音：“郑婷婷，方嘉怡！我告诉你们一个惊天大消息！我！我苏又青！要跟Aloys成为亲家了！亲家！哎，你们知道什么是亲家吗？”

然后又转过来对苏云骋说：“小叔，您真是太拽了，我真崇拜您！我什么时候可以见我小婶？她跟Aloys住一块儿吗？我方不方便去她家坐坐？”

好家伙，连“未来”两个字都省了直接就喊上了“小婶”。

苏云骋把手一摊：“你现在叫小婶还有点为时过早，我刚才说了，我正烦着呢。现在最大的麻烦是，我还有个未婚妻。”

“什么？什么未婚妻啊？啊？要不，我替你嫁了？哦，不行，对方是女的……”苏又青的语气是轻松加愉快，“小叔，你太俗了，非得搞出个未婚妻来。是不是觉得你这样身份的公子哥儿没个把未婚妻就上不了台面啊？”

“而且你小姑不喜欢她，我想爷爷也不会喜欢的。”

“没事儿！老爷子那我搞定。不过未婚妻那茬我可真心搞不定，你得自己解决。”苏又青一口应承下来，“我们说点正事，我什么时候能去我小婶家坐坐呀？”

对方的热情高涨，苏云骋有点受不住，默默地挂掉了电话。

不出他所料，苏又青肯站在他这边大力支持，想来爷爷奶奶那也不会是问题。现在最关键的是，他那个未婚妻。

要怎么解决？

第二天见面的时候，他犹豫再三，还是决定把这个事情坦白从宽。

悄悄愣了愣，而后又笑了，拿筷子敲了敲他脑袋：“苏云骋，你昨晚是看了哪一出偶像剧啊？我就纳了闷了，怎么是个富家少爷都得有个未婚妻啊？话说这些公子哥儿也真是的，看了这么多年电视，都知道日后有可能会有自己的真爱跑出来，就老喜欢早早地订个未婚妻，到时候给自己的爱情道路添点障碍，给真爱心里添堵。”

然而他的表情很严肃，悄悄脸上的笑容就慢慢地消失了。

她沉默了一会，才问：“是真的？”眼神里还带着点不相信，指望他忽然嘻嘻一笑说：傻瓜，逗你玩的。他倒真心想这样嘻嘻一笑，可现实不太给力，只能点了点头。

唇边的笑意彻底消失，她抿了抿唇，微微低下头去，又抬起眼来，问：“那现在是什么意思？告诉我你有未婚妻的，我们只能做情人，让我做好一拍两散的心理准备？”她很激动，可又拼命地控制着自己的激动，握着叉子的手微微地颤抖着。

苏云骋心里一阵难过。他竟让她在跟自己在一起的第四天就难过了。

“当然不是。我想告诉你的是，我爱你，并且我打算长久地保持着这份爱。”他语气诚恳，目光真挚，让悄悄的脸色稍缓，“那个未婚妻，是在十年前我姐姐替我订下的。十年前我才16岁！好吧，我承认当年我也是点了头的，可……我真不爱她。”双手越过白瓷的碟子，覆盖在她的手上。

“这件事我会处理好。我告诉你，只是因为我不想瞒着你。”他看着她，“相信我。”

悄悄犹豫了一下。

“她是什么人？大家闺秀？生意上合作伙伴的女儿？”

“是大家闺秀。姓李，才20岁。早年全家就已经移民去了瑞士，现在主要的生意都在欧洲，苏氏许多在欧洲的生意都要靠他们帮扶。”

悄悄的目光暗沉了一下：“那，她人怎么样？”

苏云骋的心也跟着痛了一下，虽然知道这答案对于她来说有点残忍，但还是如实回答：“我有七八年没见过她了，但最后一次见她的时候，她……称得上是漂亮，也很懂礼貌，李家是书香世家，家教很好。”

话未说完，对面的眼眶已经红了，鼻子也皱了起来：“哟，还真挺不错嘛。怎么看都跟您是天生一对，地造一双，官配CP啊。”

看着她吃醋的样子，虽然胸口也还堵着，苏云骋还是乐了一乐：“怎么，吃醋啊？”

悄悄白他一眼：“我从小是打酱油长大的。”

“少吃酱油多吃醋，有益身心健康。以后你可以多吃点醋，我挺爱看你吃醋的样子的。”苏云骋开玩笑。悄悄的脸上也终于有了点笑意，他再接再厉，将她的手握紧：“你放心，我会处理好。”

他对自己的心意有信心，但唯独不愿意赌上她的幸福。即使将来他为了各种原因放开了她的手，如今也是要跟李家说清楚的。

悄悄犹豫了一会儿，最终还是点了点头，表示了自己对她的信任。

吃完晚饭，他带着悄悄去了电影院。

悄悄一边仰头看着“今日放映”的牌子，一边还不忘嘲笑他：“嘿，我说你还真是……你谈过恋爱吗？我还以为堂堂苏少谈恋爱的方式也会别出心裁与众不同呢。就跟小说里写的似的，呼啦一下直升飞机就来了，呼啦一下我就到了什么马尔代夫夏威夷了，然后红毯铺地，鲜花点缀，红酒啊，牛排啊，大海啊，星空啊，这才衬得起你的身份不是。”

他头上有斜线三条，默默抓了一把爆米花，塞住她的嘴。

爆米花弥漫出浓浓的奶油香，他这才明白那天在轻风买衣服的时候她给他打领带，靠近的时候身上那股淡淡的奶油香是什么。

他当然是谈过恋爱的，不正经的那就不算了，半正经的也谈过不下一只手了，无一例外是大家闺秀，跟她的未婚妻一样。他也带她们去看电影，带她们去高级会所看一场二人电影，那里没有爆米花，但有牛排，红酒，法国鹅肝，北海道的鱼子酱。

在遇到方悄悄之前，他的品位是这样的：美丽，温柔，大方，得体。在遇见了方悄悄之后，他的品位就变成这样了：方悄悄，方悄悄，方悄悄，还是方悄悄。

“上次，你跟宋江航要看的那部电影，是什么？”苏云骋问。

“哦，《那年，时光回旋》。”悄悄指了指边上的易拉宝宣传海报，海报上帅哥美女，相遇在大片大片的油菜花田里。“看这个？”悄悄问。

苏云骋点点头，就看这个。他说过，大不了赔她一场电影。

放映厅不大，比他想象的要小。在他的记忆里，电影院是很大很空旷的，分上下两层，可以坐下好几千甚至上万号人。

悄悄白了他一眼：“那都是多少年前的陈年往事了，现在电影院都是这样一个小放映厅一个小放映厅的了。可以同时播好几部不同的电影。你说的那种一次就只能播一部，那是在电影资源稀缺的情况下，一个月两个月只有一部电影可以看的时候才行。真是out of fashion。”

苏云骋有的时候很不明白，悄悄嘴巴里那些稀奇古怪的语

言都是哪里来的，比如这个out of fashion，比如真心hold不住。他后来问起，悄悄回答的只有四个字："康熙来了。"

苏云骋有点纳闷，这又关康熙什么事？他是知道康熙曾跟洋人学英文，可out of fashion这样的词，他有点怀疑，真的是康熙说出来的？

过了没一会儿，观众三三两两进场了。苏云骋观察了一下，这些观众里要么就是一对对的情侣，要么就是三两结伴的女生，加上刚才那副海报和那个题目，他基本清楚了这部电影的基调——

文艺爱情片，还是赚热泪的那种。

果然不出他所料，故事讲的是一对年少时候相识的小男孩、小女孩，他们相依为命。小女孩因为意外失去了视力，所以从来没见过这个小哥哥的模样，圣诞节那天，小男孩为了帮她偷一个音乐盒爬进了大户人家的房子里，小女孩在大雪里等，没有等到哥哥归来，却等到了屋子的女主人，告诉她哥哥因偷窃被打死的消息。

长大后的小女孩治愈了双眼，为了报复，勾引女主人的儿子，使尽手段，不断破坏她的家庭，结果毫无悬念，她爱上了女主人的儿子，最后选择了离开。

苏云骋对文艺爱情片没多大的兴趣，何况电影女主角长得还不如悄悄漂亮，看了一小半就有点发困，但悄悄却看得入了迷，最后结局揭开了谜底，女主人的儿子就是当年那个小哥哥，男女主角在一片油菜花海里重逢，她就哭得稀里哗啦的。

苏云骋连忙从口袋抽出手帕给她，眼睁睁看着自己那条价值上千的手帕毁在了她的眼泪鼻涕里。

看完电影出来天色已经有点晚，苏云骋送悄悄到公寓楼下。悄悄的脸上依然有哭过的痕迹，鼻尖通红，眼神也颇为忧郁。

“不过就是个电影，至于这么投入吗？”他觉得有点好笑。这一点上，她倒是和那些大家闺秀没什么两样的。

悄悄长叹一口气：“唉，电影里的男主角身上背负着那么大的枷锁，还是肯为女主角不顾一切啊。唉……”她瞄了一眼苏云骋，“不知道某些人呀，有没有这样的魄力。”

苏云骋脸上的笑意淡了一些。

那时候他牵着悄悄的手，走在她的左边，听到这个话，他站定，转身，轻轻将悄悄拥进怀里。

他没有说话，不敢说，但他心里的台词是这样的——

对不起，悄悄。我身上背负的，比他更多。假若有一天，我真的为这些放弃了你，不要怀疑我真的爱过你，爱着你，并且会一直爱你。

Chapter09 我是五百年前大闹天宫的那只猴子

那晚我的心情很沉重，在床上翻来覆去几乎一夜没睡，迷迷糊糊睡着了，居然梦见一个面目模糊的女人居高临下地看着我，指着我鼻子骂我第三者。第二天起来的时候，我觉得我完全可以胜任我国国宝一职。

林嘉琪打着哈欠靠在门边：“方悄悄，还有两天就是RT的周年庆晚宴了，你这副样子，换做我是苏云芝，都不想认你做弟媳。”这家伙，从来都只知道落井下石，我的抗打击能力就是这么多年被她锻炼出来的。不过，大概无论我怎样，苏云芝都不会愿意认我这个弟媳的。

那还有个姓李的大家闺秀未婚妻在呢。没了唐咏诗，自有后来人啊！

想到这件事，我就很没有精神，但，饭还是要吃的，钱还是要挣的，班还是要上的。

到了公司，J早已经到了。

“今天我要再去一次片场。”他一边涂指甲油，一边给我和林嘉琪翻了个媚眼，我有点受不住，默默地打了个哆嗦。“姓徐的那个娘儿们，我要是不去啊，一准会抓机会给我各种使手段，妨碍我的玫瑰系列展现最亮丽的光彩，我得去看着才行。”

“姓徐的那个娘儿们”是J给徐倩雯的专属称呼。

其实凭良心讲，徐倩雯还是一个不错的上司，只是同行相轻，她的实力又的确略输J一筹，所以总是有意无意地针对J，不过一向也是光明正大，不会使阴招，毕竟她是C&V的太子妃，C&V将来也是她老公的。

只不过J的性格就是这样，一旦看不顺眼了就会觉得对方到处都是毛病，处得来的呢就会掏心掏肺，比如我和林嘉琪，偶尔迟到早退的他都是睁一只眼闭一只眼。

“虽然我的‘玫瑰之心’被苏少买走了，不过就凭我那条‘钻心’手链，做本季的主打也还是绰绰有余，要不是姓徐的娘儿们趁我不在跟董事长死缠烂打……方悄悄，都是你害的我！”J一边走一边扭，一边给我翻白眼，我急忙低头虚心认错：“是是是，是我的错。我罪该万死罪无可恕罪及九族，不过这也给你长面子了不是？”

J翻着白眼想了想，觉得我说的也对，于是不再说话。

我找了借口没有跟J去摄影棚，反正我也只不过是个小助理，加上这段时间我为这件事忙前忙后跑了很多次，J犹豫了一下，答应让我留在办公室里偷得浮生半日闲。

其实我只是不想在公众场合跟唐咏诗见面，这家伙最近对我黏得很紧，老约我吃饭喝茶看电影，搞得我都要怀疑她是不是其实喜欢的是我，但是碍于性别无法开口跟我表白，所以才看上了宋江航，走的是不能跟你在一起也要做你的家人的路线。

虽然理智告诉我她是在走大姑子路线。

但为了保险起见我还是打算能避就避，否则让林嘉琪和J知道我和唐咏诗这么熟，必定会被刨根问底挖出我和宋江航的关系，到时候我最好的结局大概就是被碎尸万段。

J说过的，闺蜜之间最大的死穴就是抢男人和欺瞒，无论中了哪一条再好的闺蜜都可以化友为敌。他说这话的时候振振有词，完全忘记了自己从生理角度上是个百分之百的男人。

其实我最近也已经开始在考虑要怎么跟林嘉琪开口坦白我和宋江航的关系了，毕竟林嘉琪是我唯一的闺蜜，这件事迟早她都是要知道的。但在保证我的人身安全之前，我坚决不会开口，尤其是在我见识过林嘉琪是怎么对付她那脚踩两只船的前男友，把他弄得在C市混不下去，收拾包袱跑回老家之后。

J临走的时候交代了我一件事情，要我去一家二手名牌包店替他拿一个LB限量版的手提包。这个手提包是年初才上市的，当时抢包的风潮可谓是空前绝后，当时J想抢却没抢到，为了这件事在办公室里整整阴郁了一个月心情才回转。怎么这还不到半年就沦落到二手名牌店里去了？

“不知道呀，不知道哪户阔太太又倒霉了。”J风骚地扭着腰肢，“店员打电话给我说那位太太预约了下午去交包包，你也知道这个包包太抢手，虽然我是超级VIP，但是店里也不能为我留，只能第一时间带现金去抢咯！悄悄，我能不能抢到这个包包就靠你了，fighting！”

他学着韩剧女主角一手握拳双腿微微下蹲，我看得有点想吐。

这种限量版的包包，阔太名媛们买回去就算是用腻了也会在家里收着不会拿到二手店去的，肯出卖就说明经济状况出了问题不得不卖包接济了。想到这一点，我也心地很善良地为那个不曾谋面素不相识的阔太名媛难过了一把。

但是我万万想不到，这倒霉的阔太居然会是姚银珠。

姚银珠在看到我的那一刻，脸色非常窘迫，抿了抿唇，假装没有看到我一般穿过我，径直把手里的包交给店员，低声说：“东西在这里，你们验收吧。”这话，听起来怎么有点非法交易的感觉?

店员麻利地收过包包检查起来，半分钟之后抬起头来微笑：“没错，是正品，请您到那边去办理手续。”然后又转过头来笑眯眯地对我说：“方小姐，包包你是现在就拎走还是需要打包？”

姚银珠在听见这句话的那一刻迅速地回过头来，脸上的神情简直可以用绝望两字来形容，仿佛是在说：“怎么会是你？”

此时的我真是尴尬极了。

该死的J，好死不死派给我这样一个活儿，要是知道卖包的倒霉阔太是姚银珠，打死我我也不会来。

姚银珠此刻的心情我明白。一个当年抢了你男朋友的第三者，还在婚礼上跟你炫耀，结果呢，却发现你找了一个比她老公有钱好几百倍的阔少，还为了老公的事业不得不低声下气求你。这大概已经是足以让她难堪想死了，但最难堪的居然是——

当她经济出了问题需要倒卖包包维持生活的时候，买她包的人还是你。

这种风水轮流转皇帝轮流当的戏码，真是让人生不如死。

可是，这个时候我作为反败为胜者，不是应该沾沾自喜，扬起下巴用鼻孔藐视对方才对的吗，为什么我也觉得尴尬得想死？但，生活永远比电视剧狗血，我原以为这已经是反转剧的最高境界了，第二天吃早饭的时候我问及苏云骋，才知道原来他入股了度假村之后迅速鸠占鹊巢，吴建宇最后寄托在度假村上的希望就如清晨海面上的泡沫一样破灭了。

难怪，姚银珠话都不肯跟我多说一句。

“你该不会是为了给我报仇什么的才这么心狠手辣的吧？”我有点不安，毕竟我和姚银珠也算是和解了，虽然还不至于到化敌为友的地步，但如果姚银珠、吴建宇为了这件事真的想不开那个什么了，我还是有点我不杀伯仁，伯仁因我而死的愧疚。

苏云骋还在处理公事，百忙之中从文件里抬起头来白我一眼：“自作多情。”

我被噎了回来，心情很是愤愤不平。

“你那个未婚妻的事，处理得怎么样了啊？”我戳着碗里的糯米饭，无声地抗议自己已经吃饱了，然而苏云骋无视这个事实，坚持要求我把剩下的两口饭吃完才肯放我去上班。我瞄了瞄手机，已经八点半，我已经迟到了。

C&V对于迟到的惩罚是很严厉的，一个季度迟到第一次扣工资的5%，迟到两次扣20%，迟到三次那一整年的奖金都可以算泡汤了。虽然J对我和林嘉琪很包容，常常帮我们瞒着，但是如果被徐总监逮了个正着，那就是董事长求情都没有用的了。

昨天我就被苏云骋拖着迟到了一次，好死不死还被徐总监逮住了。后来我在电话里跟苏云骋抱怨，他云淡风轻：“才5%，我给你加50%。”对此我相当无语，前两天还口口声声要我爱的是他而不是RT的苏少，转眼就拿钱来砸我。而苏云骋对此的解释是：“可我毕竟真的还是RT的苏少呀！”

唉，从小使用特权，用钱砸惯了人的苏云骋，怎么可能一下子改得过来这个臭毛病呢。这么说起来还是宋家的家教好，宋江航从小在蜜罐里泡大的，但是他爸他妈坚持女孩富养、男孩穷养的原则，除了必需的生活费坚决不给他多一分钱，倒是老隔三差五地问我钱够不够花呀，有没有买新衣服啊，明里暗里试图塞钱给我。

当然我一概都很有原则地拒绝了。

提到这件事情，苏云骋不敢敷衍我，正色端坐，摆出一副做报告的姿态：“报告领导，这件事情我正在着手进行中，目前还尚未打草惊蛇。有必要的话，我会亲自飞去瑞士一趟向对方说明情况。不过目前最重要的事情，是RT的28周年庆晚宴，我觉得领导大人你很有必要好好准备一番。”

“切。”我被他严肃正经的语调逗得有点乐，将最后一口饭塞进嘴里，“宋阿姨会来吗？”

苏云骋恢复了常态：“不会，不过宋行长和他夫人会来。你放心，到了那天晚上项目合作的事情已成定局，就算告诉他们我们之前是装情侣骗他们的，也改变不了任何事情了。”苏云骋看着我，问，“你要跟他们坦白吗？”

我连忙摇了摇头：“不用了不用了。”虽然我很不想欺骗宋老太，毕竟她是真心地喜欢我把我当成孙女一样疼爱，而且我和苏云骋能走到这一步不得不说她居功至伟，但是反正现在我和苏云骋真的在一起了，那也就不算欺骗了不是。

想起这件事，我就不由得想起刚刚和苏云骋认识的时候他那副用鼻孔看我的倨傲的样子，尤其是我去找他要回“玫瑰之心”的时候，他居然误会我是那种死缠烂打的女人来找他讨好处，呸！

我越想越愤懑，忽然眼珠一转一下子计上心来，敲了敲苏云骋面前的豆浆杯子：“苏云骋！”

“嗯？”

“说你爱我。”

苏云骋有点讶异，半秒之后微一挑眉，启唇：“我爱你。”

“说你想我。”

“我想你。”

“说你是猪。”

苏云骋放下手中的文件，看着我：“你是猪。”

我摊手，好吧，这一回合我败了。不甘心，又来了下一轮——

“说你爱我。”

“我爱你。”

“说你想我。”

“我想你。”

“说你爱猪。”这句话说出口的一刹那，我已经后悔了。

苏云骋的表情有点扭曲：“我爱猪。”

我从来不知道，自己的智商居然可以低成这样。

结账的时候苏云骋掏了钱包出来拿卡，正好这时候一个电话打来，苏云骋站起来走到边上去接电话，钱包就那样摊在了桌子上。无意间我的目光扫过，隐约看见那钱包里夹着一张照片。

其实我早就注意到那张照片了，几次有意无意地眼神掠过，看得出来那应该是个女的。但我又想那应该是苏云芝的照片，就一直没放在心上。

一时好奇，我伸手去拿过钱包。

照片上的女人不是可能是苏云芝。因为那是一张合照，苏云骋也在边上，看起来大概是十七八岁，而那少女，看起来大概十一二岁。

相差六七岁。

我心一沉——苏云骋的未婚妻，那个姓李的大家闺秀。

瓜子脸，漂亮的五官，优雅又不失灵动的气质，是个美女。

照片上苏云骋和对方很是亲密，手挽手并肩站在一起，脸上的笑容，我看得出来那是发自内心的。

心里有一百种念头不断掠过，每一种都如针如刺一般扎得我坐立不安。不知是出于什么心态，在苏云骋回来之前，我将钱包原封不动放了回去，掏出手机假装自己在看短信。

苏云骋回来，脸上的神情有点不对。

“我有点事，我们走吧。”

苏云骋离开的时候脸上的神情让我很不安，直觉告诉我，肯定与那个“未婚妻”有关。

真是俗透了的情节，可惜我偏偏卷了进去。

刚到公司我就接到了宋江航打来的十万火急的救命电话：“姐！完蛋了！怎么办啊！我死定了死定了死定了！这回你一定要救我，否则咱们宋家可就要绝后了！”他在电话那头一阵哇哇乱叫，我的耳膜都快要被震破了。我连忙把电话拿出去一米远，直到话筒里没了动静，才收回来：“一大早的你跟见了鬼似的号个什么劲儿？怎么了怎么了？绝什么后啊？你该不是自宫了吧？”

电话那头深呼吸了一下：“我妈说，她买了机票，明晚就到加州看我。”

虽然我看不见电话那头宋江航的脸，不过我能想象得出来他此刻的表情，从来都把自己的快乐建立在宋江航的痛苦之上的方悄悄，心情一下子明亮起来：“哎哟喂！这可怎么办才好哇？啊？你说你妈要是发现你早两年就办了休学跑回来，还半只脚踏进了娱乐圈，她会不会直接把你拎回去终生软禁呀？”

宋江航倒吸一口冷气：“姐，好姐姐，你一定，一定要救我！你只要帮我拖住她一天！一天！我马上订机票回加州！”

“什么价钱？”

宋江航犹豫了片刻，然后痛苦万分地：“我收藏的那套甜甜私房猫手办！”

“成交。”挂了电话，我乐悠悠从茶水间转进办公室，林嘉琪看我的样子，有点疑惑，把手上的文件夹往我脑袋上一拍：“笑得这样奸诈，发生什么好事情了？说出来大家乐呵乐呵？”

我微微一笑："没事，朋友家的狗找水喝掉马桶里了。"

林嘉琪在听到这话之后，眼神担忧地看了一眼我桌子上那张我和小白的合照，没有说话。

紧接着我打了个电话给宋江航的妈。其实也就是我妈。

我妈在接到我电话的时候声音显然是又惊又喜："江晴，你怎么会给妈妈打电话呀？"宋江晴是我爸妈在认回我之后给我取的名字，但一直以来我都是固执地用着养父母给我取的方悄悄。

说实话，我上次主动给她打电话是什么时候了？是一年前我养母去世的时候，我打电话通知她这个消息吧。

他们来认回我的时候我已经12岁了。上大学的时候，我们现代汉语的老师跟我们说，小孩子学外语最佳的年龄就是12岁以前，这个期间学习外语的难易度就跟学习母语差不多，过了12岁，那外语就真的是外语了。虽然学外语跟这事儿关系不大，但也足以证明12岁真的是一个很关键的年龄。

我一直以来都把我的养父母当做是自己的亲生父母，至于他们俩呢，对于我来说不过就跟普通的叔叔阿姨没什么两样，始终亲不起来。

所以这一回我打电话回去，我妈在惊喜之余也有点隐隐的担忧："你是不是出什么事了，啊？是不是有什么困难啊？"

对于一个有良心有孝心的人来说，老妈都问出这种问题了，打死也不能再欺骗她了。可既然没打死，那我只能硬着头皮上了。"没事，就是想请你帮个忙。"

"哦！"电话那头明显松了一口气，"没事就好。说吧，怎么了？"

"后天早上香港不是要开始发售那个LB的限量版手提包吗？我特别想要一个，但是公司这边实在是请不了假，您能帮我去一趟香港买一个吗？"LB的限量版一向抢手，明晚发售，估计不出几个小时就没了，所以她要帮我买包最起码就要后天早上才能上飞机，那到了也得是大后天了，那时候宋江航已经在那边布置好假象等待她检阅。

“后天早上啊？这……可我下午就要上飞机了呀……”对方犹豫着。

为了宋江航那一套珍藏版的私房猫手办，我决定拼了：“妈，我是非得要买到那个包不可。其实不是我想要，是我朋友特别想要。我已经答应人家了……”

应该是我那一声“妈”起了作用，电话线那头的我妈情绪有点激动：“成成成，妈一定给你买到，啊！你放心！”

挂了电话，我内心升起一阵愧疚感。

林嘉琪不知道什么时候飘到我身后：“你哪个朋友想要LB的包啊，我怎么不知道？该不会是那个狗掉进马桶的朋友吧？方悄悄，你这背着我都交了些什么乱七八糟的狐朋狗友啊？”

我嘿嘿一笑没有回答，一边想如果林嘉琪知道她口中的狐朋狗友就是宋江航，会不会有撞墙自杀的冲动？

很久很久以后，那时候我已经搬离了我和林嘉琪的小公寓，正式入住苏云骋的爱心小窝，我终于鼓足了勇气告诉了林嘉琪其实宋江航是我弟弟这个事实。

我只能说，我从没见过林嘉琪的脸上有这么多丰富的表情，就跟幻灯片似地一张张掠过。

然后……

就没有然后了。总而言之，在林嘉琪的辣手摧花之下，我还是坚强地活了下来。

当天晚上宋江航就收拾了行李迅速地飞往加州，唐咏诗和我在机场跟他深情告别。

送走宋江航，我打量了一眼唐咏诗，运动衫鸭舌帽，嘴巴上还戴个大口罩，怎么看怎么都不低调。这明星们还真奇怪，逛个街吧，口罩墨镜一起上，你说你这副装备往人群里一扎，那得多显眼啊，这不明摆着告诉大家："嘿，我是明星哦，快来看我！"

好在大晚上的机场人也不多。

鉴于唐咏诗的艺人身份——虽然我觉得更需要担心的是宋江航的那群花痴粉丝，他们俩的恋情被瞒了下来。好在宋江航身为唐咏诗的经纪人，两人偶尔逛街吃饭被拍到都没什么关系。

"悄悄，我们晚上去happyhour吧！"唐咏诗有点兴奋，大咧咧地揽住我的肩膀。她是模特身材，一米七五还踩个高跟鞋，我一米六三的个子在她面前显得跟侏儒似的，真心不太愿意靠她边上。

对于她的兴奋，我有点疑惑："你这样子怎么看起来跟逃离地狱升天了一样，怎么，你跟宋江航已经到了七年之痒了？"

唐咏诗手一挥："什么呀！不过最近天天腻在一起，也是会有点烦的嘛！"看我怪异的眼神，她拍了拍我肩膀安慰我："你放心，我不是始乱终弃的人，我会对你弟弟负责的。不过再相爱的人也要有自己的空间的，对不对？"

好像，有点对。

"还有你啊，和苏少也不要太腻了。你要知道，男人呢就是那么贱的动物，你要对他欲擒故纵，让他觉得你除了他之外还有很多人追，他要是对你不好你就跟别的人跑了，这样他才会紧张你！"

唐咏诗对我的一番教导，我很受用，并且在今后的日子里还大张旗鼓地实践了一番，造成的后果很严重。

当然这是后话，我们暂时略过不表。

当下，我们打了车，去了唐咏诗常去的一家夜店：god'slove。

GL是C市有名的夜店，实行准入制度。这个准入制度不是所谓的VIP卡，而是你的脸。因为来这里的大多是明星公子哥儿，所以保安措施非常严格，曾有娱记想方设法乔装成啤酒送货员混了进去想要拍点劲爆的照片，被发现了。

后来，据说那个送货员当晚就消失在C市，至今没有出现过。

这地方我是第一次来，因为是唐咏诗带来的，所以毫无困难地进了门。进来之后，我发现这地方跟我想象中的夜店实在太不一样了，没有印象中的群魔乱舞，而是一个看起来不算年轻，但风韵犹存的女子在台上自弹自唱，唱的都是些个英文歌，我听不懂。

听说华娱去年那场选秀的季军许静盈也曾在这里驻唱。

吧台的年轻小帅哥一看唐咏诗就打招呼："Cecilia！今天带了新朋友来呀？这位美女以前没见过，怎么称呼？"

被小帅哥称为美女我有点受宠若惊："我是方悄悄，你叫我悄悄就可以了。"

"咦，你是苏少的女朋友啊！"小帅哥一脸震惊，连手里的杯子都忘了擦了，往边上一甩，急忙伸出手来："我是阿Bo，这里最帅最厉害的酒保！"

唐咏诗伸手啪地打掉阿Bo的手："无事献殷勤，非奸即盗！给我们来两杯红方——我要一半一半，给她三分之一吧！"阿Bo被唐咏诗抢白得很是委屈，扁着嘴去给我们倒酒了。

"哎？那个人不是林夏薇吗？"我发现了一个坐在角落里的身影。的确是林夏薇，可惜此时她一个人孤零零地坐着，看起来很是落寞的样子。最近她风头很盛啊，代言了一款很有名的饮料，坐地铁的时候天天在放那支广告，看得我都可以数出她有多少根头发了。

她不该这么寂寞孤独冷地坐在这里啊。

阿Bo把酒端过来，低声神秘兮兮地：“可不是林夏薇吗，这几天几乎天天都会来，就点一杯柠檬茶，一个人一坐就是大半天，有人上去打招呼，她也不搭理。哎呀，红了就是了不起啊。”他摇头晃脑地感叹着，语气里是满满的不屑。

我直觉觉得林夏薇不是这种人，就凭那晚她给我的那个微笑。不过以我跟她的交情，也还远远不到去开解她的地步。

说实话我的酒量是很不怎么样的，再加上平常没事能不喝就不喝，至今都在喝半瓶啤酒就开始发晕，一瓶下去开始难受的水平。但是人在江湖走哪能不挨刀，在这种气氛之下，我也跟着唐咏诗喝了四五杯，开始给我的还是三分之一红方掺三分之二可乐，后来干脆也一半一半来了。

结果就是，我醉了。

手机放在桌上不停地震动，我听见了，可真是抬不起头来拿，于是戳了戳唐咏诗：“喂……我电话……”唐咏诗也喝得晕了，指挥阿Bo：“Bo仔，给你悄悄姐接电话！”

然后我就听见阿Bo接起电话的声音：“啊，苏少……您好！我？我是GL的酒保我叫阿Bo……”然后，阿Bo顿了顿，声音委屈：“挂了。”

苏云骋？

我脑子里迷迷糊糊地转着这个名字，趴在吧台上睡着了。

当我醒来的时候，我在一个陌生的房间里。准确地说，是在一个陌生的男人的房间里。

当下，只能用五雷轰顶来形容我的感受。该、该不会……酒后乱性……一夜情……脑子开始飞速地运转起来，不断地出现红X网上那些总裁文的经典文案：“她因为失恋去酒吧买醉，谁知道醒来之后却睡在一个陌生男人的怀里！”

我、我、现在我该怎么办？我是不是应该“不动声色偷偷溜走，扔下一叠钱在他的床边，哼，大不了就当买他一夜”，然后呢，男人醒来之后就会气哼哼地想“该死的，她居然嫖了我！就算翻遍世界上每一个角落，都要把她找出来！”

掏钱……可是我钱包呢？我翻开被子，发现自己身上穿着一件女式睡衣，上面画着很大的一个轻松熊。衣服，不见了，包，不见了！

我连甩钱走人的机会都没有了！

怎么办？我现在多少也算个小名人吧，大家都知道我是苏云骋的女朋友，那个谁会不会拍了我的裸照？寄去要挟苏云骋给他一千万两千万？还是什么生意上的事？

苏云骋没有给我太多发挥想象力的空间，推门进来。看见我呆呆地站在床前，苏云骋的眉头拧起来：“唷，总算醒了。”

“你？”苏云骋？天马行空的想象一下子被无趣的现实拉了回来，我有点刹不住车的感觉，好似当头棒喝，一阵发闷。

苏云骋挑眉：“怎么？你还期望是别人？”他白了我一眼，“出来吃午饭。”顺便把一套新的内衣裤以及一件新连衣裙扔在床上。

看到那套内衣裤，我整个人都不太好了，低头感觉了一下……法克！我居然没有穿内衣裤！“昨晚你喝醉了，吐得一身都是。”苏云骋的表情很难看，紧接着又蹦了一句：“也吐得我一身都是。”顿了顿，又说：“还有我的车。”

我呆了呆。

谁能告诉我，这不是真的！

默默地拿起那套内衣裤——法克！这是什么玩意儿！这么薄薄的两小片布怎么包得住，就算包得住那也是半透明的啊！苏云骋这是什么惊天地泣鬼神的审美品位啊，太不可思议了！可是，现在这情况我不得不穿啊……

等我穿好衣服内心无比纠结地出了房间，才发现原来这就是上次我被苏云骋从“第一馔”带回来的那间公寓，只不过上次我是睡在客房，而这一次，我是睡在苏云骋房里。

餐桌上摆着三菜一汤，苏云骋从厨房里拿着碗筷出来，打量了我一番，满意地点头：“嗯，Lemon的眼光很不错。”然后把碗筷往桌子上一摆：“吃饭。”

原来这惊天地泣鬼神的审美品位是Lemon的，我在心里松了一口气，幸好没有找个大色鬼。

我默默地在桌子边上坐下。

喏，烧鹅，凉拌肚丝，拍黄瓜和紫菜蛋花汤。

估计只有拍黄瓜和紫菜蛋花汤是他自己做的，另外两道嘛，都是求助他工作台上那本外卖大全的吧。不过，由于心虚自己吐了他一身的事实，我忍住没有吐这个槽。

“这周末就是RT周年庆了。”我欢快地吃着烧鹅。

苏云骋给我盛了一碗汤：“是。”顿了顿，又说：“到时候你会见到我姐姐。”

在这个时候提到苏云芝，我不得不说实在很煞风景。我的直觉告诉我，她不喜欢我，尤其是在得知苏云骋还有个未婚妻以后。

忽然，我想到一件非常严肃的事情。

上一次我被带到这里来是自己从柜子里扒拉出苏云骋不要的衬衫来穿的，可这一次，我是内衣裤都没穿还穿着女式的睡衣，总不会是自己穿的了吧？

想到这个，我手里的汤勺“当”的一声落进碗里，溅得我一下巴都是汤渍。

苏云骋抬眼看了看我，表情疑惑。

“那个……昨晚……”我艰难地说。

“哦。”苏云骋表情一松，喝了一口汤，“是我帮你换的衣服。”

我觉得我整个人都要不好了：“所以，你……都看见了？”

苏云骋没有回答，但是，微微勾起了唇角。

半分钟之后——

“啊——”

周末狠狠睡了一觉，醒过来的时候已经是上午九点多了，缓缓睁开眼，明媚的阳光透过窗子照在对面的墙上，金色的阳光在房间里静静飞舞，我眯了眯眼，翻身起来的时候只觉得浑身酸软。小白跟我睡在一个被窝里，这时候被我弄醒了，很不满地咂了咂嘴巴，把脑袋埋得更深，继续睡去。

“猪！”我很不满地把对苏云骋的怨气都算到了他买的狗身上，伸脚轻轻地戳了戳小白的肚子，然后下了床。

RT的晚宴在晚上，现在时间还早。我套上拖鞋出了房间，小老人林嘉琪早已经起床吃完早饭在做瑜伽，看到我出来，她直起身子：“哎哟，紧张得睡不着了？平常哪个周末你不是不睡到十二点醒不来的啊！”

我笑嘻嘻地从锅里盛出她吃剩的甜薯粥：“唉，你觉得我要不要再去做一次护理？你看我脸颊是不是有点太干了啊？”我对着发亮的锅盖照了照，成功地让林嘉琪闭上了嘴，默默地劈了一个腿。

我很满意这个效果。

接到苏云骋的电话的时候，我正在化妆。电话那头的苏云骋的语调兴奋得有点夸张，就像此刻在我身后撒着欢试图把林嘉琪一双娃娃鞋上的金色蝴蝶结咬下来的小白。

我记得这双娃娃鞋林嘉琪是在好不容易等到它打折的时候花了八百块买来的，宝贝得不行，说它穿起来又舒服又百搭。我在脑子想象了一下晚上她回家发现小白干的好事之后惨绝人寰的尖叫，隐隐地为小白的生命安全有了些担忧。

“悄悄，银行的合同拿下了！”苏云骋在那头兴奋地叫，通过电话线我还听到那边嘈杂的欢呼声以及苏云骋对着下属们喊：“今天大家都提早下班好好休息，明晚在‘第一馔’请大

家吃饭！”

我鲜少有见到苏云骋这么兴奋激动的时刻，可以说是根本没有，可见银行这份合同对他的重要性极大，也难怪他当初对我还有点厌恶的时候也愿意花三百万来买我演一场戏。

说起这件事情，其实此刻我的心情很微妙。

RT与银行的合作达成，按照我和苏云骋原本的协议，我们俩假装是一对儿的戏码也就结束了。原本呢，这事情也就到此为止，从此以后我和苏云骋就该是分道扬镳，各自奔向幸福的人生康庄大道了。

但，世事就是这么奇妙，有的时候你以为会发生的事情，结果却不会发生，你以为不会发生的事情，却偏偏就发生了——这么绕口的一句话，总结起来也就是两个字：缘分。

合约女友的戏码就此结束，而我今晚马上要凭借RT的周年庆晚宴重新登场，这好像有点分水岭的味道。

于是我默默地在心里把今晚的盛宴当做是正式成为苏云骋真正的女朋友的仪式。

RT28周年庆典晚宴在苏家老宅举行。

这是我第一次来苏家老宅，也是第一次知道，原来不是所有有钱人都是住在崭新的郊外大别墅里的。苏家的老宅位于C市最大的市内公园后面，距离公园里的人工湖不足百米，两旁是林荫大道，将别墅与闹市隔开，在这寸土寸金的市中心有这样一栋楼，足以见得苏家财力雄厚。房子的风格是C市如今已经少见的欧式洋楼，在解放前曾经盛行一时，但随着近些年城市的拆建已经逐渐消失。

洋楼并不很大，最起码不如我一直想象的那样大，墙面有些斑驳，向我表明它经历的年月。

苏云骋派了张秘书开车接我，我下车，便看见他站在苏宅欧式黑铁雕花门边。

今晚的月色很好，他穿着黑色的西装，在月色下那张英俊的脸显得分外美好，于是我的心又不争气地狂跳起来，那频率简直跟赛跑似的。

看着眼前的情景，我的脑子里出现了一个很美的画面——

夜色，月光，月光下的城堡。城堡里正在举行晚会，而身穿燕尾服的王子站在城堡前，翘首等待着他梦里的公主的出现。而此刻，苏云骋就是那个王子，而我则是那个公主，一个被仙女施了魔法，穿上华服成为公主的灰姑娘。

所有女人心里都会有一个灰姑娘的梦——当然，原本就是公主的人例外。方悄悄不是公主，所以也有这样的梦。

此时的我，穿着美丽的晚装，静静地站在月光之下，而我的王子，就站在与我不足两米处，深情地凝望着我。我有点窘迫，扯了扯身上的晚装，红着脸："好看吗？"

苏云骋走近几步仔细看了看，目光落在我的胸前，然后拧眉，吐了四个字："一马平川。"

"……"谁借我一个锥子，我想要划花苏云骋那张欠揍的脸。

RT28周年庆虽然搞得声势浩大，但与大众有关的不是晚宴，而是RT旗下几家大卖场的周年庆优惠活动罢了，受邀来参加晚宴的人并不很多。RT的业务与娱乐圈无甚关系，所以几乎没有请什么明星，来的都是富家子弟和商业上的合作伙伴。

我挽着苏云骋的手出现在大厅里的时候并没有引起很大的轰动，尽管那些人看我的眼神有些特别，而那些女人们也不可免俗地凑头低声地讨论起来，毕竟我在一个月以前已经经由苏云骋在记者会上承认是他的女友。

桃色绯闻的受众群体永远是游离在绯闻世界之外的广大人民群众，而这些名字时不时都会出现在某个绯闻里面的阔少们是不太有兴趣的，今晚的晚宴虽然说是RT的周年庆，可是对于他们来说，不过是另一个寻觅合作伙伴和商机的交际场所。对于那些贵妇来说，八卦也得八卦出水准，堂而皇之地表现出她们对八卦的求知欲望是可耻的。

远远地，我一眼就瞄见了站在人群中的宋文轩行长和站在他身边的宋夫人蒋清柔。

苏云骋告诉我，RT与银行的合作达成，下午在RT已经签好了合约，而晚上宋行长会和他一起当众宣布这个消息。

看到苏云骋眼中的光芒，我觉得有点小小的激动。毕竟这其中或多或少也有点我的功劳，而且这次重要的合作，简直可以算得上是我和苏云骋的媒人。

我一进大厅，蒋清柔的目光就越过千山万水落在了我的身上，这时候她跟宋行长说了几句话，宋行长也看了看我，目光里有点难得的笑意，点头，然后我就看见蒋清柔朝我走过来。

“悄悄。”她一脸温柔贤淑，“你来了。”她朝我和苏云骋举杯，但是话却是对着苏云骋一个人讲的：“恭喜你。”

苏云骋微笑和她碰杯：“还要谢谢宋夫人的一臂之力。”

我有点闹不明白他们的对话，什么一臂之力？但是蒋清柔已经柔柔一笑，抿了口酒，然后对我说：“悄悄，我们去那边，我带你认识一下新朋友。”

我看了看苏云骋，苏云骋想了想，也点头：“反正我姐姐也还没来，你先跟宋夫人过去那边和大家聊聊，认识认识。”又对蒋清柔说：“麻烦宋夫人照顾悄悄了。”

蒋清柔抿嘴：“悄悄才是这晚宴的主人，怎么说是我照顾。”

后来苏云骋告诉我，其实这次和RT竞争银行这个合作项目的对手是飞程公司。飞程公司的刘少在商界是个厉害的角色，杀伐决断，很有魄力，所以竞争变得很激烈。我原本以为是我帮苏云骋争取了宋老太的好感，顺带争取了宋行长的支持，才让RT拔得头筹，但实际上这些不过是锦上添花——

商业竞争，哪里是有一点好感就可以决定胜负的。苏云骋要将错就错，继续在宋家人面前跟我扮演一对，不是为了争取好感，而是为了不要让宋行长对他反感罢了。真正让RT赢了卓氏拿下项目的，是宋夫人蒋清柔私自从宋行长的书房里偷出来的一份银行内部文件。

“飞程走错了路，耍错了手段，得罪了蒋清柔。”苏云骋耸肩，一副胜者为王的精神气儿。

而我也从这个故事里得出了点结论，看来豪门婚姻的确是金玉其外而已，能嫁入豪门的女人也都不简单，蒋清柔表面上看起来贤良淑德，发起飙来也是什么事都做得出来的。

当然那时的我还没有这诸多的感叹，被蒋清柔带着懵懵懂懂地走向大厅。

然后我看到了一个我非常不愿意见到的人——岳灵珊。

虽然来之前就做好晚上会见到她的心理准备，但心里还是有点很不舒服，浑身上下都戒备起来。这个人我其实只能算见过一次，但就跟动物世界里介绍的那样，小动物出生之后会把第一个见到的生物当做是自己的妈妈，我则在第一次见到岳灵珊的时候就对岳灵珊没有好感。

谁叫她手上还戴着那只一千三百五十万的手表呢。那是苏云骋送给她的东西，如今苏云骋是我的人，他的钱也就是我的钱，所以岳灵珊手上戴着的手表是花了我的钱买的。

就凭这一点，贪财吝啬的方悄悄也应该把岳灵珊列入敌人的列表。

“曼君，这是悄悄，你应该认得的。”蒋清柔将我带到岳灵珊的面前，对着她边上一个优雅的少妇介绍我：“悄悄，这是岳曼君，飞程的少夫人。”

那时我还不知道RT与飞程竞争银行合作项目背后的故事，也不知道找俄罗斯美女给宋行长享受是这个少夫人出的主意，当然就更无法领会到蒋清柔此时把我带过来耀武扬威的意思，但我迅速地抓住了重点，那就是这个女人她姓岳。

加上岳灵珊在她的身边，我有点明白了她们的关系。

于是，一向善于发扬连坐制的我也迅速把岳曼君划入了敌人的列表。

岳曼君却是微笑，朝我点了点头：“方小姐，久仰大名，宋老夫人常在我面前提起你呢。这是我堂妹，岳灵珊。”她妆容精致，小巧的五官跟岳灵珊有七八分的相似。

我原本是等着岳灵珊给我一阵白眼然后冷嘲热讽，借机又炫耀下她手腕上那只名表的，于是浑身上下每一个毛孔都已经做好了迎战的准备。对于我来说在这种场合如何骂人不带脏字杀人于无形，还是有点难度的，毕竟缺乏实践的机会。

没想到，岳灵珊却是微微一笑，落落大方地朝我点头：“上次我们在Chocho’s见过了。方小姐今晚很漂亮。”

当下我的情绪真心有点没收住，脸上的表情都已经酝酿好了，只等着她开始跟我各种炫耀得瑟之后，我冷然又高贵大方地哼一声表示各种不屑，然后一整晚挽着苏云骋甜甜蜜蜜给她致命一击，可没想到她却来一招以进为退，化戾气为糨糊，当时我就愣住了三秒钟。

我有点阵脚大乱。

幸而蒋清柔和岳曼君都没有看出来我此刻的不妥，有一下没一下地开始交谈起来，这其中的刀光剑影我已经无力去领会，因为我已经被岳灵珊的绕指柔击溃，就像一拳打在棉花上那样有点虚软无力。

这个感觉真是非常不好，让我对今晚有种出师不利的预感。

而这个预感，在我见到苏云骋的姐姐之后，成为了现实。

在看到苏云芝的脸的那一刹那，只有四个字可以形容我当时的感觉，那就是晴天霹雳，呆若木鸡——抱歉，这是八个字。震惊到了连字数都数不清的地步，你大概可以体会到我当时那种恨不得马上世界末日来临大家抱在一起死掉，这样就可以不用面对以后发生的事情那种绝望的心情了。

这清冷的眉眼，分明是我在Chocho’s遇见的那个“白秀珠”。

玉皇大帝，我上辈子是大闹天宫揭发了你和嫦娥的奸情吗，这辈子你要这样玩我！

我宁愿你找如来把我压在五指山下五百年，等待那个只会吃饭念经的小白脸秃驴来救我啊！什么苏云骋，什么白马王子，我不要可以吗？

在我想到唐僧也骑白马的时候，我彻底地相信了我就是那只转世的孙猴子。

这个认知让我心如死灰。

苏云骋的声音在耳朵边上嗡嗡响，我已经听不到他在说什么。岳灵珊微笑着站在身边，其实她此刻的笑容还算挺阳光，但在我看来就跟嘲讽没什么两样。浑身上下蹿起一股寒意，这七月盛夏，我觉得有种诡异的寒冷。

直到苏云芝面带微笑，表情自然地跟我打招呼，我才回过神来。“你好，方小姐。祝你晚上玩得愉快。”她朝我举了举杯，那神情态度，完全看不出来她在Chocho’s见过我，还被我当做是岳灵珊的朋友冷嘲热讽了一番。

我想，苏云骋的影帝天分是家族遗传的。

我心慌意乱，朝着苏云芝举杯的时候手都在微微地颤抖着：“你……你好。”我转过头，看见苏云骋紧张地观察她姐姐的神态的表情，他满怀期待，而我的心里忽然难过极了。

没有用了。

无论他多紧张，多在意，我早在三天前在Chocho’s就毁掉了我在苏云芝心里的形象。可苏云骋还不知道，还在殷切地期盼着他姐姐能对我有个好印象，能接受他爱的人。

方悄悄，叫你嘴贱，叫你爱面子。迟早你会因此死无葬身之地。

“方小姐的晚装很好看。是Chocho’s的？我没在Chocho’s送来的目录里见过这件晚装。”她颇有兴趣地打量着我的晚装，表情真挚，带着恰如其分的笑意。而她这样的表现却让我的心更加地沉下去。

她分明是知道这件晚装的来历的，在Chocho’s，她是看着我试这件晚装，也是听着Apple在边上唧唧喳喳地夸耀这件晚装的做工如何精致，是苏云骋如何请了巴黎总店的老工匠赶工出来的。但她却这样不动声色，仿若不知。

她不愿再提起我们上一次的见面，不愿意提起我那番此刻看起来滑稽可笑的炫耀，都在明白告诉我一件事——

她不愿听我的解释。

一切都已成定局。

而苏云骋浑然不知：“是我请法国总店的老工匠订制的，很漂亮吧？”苏云芝笑，点头：“衣美，人更美。”她夸耀着我，然而语气里没有一丝一毫的亲热，那种疏离已经表明了她的态度。

“谢谢。”我听见自己的声音细如蚊蚋。此刻的我只能说出这个简短的句子，因为再多一个字，我的声音恐怕会忍不住颤抖。我知道这个美好的夜晚已经被我毁了，但起码在苏云骋的心里还没有。

我不愿意看见他失望，所以努力要让自己演完这一场。

这时候音乐响起来，苏云芝侧耳听了听，笑着对我说：“这是云骋最喜欢的曲子，悄悄，你陪云骋跳一曲吧。”她的神情很柔和，柔和到我看不出来她有一丝的不欢喜。

如果不是之前在Chocho’s的那一段，我可能真的会误会她喜欢我而欢欣鼓舞了。

因此，苏云骋误会了。

脸上带着有些意外的欣喜，苏云骋点头，转身朝我伸出手来。

“你看，我姐姐挺喜欢你的。”幽暗的灯光下，苏云骋轻轻吻了吻我的睫毛，“别担心，看你紧张的。”我却实在不知道说什么好。

那一支舞我已经忘记是怎么跳完的。后来回想起来，只有刺眼的灯光，苏云骋微笑而浑然不知发生了什么的表情，以及我发酸的鼻尖和不断冰凉的手。

一曲舞毕，苏云骋带着我离开舞池：“你的手很凉。”他皱眉，“生病了？”

我摇头，勉强地笑着：“太紧张了。”

苏云骋安慰我：“有什么好紧张的。依我看，我姐姐对你的印象还不错。”他抓着我的手轻轻摩擦，试图给我一点温暖。我笑了笑，低下头，不愿意让他看到我眼里的绝望，也不愿意看到他眼里的希望。

此刻我的心里真是难过极了。

将我养育长大的妈妈曾经笑着骂过我，说我性子又皮又倔，跟个猴子似的，一张嘴总不肯饶人，将来是要吃亏的。我又想起前段时间热播的那个电影《失恋三十三天》，里面黄小仙的劈腿前男友也是这么跟她说的，说她一张嘴牙尖嘴利从不知道饶人，所以他甩了黄小仙。

现在想起来，果然人民群众的智慧是无穷的，个个都预言了我方悄悄此刻遭遇的境地。

这时候苏云芝走过来：“云骋，时间差不多了，你该上台去宣布银行和RT合作项目落实的喜讯了。”她伸手替苏云骋理了理领带，目光幽深：“大伯父和二伯父都在，你要让他们知道，有些不该做的梦要趁早醒来。”

她的声音很低，却有一种不容置疑的意味。我顺着她的目光看过去，两个谈笑风生的中年男子，眉眼与苏云骋有三四分相似，正安然站在灯光之下。苏云骋犹豫了一下，然后点头，放开了我的手走上台。

恍惚间我有一种错觉，好像他这一次的放手就成了最后的永别。

苏云骋站在了台上，示意周围安静下来，于是周围所有的目光都落在了他的身上。台上灯光大亮，苏云骋站在那一片灯光之下，就如一个胜利的王者，在享受着臣民的朝拜。可这样的苏云骋，却让我更加的难过。

于是我逃进了化妆室。

在我推开化妆室的门，第一眼看见岳灵珊懒洋洋地靠在沙发里休息抽烟的时候，我庆幸自己没有哭。

“咦，你怎么也来了？”岳灵珊看见我，表情还是一脸愉快。我有点疑惑。其实我一直觉得刚才她在外面在蒋清柔面前对我那样礼貌有加是在人前演戏，但她此刻看我的神情简直让我要怀疑她跟我之前见到的那个岳灵珊是双胞胎姐妹。

我有点摸不准她葫芦里卖的什么药，加上我现在心绪很乱，完全没有力气搭理她，只是默默地点了点头，走过去找了张离她有点距离的沙发坐了下来。

岳灵珊却不给我一个人静一静的机会，抓起面前桌子上的烟凑了过来，一边还抽出一支递给我：“压力大紧张？抽一支吧，保证药到病除。”见我满脸的疑惑，她冲我眨眨眼，有点神秘地：“这是叶子，抽完之后很舒服，但不会上瘾。”

虽然我不理解叶子到底是什么东西，但隐隐地觉得应该不是好东西，于是摇头拒绝了。

岳灵珊耸耸肩，把烟收回去，一边拍着我的肩膀：“没事，就今天晚上过去就好了。反正RT和银行的合约已经签下了，你的表现不会影响到什么的。你如果真的紧张，要不我叫我的司机把你先送回去？”

我迅速从这段话里抓到了重点。

苏云骋告诉过我，他没有跟岳灵珊透露过我们的协议，所以岳灵珊不应该知道这些才对。大概是从我的表情里读到了疑问，岳灵珊抽了一口叶子，笑嘻嘻地解释：“哎呀，我也是刚刚知道的。你别这么震惊啦。虽然曼君是我堂姐，但我不会出卖你们的。事情已经尘埃落定，我出卖你们飞程也拿不到好处了，我何必呢！”

她拍拍我的肩膀：“抱歉啦，之前对你态度恶劣，我是真的误会了你和苏少。现在云芝姐已经跟我说了，你跟苏少只是合作关系，绝无其他，今晚这场戏演完，你拿了酬劳就跟苏少毫无瓜葛了，我都知道！”

此时的岳灵珊对着我笑得很漂亮，我想她这时的笑容应该是真心的，可她的笑容越灿烂，我的心就越冷。

因为我知道，正如岳灵珊说的那样，一切都已经尘埃落定。

这个时候，有人推开了化妆室的门，我转身，便看见苏云芝落落大方地站在门口，双眸漆黑如夜，毫无波澜地落在我的身上。

岳灵珊慌乱地灭掉手里的烟跳起来：“云芝姐！你怎么来了？”

苏云芝走进来，面对着我微笑，漆黑的眸子里有种让人无法抗拒的神采：“方小姐，方不方便借一步说话？”

我心里一沉，该来的总算是要来了。

所有的灰姑娘跟了白马王子的故事里，都会有这样一个不可免俗的情节，王子的母亲皇后娘娘和灰姑娘进行最后的谈判，以各种方式羞辱以及威胁灰姑娘离开王子，告诉她不要妄想飞上枝头变凤凰，然后扔下一张后面画了好几个零的支票。而灰姑娘呢，应该端坐在皇后娘娘的对面，脊背挺直，目光毫不畏惧地直视回去，骄傲又自尊地告诉皇后娘娘，我爱的是你的儿子，而不是钱，请你不要用你的小人之心度君子之腹，你的臭钱老娘才不稀罕。

但，这一切并没有发生。

王子的母亲换成了王子的姐姐，导致一切应该在情理之中的后续发展都没有发生。

苏云芝将我带到苏宅二楼一间小小的会客室里。

一进门，我就看见墙上挂着的一副照片，照片里有眉眼陌生而又熟悉的一对夫妻，妻子身边站着的花季少女，除了清澈纯净的眼神之外与我身边的苏云芝长得一模一样，不用说，丈夫手里抱着的那个四五岁的小男孩就是苏云骋了。

“这是我的父母，也是云骋的父母。”苏云芝在沙发上坐定，示意我坐下来。她的眼神仍然如我在Chocho’s里见到她的一般，清冷冷的看不出一点色彩，唯有唇边那个淡淡的笑，让我知道她对我并没有敌意。“这是他们出事之前跟我们拍的最后一张合照，那个时候云骋四岁零六个月。”

我点点头，顺从地在苏云芝对面坐下。

“喝什么？”苏云芝问我。我哪有心情喝东西，摇了摇头：“随便。”苏云芝柔柔一笑，按了服务铃叫了侍者进来，要了拿铁和黑咖啡。她是一个很特别的女人，虽然16岁就掌管一家上市公司，身上却看不出一丝女强人的影子，相反的，她整个人看起来都柔柔的，像一片云，唯独眼神不一样，很是凌厉。

她穿着黑色的晚装，只有肩部点缀着整片的钻石闪闪发亮，衬得她的气质越发地清冷。她不说话，半靠在柔软的沙发里，气势自是逼人。沉默了片刻，她忽然笑起来：“是不是以为我会找你出来对你破口大骂，说你是狐狸精勾引我弟弟？”

我很诚实：“原本是这样以为的，但我已经发现我错了。”

苏云芝笑出声来。她笑起来的时候，真是像极了苏云骋：“你很诚实。”顿了顿，又说，“今天晚上辛苦你了。”

我摇头：“不辛苦。收人钱财替人消灾罢了。”苏云芝眉间跳了跳，但神情很镇定。她有一种我所认识的所有女人都没有的镇定自若，仿佛天下尽在她的掌握之中一般。

这种女人有一种特别的魅力。

“其实我知道云骋对你动了真心。”她说。我点头：“我知道。”我知道，苏云骋肯定告诉了她我们的协议，也告诉了她后来事情超出协议范围的发展。这时候侍者送上咖啡来，我们的谈话被暂时打断。

空气里弥漫着浓郁的咖啡香，我抿了一口，觉得今晚的拿铁真是特别的苦涩。

苏云芝喝的是纯黑咖啡。黑咖啡我也曾经尝试过，只舔了一舔就被苦到不行，往嘴里倒了一整包的彩虹糖才缓过劲来。林嘉琪说喝黑咖啡的人分为两种，一种是纯粹装13型，一种是压力极大，需要黑咖啡来刺激提神型，这作用就跟中国古时候的悬梁刺股是一个概念。

我想苏云芝是后者。

“其实我不怕实话告诉你，你不是云骋交往的第一个女朋友，但他对你的确是特别的。原先我在英国也看到了国内的新闻，知道那场发布会。我本来没觉得有什么特别的，直到几天前他跟我说希望在今天的晚宴上介绍你给我认识。”苏云芝笑了笑，目光和善友好，“这可倒真是第一次。”

所以她连忙改签了机票，提前回了国，大概又是从张秘书那得知我会去Chocho’s试衣服，所以独自去了Chocho’s。

想到Chocho’s，我又想到我离开前那段不知天高地厚的炫耀，心底又难过起来。苏云芝大概是看出了我的想法，又说：“其实我并没有把你那番话放在心上。我看得出来你是在看到灵珊之后才改变的态度。”

我不由得佩服苏云芝，观察如此入微。

“我不怀疑你们彼此的真心，只是，我只是做出对于你们来说最好的选择。你很聪明，应该知道，童话故事永远都结束在灰姑娘和王子冲破艰辛走在一起的时候，往后的事情，童话故事里没有交代，但是张恨水交代了。”

我不知道我是否算得上是聪明，但我至少是个合格的21世纪青少年，爱看电视。所以我很明白这句“张恨水交代了”是什么意思——

《金粉世家》，一个高干子弟爱上灰姑娘的故事。那书我没看，但电视剧我看了。电视剧里冷清秋和金燕西的爱情各种美好浪漫，至今我都念念不忘冷清秋在花店外轻轻一闻那朵百合花，阳光落在她的脸上和花上，美好融合成一片的场景，我也还记得冷清秋一手端着一盆百合花，回首看了一眼金燕西的画面，当时还对林嘉琪吐槽说董洁的力气真大，居然可以单手托住一盆花。

而我更记得，故事发展到后来，曾经的爱侣变成了怨侣，现实终于击垮了爱情。

苏云芝仍在慢慢地说着，她说话的声音很温柔，很平和，却有一种让人无法忽视的力量：“我不怀疑你们的爱情。可是爱情是什么，一个月的激情，三个月的新鲜，半年的热恋，你们或许能在一起一年、两年，但是更久以后呢？我不怀疑我弟弟的人品，但我也不敢保证，毕竟喜新厌旧是大多数男人的天性，豪门的男人尤其如此。

“你们现在有不顾一切为爱抗争的勇气，甚至可以为此牺牲家族和事业，但最后的结局却不一定能天长地久。我觉得这个代价太大，作为一个商人，我不想做这笔买卖。你们在一起，全家人都会反对。云骋需要的，是一个他不爱，也不爱他，但却能在事业上助他一臂之力的女人，相敬如宾过一辈子。这样的女人才适合他的婚姻。

“而且，这也是为了你自己好。女人呢，太为爱不顾一切不是好事，当你为一个男人付出一切的时候，他的背叛就足以将你打入地狱。我也认识一个女人，她也曾经为爱打算放弃一切跟那男人走，即使背叛整个家族，但后来呢……幸好她有不错的出身，有愿意重新接纳她的家人，她才得以重新站了起来。可若是一般的女人，那真是致命的打击。”

苏云芝在说这段话的时候，眉眼之间都是寂寥。

我忽然想起杂志上那段她唯一犯过的一次错误的报道。

其实，我真的宁可苏云芝拍桌子大骂我是狐狸精，骂我不知好歹，也不愿意她把现实这样血淋淋地撕开在我面前给我看。因为，我心里也隐隐地承认她的话是对的。

“更何况，我们云骋是有未婚妻的。”

我微怔了怔，点头：“我知道。”

苏云芝有些意外：“你知道？你知道还要跟云骋在一起？”

“不，我是最近才知道的。可是苏云骋说他对那个李家小姐没有感情，只是想要争取李家的支持，才……”

“那，你更应该清楚，”苏云芝看着我，“你和云骋在一起，对他有害无利。我想你应该明白我们姐弟的处境，要是云骋退婚，李家一定大怒，转手联合我的两个伯伯对付RT，凭我们姐弟完全抵抗不了。你忍心让云骋亲手毁掉爸妈的遗产吗？”

我沉默了。

不忍心，我当然不忍心。我知道RT对于苏云骋来说有多重要，重要到他当时愿意为了博取宋行长的好感，而不惜和我合作。

“可，苏云骋说他会处理好。”他叫我放心。

苏云芝苦笑，摇摇头：“我那个傻弟弟。算了，该说的我都说了，我不会强迫你们分手，但我希望你能考虑清楚。假如你是爱云骋的，我希望你能做出对于他来说最好的选择。”苏云芝饮下最后一口咖啡，将白色鎏金瓷杯轻轻放在碟子上，

然后站起来："时间差不多了，我们出去吧。云骋应该在找你了。"

我怔了片刻，起身跟在苏云芝身后出去。

其实，假若苏云芝今晚找我过来，是如我想象中一般，骂我羞辱我，笑我妄图高攀，那我都很有可能一昂头雄赳赳地顶回去，再告诉她我绝对不会放弃苏云骋。但她这一招实在绝，就跟方才的岳灵珊一般，我做好了战斗的准备，然而对方扔过来的却是一团棉花。

当然，当时我还不了解苏云芝话里那些夸大其词的部分。

会客室在二楼，是栋副楼，由一个长走廊连接到二楼主楼，走廊的下面悬空，是苏家的花园。

此时，窗外是一片寂静的夜色，皎洁的月在墨缎般的天空之中如一轮银盘。月华皎皎，静静地泻下。忽然，我站住了脚步。

我居然看到了苏云骋和一个女人。

准确的说，是一个漂亮的年轻女人，月华皎洁，加上屋里照出的灯光，我看清楚了她的样貌，约莫二十岁，美丽，重要的是，她就是苏云骋钱包里照片上那个女人。

她是苏云骋的未婚妻，她也来了？

苏云骋背对着我，站在台阶下，而那女人就那样站在台阶上，双手搭在苏云骋的肩上，撅着嘴在撒娇，神态亲昵。而苏云骋……他居然，伸手揉了揉她的长发。

苏云芝走在我的边上，看我停下来，她好奇地探过头，片刻的沉默，然后轻轻一笑："咦，我不知道云骋把她也接来了。方小姐，这就是我们云骋的未婚妻，很漂亮吧？"

心里原本还存着一点希望，期待她会是苏云骋的堂妹表妹之类的，而苏云芝的这一句话，彻底把我打入了地狱。

怎么，会这样。

院子里的女人还在撒娇，把头顶在苏云骋的额头上拼命地晃起来。苏云骋顺势把她抱入怀里。

我心猛地一沉。

他不是说，那只是年少的时候头昏脑热答应的订婚，他不是说他和他的小小“未婚妻”已经多年未见，更谈不上有什么感情。那眼前的这一幕又是什么？

苏云芝在后面拍了拍我的肩膀：“别看了。既然云骋答应你会处理好，我想他会做好的。”怔了怔，又苦笑，“你看，李家小姐这态度，李家是断然不肯退婚的。”

是的，以李家小姐对苏云骋这态度看，她也一定是喜欢苏云骋的，否则怎么会和他这样亲密？

这个突如其来的冲击，让我整个人都心神恍惚起来，走起路来都觉得头重脚轻，轻飘飘的。

下了楼，苏云骋也恰好从屋外进来，身边已经没有了他的小小“未婚妻”。

见到我和苏云芝一起从楼上下来的时候，苏云骋的表情有点疑惑。苏云芝把我交回到苏云骋的手里，淡淡地笑了笑，便转身朝几名名媛少妇走去，一边礼貌地打着招呼。

“你们谈了些什么？”苏云骋将我拉到一边，低声问我。他神情紧张，迫切地想要知道答案。

看着他的样子我有点心酸，很想发扬自己一贯幽默的风格说几句俏皮话，但可惜此刻的心情实在太糟糕，为了避免弄巧成拙，我还是很乖巧地摇了摇头：“没什么。”

当然苏云骋不会被我这样一句话就糊弄过去，他皱眉：“悄悄，如果我姐姐跟你说了什么，你……”

我努力让自己保持微笑：“什么呀，我说了没什么。你难道还不了解自己的姐姐吗？”如果苏云芝真的想对我怎样的话，根本都不需要自己出手。我伸手挽住苏云骋，当指尖滑上他的衣袖的时候，竟有一种错觉，觉得好像这种接触已经变成一种奢侈，随时有可能失去这样挽住他的机会。

“你，没有什么要跟我说的吗？”我看着他。

苏云骋怔了怔，然后说：“没有。”

我的心越发地沉下去。他不愿意对我说，我不知道是出于怕我担忧的心理，还是别的什么。

没有多余的独处的机会，已经有人携着女伴朝我们走了过来。我抿了抿唇，强打起精神来应对着我不熟悉的一切。脑子里忽然想起刚刚苏云芝才跟我讲过的话，想起《金粉世家》里那个嫁入豪门，在深门大户里慢慢地磨掉自己青春灵动的年岁的冷清秋。

面目模糊的男人在跟苏云骋喋喋不休地说着生意上的事情，他身边的美女有着姣好的面容和身材，一双眼睛好奇地看着我。

我举着僵硬的笑容回应她，目光却落在不远处正在跟人谈笑着的岳灵珊身上。

这时她恰恰转过头，目光与我对上。微微一笑，带着点傲慢。

方才临出待客室的时候，我问苏云芝：“既然苏云骋已经有未婚妻了，那你……岳灵珊……”却为何要误导岳灵珊，让她以为苏云芝中意她和苏云骋在一起？

苏云芝转头，对着窗外的夜色吐了一口气：“RT有一半以上的股份在爷爷手里，随时有可能被夺走。我们不能心存侥幸，只能另辟疆土。而这疆土之中有一块城池叫做艺星，与华娱交好，对艺星很有帮助。”

我忽然想起苏云骋第一次在我面前提及他姐姐的时候，说她所做的一切都是为了他。

此言不虚。

因此我这时看见如此神采飞扬自信满满的岳灵珊的时候，也不禁有些惆怅。即使她出身比我高贵又如何，也不过是别人手中分量微重一些的棋子罢了。

我对她再无反感。

晚宴结束的时候苏云骋坚持要送我回家。

苏云芝目送我们离开，脸上笑意盈盈。而自始自终，我都没有再见到苏云骋的未婚妻，苏云骋也没有提及任何一个字。

大概是因为心情烦闷，我在晚宴上喝了不少酒，这个时候酒劲才开始发作起来，头疼欲裂。苏云骋将我抱进汽车后座，我歪歪扭扭地躺着，忽然想起在“第一馔”喝醉的那个夜晚。在心里憋了许久的疑问终于忍不住问出口：“那天，我……”想起来还是有些窘，“我和你，在这……”我扭扭捏捏地比手画脚，喝了酒的苏云骋脑子有点不太灵光，愣了好一会儿才明白我的意图。

明白了之后，他的唇角勾起一个诡异的笑，我当下有种直觉，心里暗暗大叫不好，正要往后躲去，苏云骋已经一把拉住我，把我扯进怀里，然后抓起我的右手环在自己的腰上，想了想，又抓起我的右脚搭在他的膝盖上。

此时，我就像一只树獭，四肢紧紧缠着抱着一棵英俊潇洒的树。

这个姿势导致我的脸只能紧紧地贴在苏云骋的胸膛上，我闻着他身上散发出的淡淡酒香混着古龙水的味道，感觉到他胸膛的起伏，本能地觉得这个姿势太过于……淫荡。

脑子里出现这两个字之后，我一下子弹开紧紧贴在车门上，一边把头摇得跟拨浪鼓似的：“胡说八道！你不要以为那晚我醉了就什么都不知道！我从小睡姿很好，这种姿势绝对是不可能会出现在我身上的！绝对！”

前头那个多嘴多舌的司机插了一句嘴：“方小姐，这是真的。那晚也是我开的车，我可以作证。”

看着苏云骋在我面前一张俊脸憋笑憋得快抽筋的样子，我默默地扭过了头去。

下车的时候，苏云骋轻轻亲吻了我的额头。

月光下，我望着苏云骋的脸，那样美好，符合我一切关于王子的想象。

其实我本来想告诉他，今天是我们相识两个月的日子。两个月前的今天，我带着忐忑和不安的心情，精心打扮着自己去奔赴一场羞辱，是他的出现解救了窘境中的我。事后无数次想起来，都觉得那时的他好像是踩着金光从天而降的，虽然当时我一直觉得他很讨厌。

可是今晚的变故，“白秀珠”大变活人成了苏云芝，让我脆弱的心脏一时无法承受，还有，花园里的那一幕，至今像一团棉花一样塞在我的胸口，闷得我呼吸都难受，也再没有心情说这个。

苏云骋被我看得有点莫名其妙：“干吗这样看着我？”他摸了摸脸，笑：“是不是发现我长得很帅？”

我温柔地笑：“是。”苏云骋的表情在听到这句话的刹那有点扭曲。我很不满——虽然我是不太时常表露我温柔的一面，但他也不至于露出这种见了鬼似的表情吧？好在苏云骋还算识趣，下一秒就挂上感恩戴德的表情：“多谢夸奖。”

他伸出手来捏我的脸，我面无表情一掌拍掉。朝不远处的司机努了努嘴：“快回去吧，人家也等着下班回家呢。”

苏云骋无奈点头，目光里有点落寞：“明天早上还一起吃早饭。”

“嗯。”我点头。苏云骋看了看我，慢吞吞地从口袋里掏出一个小盒子，又说：“知道吗，今天是我们俩相识两个月的纪念日。”

这句话，坚定了我的决心，愿意去相信苏云骋。以至于林嘉琪犹豫再三之后劝我：“其实苏云芝说得很对，你不如放手。你们认识不过两个月，在一起不过一周半，应该不至于会很痛。”

我摇头。

爱情这回事，一旦开始了，哪里是你说放下就能彻底结束的。

苏云骋的那句话让我很安心，我满怀期待，觉得他不会负我，退一万步说，即使将来我们会因为种种原因而被迫放手，我也愿意为了他放手一搏。

这种想法让我有些激动得血脉喷张，好像自己是一个准备上战场厮杀拼搏的勇士，目标是守护自己纯洁美丽的爱情。夜深人静，我躺在床上打开苏云骋递给我的那个盒子，“玫瑰之心”在黑夜里绽放，一如我第一次见到它那般美丽诱人。我在激动和兴奋中沉沉睡去，完全没料到醒来之后会是另外一番天地。

仅仅只隔了一晚而已。

第二天早上，苏云骋没有如约出现在楼下，接我一起去“第一馔”吃早餐，我呆呆地站在公寓楼下，直到林嘉琪也下楼准备去上班，看见了站在那里发呆的我。

“方悄悄，你怎么还在这？”她的声音里有微微的颤抖，显然也有了和我心里一样的想法。

我摇头，默默地转身朝地铁站走去。

早晨的地铁上人很多，即便我和林嘉琪是在起点站上的车，也没有抢到位置。我呆呆地站在门口，望着外面漆黑一片，车窗里倒映出我的表情，简直比哭还难看。林嘉琪担忧地：“要不，打个电话？说不定有事耽搁了？”

我没有回答。

从我们约定的时间到现在，已经过了整整一个小时。

再忙，再耽搁，都该能抽出时间来打一个电话交代一下吧？

林嘉琪看不过，从我包里掏出手机找到苏云骋的电话拨过去，然而数秒之后，她的表情让我更加不愿意面对。“留言信箱。”她说完这句话，将手机放回到我的包里，然后，便是一路无话。

上班的时间变得难熬，整个上午我心绪不宁，把应该送去给徐总监的文件放到了J的桌子上，又把J交代我送去成品室的样品随手扔进了垃圾桶里。

J显然很不适应平常总是嘻嘻哈哈的我如此反常的表现，几次假装去茶水间泡咖啡缩头缩脑地从我身后经过，却只发现我呆呆地坐着什么都没干，捕捉不到任何有用的信息之后终于放弃，把林嘉琪叫进去开起了秘密会议，出来之后，眼神很是担忧。

“悄悄，你要是不舒服，不如请假先回家去？”吃午饭的时候J终于忍不住。

我拒绝，其实我更怕一个人在家呆着会胡思乱想。J的表情抽了抽，然后说：“其实，我主要是觉得你这副不死不活的样子老在我面前晃悠，大大地影响了我的创作灵感。”

我无言，起身收拾东西。

出了公司，却不想回家，我漫无目的地逛着，手里捏着手机，深怕错过每一条短信每一个电话。可我从C&V走到了轻风广场，都没有一条来电一条短信。

坐在广场上的喷泉前面，我觉得非常沮丧。

犹豫再三，终于打了个电话给张秘书，然而得到的答复是这样的：“苏少昨晚就搭晚上的航班去了瑞士，他吩咐我把三百万的支票结算给您。抱歉，方小姐，我知道的就这么多。”

一瞬间，我听见周围有什么东西碎裂的声音，我打量了一下四周，一无所获。

大概，是哪盏路灯又烧坏了吧。

三天后，我跟宋江航坦白了一切，当然也包括我和苏云骋玩完了的事实。

那时候他已经从加州回来，因为他刚下了飞机就接到他妈的电话，说要去香港给我买LB的包，琢磨了一下觉得时间不够，就不去加州了，他说他当时都还没出机场，想死的心都有了。来回飞一趟加州那可真不便宜。

这时候，宋江航搂着唐咏诗横在沙发上，一脸凌乱："姐，你这故事也太……没有高潮了。你怎么连抗争一下都没有，这完全不符合偶像剧的发展流程，这种电视剧拍出来是会没有收视率的呀！"

我很想白他一眼，但现在的我实在是没有力气。

唐咏诗也是各种不理解的表情："悄悄！你太让我失望了！你应该坚持！你要追寻你的真爱呀！怎么能这样就屈服在恶势力的脚下呢！怎么不去RT找苏少呢！死也要死个明白啊！"她指了指宋江航，"你看，我就是一个活生生的例子呀！要勇敢地向前冲！管她什么梨子家的小姐还是苹果家的小姐！"

我没有接她的话。

冲冲冲，以为现在是在参加智勇大冲关吗？

她当然是勇敢了，她的前头有一个傻了吧唧的宋江航在等着她，她当然可以勇敢地向前冲，可是我呢，我真不一样啊。

苏云骋先放手了。他在那天晚上就去了瑞士，第三天，张秘书就让Lemon送来了那张三百万的支票。当时我看见那张支票的时候，手都抖了。Lemon察觉出我的异样，说话的时候都特别小心翼翼，好像生怕我下一秒会爆发，扯着她的头发在大马路上哭天抢地似的："苏少让我送这张支票给您。"她抖着手把支票递过来，我还没开口，她已经落荒而逃。

三百万的支票，意味着我们的交易完成了，钱财两清了，

一切都结束了。

我忽然想要大笑，可是张开嘴，眼泪就流了下来。

果然苏云芝说的是对的，RT对于他们姐弟俩太过于重要，那是他们的父母留给他们的唯一财产，是他们拼死也要守护住的。这么多年，苏云芝牺牲了自己最美丽的青春，在16岁的花季，在别的少女还天真无邪地玩着暗恋，愁着数学成绩的时候，她已经坐在RT的办公室里挥斥方遒；苏云骋一毕业就回国接任RT，这么多年来呕心沥血才没让他两个伯伯算盘得逞。

不过一个小小的方悄悄，不过才认识了两个月，怎么和RT比。

可我没想到，才两天，我真没想过才两天苏云骋就做了决定，要跟我划清界限，从此老死不相往来。原来他把“玫瑰之心”送给我是这个意思，物归原主一切各归其位。而我还傻傻地下决心要为这份爱情冲杀拼搏，抛头颅洒热血。

想起那晚我捧着“玫瑰之心”在床上翻来覆去，想起我暗下决心的时候那股豪情万丈的劲儿，我真觉得自己就好像街口那个傻子，天天拿着把破镜子照啊照的，逢人就问自己和李嘉欣谁美。

方悄悄，你真可笑，你甚至连镜子都不照一照。

林嘉琪一边抱着我，一边大骂苏云骋：“呸，什么东西，自己先跑来暧暧昧昧勾勾搭搭的，现在却一句话都不交代玩消失！什么男人！方悄悄，你别难过，好在你跟他还什么都没有发生，你是清白的，你的前途也是光明的！”她骂着骂着自己倒也流了一脸的眼泪，害得我只能抽抽搭搭地反过来安慰起她来。

“林嘉琪，你哭个P，我是、我是高兴的，三百万啊，我可以不用工作混吃等死了！”

林嘉琪显然不是很能接受我一贯的幽默风格，含着热泪一巴掌拍在了我的脸上。劲儿有点大，我的脸上火辣辣的疼，心里也有点火辣辣的疼。

平常疯惯了的小白在此刻倒很有眼力见，嘴巴里还叼着撕到一半的卷纸，端坐在我面前歪着头，瞪着俩圆溜溜乌漆漆的眼珠子看着我。可惜此刻我的心情实在不悦，一把揪起它不顾它拼命地反对，搂在了怀里一番蹂躏。

我长叹一口气，歪过头去不想看宋江航和唐咏诗这对小情侣在我面前甜甜腻腻。

宋江航这才真的看出我的惆怅来，暂时放下他的小女友，手脚并用从沙发的那一端爬到我身边来，伸出两根手指在我面前晃了晃："这是几？"

我没好气地瞪回去："三！"

宋江航一下子跳起来："哎呀，这问题真的严重了！姐，你已经精神错乱了，我这是二啊，是二啊！"他抓着我的双臂拼命前摇后摇，差点没把我的脑袋从脖子上摇下去。

我用尽全身力气抬脚往他脑袋上一脚踹下去："我知道你是二！全天底下你最二！宋家二少！"

宋江航很委屈地揉揉脑袋："那，你接下来要怎么办？"

我翻了个身，摇摇晃晃地从沙发上滑下去，顺手抄走了茶几上一包薯片两包彩虹糖以及一大袋散装巧克力，跌跌撞撞地走回到宋江航的房间里："睡觉。"然后把门"砰"的一声关上。

我记得有个星座达人发过一条"围脖"，讲的是各个星座的人遇到难以解决的困难的时候会怎么办，关于巨蟹座的那条是——睡觉。我觉得其非常之准。借鉴上一次失恋的经验，无非就是把自己一个人关起来吃吃睡睡直到天昏地暗天崩地裂，半个月之后闭关出来又是一条好汉。

但我预料错了。

都说初恋是最刻骨铭心的，我的初恋还劈了腿。所以之前

我曾也想过以后和苏云骋分开会怎样的时候，总觉得再难熬也不会比上一次还难熬吧。

但现实迅速瓦解了我自以为是的小哲理。

原来只要真的放下心去喜欢，爱情走到尽头的时候还是会很疼很疼。我掰指头算了算，我和苏云骋从相识到现在，也不过两个多月，而恋爱至今的时间就更短了，都还没有过完两只手的日子，想一想，还真的很不值。

为了这短暂的甜蜜，要受这样长久的痛苦。

这个认知让我更撕心裂肺地难过起来。

夜深人静的夜晚，我抱着宋江航那带着他身上古龙水味道的被子，不由得想起那个晚上，我在“第一馔”的停车场吐得死去活来的时候，转头落入的那个温暖的怀抱，想起那晚从苏家大宅出来的时候，苏云骋把醉醺醺的我掰到自己的身上，让我跟个树獭似的双手双脚抱住他。

苏云骋啊苏云骋，你的心到底是什么做的，居然片刻之间就可以决定放弃。还是说，你做惯了重大的选择，一向都是这么果敢？

可是苏云骋……

离开我，你有难过吗？你有多难过？你现在在瑞士……也在想我吗？

我翻了个身，在这种心情里沉沉睡去。半夜的时候，我在梦里闻到那股古龙水的味道，猛地惊醒过来，睁眼却发现是宋江航，半夜溜进了房间替我盖被子。

我才记起，苏云骋早就换了古龙水，身上不再是这个味道。

我忽然有点绝望，好像觉得黑暗统治了我的世界，光明再不会回来，放眼望去，面前尽是一片无穷无尽的黑暗。我抽了抽鼻子，把被子扯上来把整张脸蒙住，不让宋江航看到我泪流满面的样子。我忽然想到曾经看过的一本小说，封底有细小的字写着：她曾以为他们的爱情会盛开得很美。当时我只觉得这句话有语病，应该还有下半句才能凑成一个完整的句子，这个时候我忽然想起来，才发现原来“曾以为”这三个字已经说明了一切。

自作多情的“曾以为”。我也曾以为，我和苏云骋的爱情可以盛开得很美，但苏云骋却在它刚刚萌芽的时候就放弃了浇灌。

难过，不甘，交织成利剑一下一下地刺痛我，我木然地躺着。我想，这种生不如死的感觉会持续很久很久。

但我的预料错了，这种痛不欲生的心情没有持续很久，到了第七天早上，就迅速在盛夏清晨的烈日下土崩瓦解了。

这件事也导致我后来很长的一段时间陷入了深沉的思考之中，心想我一定是上辈子造孽太多，或许我上辈子还是个汉奸之类的，所以这辈子才会被老天爷这样不待见，玩得我死去活来。

一出生的时候就开始被玩，被老爸老妈嫌弃丢到深山里去寄人篱下，长大了把我认了回去，那份亲情却已经不可能再回来，然后又让我有了宋江航这个吃里扒外的白眼狼弟弟，从小立誓要保护我其实只会给我找麻烦。再后来上了大学我又遭了吴建宇、姚银珠这个大劫，要不是心理素质强搞不好自杀了。

自从遇上苏云骋，老天爷更是开了挂似的玩我玩得很欢欣，情节那叫一个高潮迭出曲折离奇让我跌破眼镜简直可以去拍成狗血长篇偶像剧——虽然我没有戴眼镜，但是在看到苏云骋一脸疲惫但还是浑身上下散发着小宇宙的光芒地靠在他的保时捷上微笑地看着我的时候，我有种去买副眼镜回来跌一下的冲动。

“你，你来干什么？”我有点怀疑是我眼花，用力地揉了揉眼睛。

苏云骋有点莫名其妙：“陪你吃早饭啊。”他说得一脸理

直气壮理所当然，让我有点不好意思把那句“我们不是分手了吗”问出口。难道，从RT的周年庆晚宴开始的情节全部都是我在做梦？

“今天，几号？”我小心翼翼地问。

苏云骋被我问得有点丈二和尚摸不着头脑：“13号。”他微笑，“生日快乐。”

没错啊！是13号，不是6号！RT的周年庆晚宴已经结束了，苏云芝我也见过了，那张三百万的支票我也收到了，我是真真切切地伤心难过了七天而不是在做梦啊！

我抬头望了望天上火辣辣的太阳，觉得有点犯晕。

苏云骋看着我古怪的反应表情很疑惑，走过来捏了捏我的脸：“你怎么了？不就是几天没有见面吗？支票我让Lemon给你了，你收到了吧？我可不是奸商，依足了合同给钱。”

我木讷地点头：“收到了。”

当然收到了，为了发泄我内心的悲愤我当天就带着林嘉琪血洗轻风广场，什么LB，什么Chocho’s，什么贵买什么，足足花了我一百多万，现在想起来，有点心疼。

苏云骋点头：“抱歉，那天晚上送你回家，我想了又想，觉得还是应该要马上解决我的婚约。”他伸手，揉了揉我的头发，然后将我紧紧抱入怀里，“你都不知道，你那样醉醺醺地趴在我身上的时候，我忽然觉得整个世界的重量都压在了我的身上，我想，失去你，我大概会失去整个世界。”

他声音温柔低沉，嗓子带着一点点的沙哑，却因此而显得更加性感，我隐隐地明白了自己是被表白了，心底有一丝丝的甜蜜，可疑惑还是占据了大多数：“可、可是，你去了瑞士……”

“嗯。”苏云骋点头。“我说过了，我觉得要立刻马上解决我的婚约，一分都不能多等。所以我让Terry马上订了机票飞去瑞士，去找李家人商量解除婚约的事情，同时也请求他们的原谅。抱歉，走得太急居然忘记带电话，但我原来真的以为事情会很快解决可以马上回来的，所以没有让人通知你。”

我有点风中凌乱的感觉。

所以，这才是真相？

“那……解决了吗？”在瑞士待了七天呢！

苏云骋点头：“顺利得很。你猜怎么着，媛媛——就是我的未婚妻，居然已经交了男朋友而且爱得难分难舍，他们家人正愁怎么跟我们商量这件事情又不伤和气呢，好嘛，我一去，正中他们下怀。”苏云骋有点郁闷，“早知道我就不用那么毕恭毕敬小心翼翼了。不过当时他们一家人都在瑞士乡下度假，我花了两天时间才找到他们，所以耽误时间了。”

嘿，这剧情转折得。

“那……你姐姐呢？”我问。

“还能怎样，李家迫不及待地答应了解除婚约，她还能赶去反悔说非要娶人家女儿？她已经回英国去了，有问题吗？”

“没有……”

“那我们去吃早餐吧？‘第一馔’最近推出了好多新菜式。”

保时捷无声朝前滑去，两边的街景不断变换，我看看外头毒辣辣的太阳，又扭头看看苏云骋的脸，心里忽然有种很微妙的感觉。老天爷，你是爱上我这个玩具了对吧。

隐隐地，我觉得往后的日子不会很平静。

Chapter10　番外之小美女苏又青

“什么！”苏又青噔地从沙发上跳起来，怀里还抱着我刚买的轻松熊玩偶几步冲到厨房，瞪大她那双本来就很大还贴了双眼皮贴戴了假睫毛的大眼睛，“小婶，你居然误会我是我小叔的未婚妻？你这是什么惊天动地的想象力啊！太恶心了！这是乱伦！我苏又青是不会干这种事情的！”

我讪讪地“嘿嘿”一笑，自知理亏地低下头去，顺手拿起边上的盐罐子往排骨萝卜汤里落盐，忍不住手一抖，倒了大半罐。

那天苏云骋来接我吃早饭的时候我才知道，原来在苏家花园里跟他黏黏腻腻的那个小美女不是他那个七八年没见过面的未婚妻，而是他的小侄女苏又青。而他的小未婚妻那时候正在瑞士自己家里睡觉，真是躺着也中枪。

“你笑什么呀？真是的……这都什么跟什么啊。那天，我只是想跟我小叔借点钱花，他不答应，我只能使出我的必杀绝技——撒娇！哎呀，想不到啊想不到，差点耽误了小叔和小婶的好事啊，阿弥陀佛，差点成了千古罪人。”

有句话叫什么来着，哦，近朱者赤，近墨者黑，什么样的明星养什么样的粉丝，苏又青咋咋呼呼这一点上，跟宋江航还真是一模一样。

如果不是宋江航先有了唐咏诗，我都想替他们撮合撮合了，这一对儿，不在一起真可惜了。

不过话说回来，这还得怪苏云骋，居然把这件事就这么大大咧咧地说出来了，直接影响了我这个小婶在侄女心里的高大形象。想到这，我狠狠一眼朝苏云骋瞪去。

苏云骋翘着二郎腿舒舒服服地靠在沙发里，手里报纸一抖，浑然不觉。

“对了，小婶，”苏又青抱着轻松熊挤出了厨房，靠在门口问我，“你和我小叔的婚礼是下个月1号吧？”她身后跟着闻着肉香想挤进厨房的小白，可惜厨房不大，一个我加一个苏又青再加一个一米一的轻松熊实在挤不下它了，苏又青抬脚，顶住它的小鼻子把它挡在门外。

“是呀，怎么了？”

“那Aloys会不会来呀？”苏又青眼巴巴地看着我，“我都好久没有见到他的新照片了，每次都只能靠以前收藏的那些照片一解相思，都不知道他现在是胖了还是瘦了，头发是长了还是短了，唉……”

自从去年秋天唐咏诗拍完了那部《钟情一夏》，宋江航就跟公司辞了职，而由于苏云骋就是艺星老板的关系，唐咏诗也很顺利地解了约，两人飞回加州去了。

他们俩的学业都还没有完成，既然唐咏诗倒追成功了，也该回去读完课程了，否则唐家人会怎样我不知道，宋江航肯定会被他爸大卸八块扔进珠江喂鱼。

说起来，苏又青对宋江航也算痴情了，这年头的小粉丝，你有个一年半载的没消息，早就移情别恋了。上个月我去过宋江航的一度贴吧，发现最近几个月的发帖量少得有点可怜，于是好心地注册了一个马甲，把宋江航前段时间发给我的在夏威夷沙滩上的半裸美照传了上去，当然，我都选了没有唐咏诗入镜的照片，一夜之间点击就破了十万，相当有成就感。

后来大家的注意力从宋江航的半裸美照转移到我的身份问题上来，经过他们多番推敲，我现在的身份是一个在加州上大学的美籍华人，未来的职业理想是娱乐记者。

当然这件事宋江航还不知道，否则他现在应该已经气绝身亡了。

所以呢，对于苏又青的痴情，我还是很感激很欣赏的，连忙安慰她："放心，他一定回来。我可是他唯一的亲姐姐，我的婚礼他能不参加吗？到时候你有的是跟他亲密接触的机会！"

"哦耶！"苏又青欢叫地跳着离开。

唉，真不知道这孩子如果知道了宋江航和唐咏诗早就是一对的事实，会不会倍受打击从此对生活失去信心？

我有些担忧。

汤在炉子上炖着，我觉得无聊，打开电脑打开电视，打算找一部片子来看。哦，对了，唐咏诗去年拍的那部《钟情一夏》两个月前已经上映了，反响特别好，她也凭借里面的角色提名了最佳女配角，成功摆脱了花瓶的称号。

有评论说唐咏诗的演技不俗，假以时日必定有大气候，可惜了，她已经宣布退出娱乐圈。因此我觉得这个最佳女配角势必会是唐咏诗的。

我在很酷网上搜了一下，果然已经有了片源。

"咦，这不是Cecilia主演的那部片子吗？"苏又青来了精神，忽然又好像想到什么似的，"唉，我记得那次——

小叔，去年有一天我跟你在‘第一馔’吃饭，你不收到几张Cecilia和Aloys在日本拥抱的照片吗？Cecilia退出娱乐圈，Aloys也回了美国，他们该不会真的有什么吧？”

苏又青话音未落，我已经抓到了重点。

我看看苏云骋，他的表情很不自然。难怪，难怪那件事情就这样不了了之了，原来是苏云骋出面干涉。真是太没有生意头脑了，多好的题材，把这照片放出去找几个枪手炒作下，唐咏诗和宋江航必定大红啊。

苏云骋没有理会我轻蔑的眼神，卷起报纸在苏又青脑袋上拍了一下：“记性好也不用在该用的地方，听说你上学期考试又挂了好几科？”

苏又青被打了一下难免委屈，水汪汪的大眼睛看着我求救：“小婶，你看……”

我连忙安抚她：“别理他，他年纪大了记性差，嫉妒咱年轻人的脑子。再说了，你就算科科都大红灯笼高高挂，将来出来找工作也是小菜一碟，没事，不操心！”一边狠狠瞪了苏云骋一眼。

苏云骋对我的教育方式很无奈。

不过好在由于这个插曲，苏又青已经忘记了追问宋江航和唐咏诗之间的事情，我幸运地逃过一劫。

《钟情一夏》其实是个商业片，由一个主线和三条辅线讲述了四段发生在烈日下的爱情故事，唐咏诗演的就是三条辅线之一的女主角，一个在香港念大学的女大学生，爱上了同校的学长，但是那学长是来自内地的留学生，自认为配不上土生土长的香港姑娘而不敢接受她的爱意，于是唐咏诗就进行了一系列的倒追行动。

这戏码，唐咏诗可还真是信手拈来，简直就是为她量身定做的嘛。

因为出演本片的都是最近当红的偶像新星，尤其是主演莫少华更是刚刚晋升影帝的当红小生，苏又青这个年龄的女孩子最爱看，看得津津有味。

“唉，小婶，你说要是我也倒追Aloys，会不会成功？”苏又青又开始发问了。

我有点头疼。她对宋江航还真是一往情深啊！“这个，我还真心不知道。那个……我对宋江航其实不是很了解，我12岁的时候才跟他相认，16岁的时候他就被带到深圳去念书了，然后就去了加州，我跟他接触得不多，他喜欢什么样的女孩子，我真不知道。”还是赶紧跟宋江航撇清关系好。

这小兔崽子，自己走了还要留下这谁风流债给我处理！

“哦，这我知道！”苏又青有点兴奋，“Aloys说过他心目中最美丽的女生的样子。皮肤很白很细，头发长长的，软软的。眼睛很漂亮，笑起来弯得像月牙。”她小心翼翼地理了理自己的头发：“你看我，我的头发也软软的。”

我想了想，皮肤白，头发长，眼睛笑起来像月牙，这些和唐咏诗还真没多大联系。

“他什么时候说过的？”我的印象里好像宋江航一直挺低调的，从不接受采访，免得被远在深圳的父母看见，网上流传的那些照片多是粉丝自己拍的，数量也不多。当然，我放出去的那批除外。

“一度百科呀！”苏又青说得理直气壮。

我有点无语。这孩子还真是少根筋，谁不知道一度百科里面那些资料有60%是假的。那些明星不是虚报身高就是虚报年龄，甚至连兴趣爱好都可以是假的，除了那些个照片，真的没哪些是真的。哦，甚至连照片都不一定是原装的脸。

这个论断事后也在我自己身上证实了。因为苏云骋的关系，我也有幸在一度百科里有了自己的名片，上面说我身高168cm体重110kg，标准的模特身材，爱好是网球、高尔夫以及游泳，梦想是和苏云骋一起环游世界。

上帝作证，我真的没那么高，高尔夫我至今只摸过球杆，而我最大的梦想，是混吃等死直到白发苍苍。

一个小时之后，萝卜排骨汤炖好了，我小心翼翼地盛出来端到桌上，招呼苏云骋苏又青来吃。

自从我第一次上苏云骋家来做饭，他就对萝卜排骨汤开始了一种让人难以理解的迷恋。他的理由是我炖的萝卜排骨汤很好喝，但我有点怀疑是那段他怀疑宋江航是我男朋友的时期，被我常给宋江航炖汤这件事情刺激之后的后遗症。

“我在减肥，不能吃肉！”苏又青挥了挥手。

我默默地佩服她这个明智的决定，因为苏云骋在如往常一般一口喝下大半碗之后，差点全都喷了出来——“老婆，这汤也太、太咸了！”

我淡定地：“放多了盐，没事，喝点水中和一下。”我倒了一杯凉白开给他，仔细叮嘱：“完了之后站起来摇一摇身体，让凉白开和汤在你的胃里完美混合哦！”

苏云骋的表情很纠结。

哼，谁叫你在苏又青面前出卖了我！

“对了，又青呀，你上个星期带回来的那个小帅哥男友呢？怎么最近没有听你提起了？”笑眯眯地给苏云骋又倒了一杯凉白开，问横卧在沙发上逗弄小白的苏又青。

我觉得作为一个小婶，关心侄女的感情生活也是很有必要的。

苏又青头也没抬：“哦，他呀，跟隔壁班的那个胡晶晶在一起了，因为他想争取保研的名额，胡晶晶她老爹是我们系主任。”

我愣了一下。唉？敢情这是劈腿了？于是急忙给苏云骋使了个眼色，可苏云骋正皱眉埋头苦战加盐版的萝卜排骨汤，实在没有空理会我。

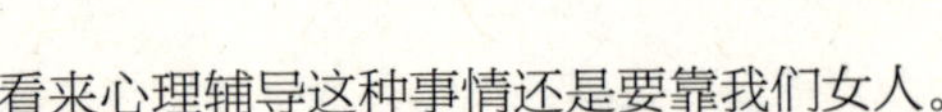

看来心理辅导这种事情还是要靠我们女人。

“又青啊。”我擦了擦手坐到苏又青对面，犹豫着要怎么开口，“其实呢，感情这个事情谁也说不准。你现在会觉得失去了对方好像天都塌下来了，难过得跟要死了一样，可时间会治愈一切的。比方说我吧，当年我在大学也被劈腿了，难过得寻死觅活的。”

苏又青终于抬起头赏了我一眼，这个眼神让我倍受鼓舞，觉得自己的劝解起效了，于是说得更加真挚诚恳：“可是你想啊，当初他要是不劈腿，我现在也就不会跟你小叔在一起了。你看我和你小叔现在，多恩爱，所以呢，”我伸手，安慰般地拍了拍她的肩膀，“未必也不是好事，对吧？再说，这种为了个保研的名额就出卖自己的男人，不要也罢。别难过了，啊！”

大概是我这番话真的很有劝导作用，因为躺在沙发上的小美女苏又青乐得笑了起来，那叫一个花枝乱颤。

于是我也舒心地跟着笑了起来。

然后苏又青蹦出一句话，让我笑不出来了：“没事，小婶……我告诉他他想保研的那家研究院的院长是我舅，他差点没当场引颈自杀。我现在已经跟我们校草在一起，明天是满一个星期的纪念日了。”

在餐桌旁憋笑了许久的苏云骋终于忍不住，一口汤喷了出来，那形象极其狼狈。

这件事情之后，我再也不胡乱关心小美女苏又青的感情生活了。